Desde el centro
de América
Miradas alternativas

Desde el centro de América
Miradas alternativas

Gloria Hernández

ANTOLOGADORA

ALFAGUARA

El papel utilizado para la impresión de este libro ha sido fabricado a partir de madera
procedente de bosques y plantaciones gestionadas con los más altos estándares ambientales,
garantizando una explotación de los recursos sostenible con el medio ambiente y beneficiosa para las personas.

Desde el centro de América
Miradas alternativas

Primera edición: septiembre, 2023
Segunda reimpresión: octubre, 2023

D. R. © 2023, Gloria Hernández, por la antología

D. R. © 2023, derechos de edición mundiales en lengua castellana:
Penguin Random House Grupo Editorial, S. A. de C. V.
Blvd. Miguel de Cervantes Saavedra núm. 301, 1er piso,
colonia Granada, alcaldía Miguel Hidalgo, C. P. 11520,
Ciudad de México

penguinlibros.com

ISBN: 978-607-383-601-2

Impreso en México – *Printed in Mexico*

Índice

El Salvador

Belice

Nicaragua

Panamá

Guatemala

Prólogo

Virginia Woolf expresó con toda sabiduría que «no se puede encontrar la paz evitando la vida». Y es la vida en sus múltiples aristas la que esta selección de escritoras pone de manifiesto con toda la fuerza de sus miradas. La narrativa de mujeres centroamericanas fue durante mucho tiempo una curiosidad. La excepción a la regla. La producción de novelas y colecciones de cuentos resulta todavía incipiente en este siglo XXI, pero su calidad se equipara con la de otras latitudes. La búsqueda emprendida para conformar esta selección de autoras y de obras permitió vislumbrar un panorama bastante alentador. Docenas de mujeres se decantan por la narrativa como herramienta para poner en evidencia una realidad que, por mucho, les queda debiendo, y para ello se valen del versátil género del cuento. Las narradoras del istmo ya no representan voces aisladas que brotan de la marginalidad. Conforman un conglomerado que, aunque muy disperso aún, está llegando a sus lectores con cierta regularidad, en casa y fuera de ella. Poco a poco, gracias a la virtualidad, se conocen y reconocen entre ellas. Las pioneras, las emergentes, las modélicas. Y en medio de este panorama, la elección de las obras resultó muy ardua. Todas las autoras contactadas respondieron con entusiasmo y espontaneidad y, aun si no fueron elegidas, sus trabajos no desmerecen en absoluto. La cantidad de relatos revisados resulta un motivo histórico para la esperanza.

Esta primera antología de escritoras de la región publicada por Alfaguara tomó en cuenta a países que tradicionalmente no se consideran a sí mismos integrados al área, como Belice y Panamá. No obstante, se contempló de suma importancia destacar la producción riquísima que poseen en el registro del cuento, porque amplía la mirada de las mujeres sobre sus circunstancias vitales en un territorio que comparten, aunque sea de lejos. A la vez, como toda compilación, la presente es representativa de lo que se está trabajando en la zona y, por razones obvias, no puede incluir a todas las autoras. Seguramente, el éxito de este primer trabajo abrirá las puertas a una segunda parte.

En esta antología, el común denominador es la fuerza narrativa de las miradas de sus autoras. Sin embargo, no menos importantes son otros rasgos notables que igualan a esta literatura con la de otras regiones latinoamericanas. El desenfado en el uso del lenguaje y la libertad y la capacidad de reproducir hablas de zonas específicas de cada uno de los países representados les confieren una riqueza particular a este conjunto de relatos. Por su parte, el afán por presentar realidades cotidianas con giros tan sorprendentes como espontáneos da cuenta de la variedad de situaciones y tópicos de la existencia en un territorio reducido, pero de gran complejidad social y cultural. La migración, el abuso, la desigualdad, el machismo, la violencia, la posguerra, el abandono, la falta de oportunidades y la injusticia social, entre tantos otros, resultan marcos imponderables para poner a prueba el carácter de los personajes, hombres y mujeres, que deben superar sus circunstancias para continuar con sus vidas. En estos cuentos se palpa una transgresión a los valores establecidos y caducos de un sistema que se cae a pedazos. Se exponen nuevas vías de relacionarse con el cuerpo propio y del otro, aunque también se encuentran las maneras tradicionales del comercio, como la prostitución o el tráfico de personas. Subyace entre líneas, además, una esperanza inusitada, aun cuando las formas de manifestarse resultan inauditas. Como rasgo de identidad, resulta significativa la mirada hacia el Caribe de las escritoras beliceñas, mientras que el resto de centroamericanas indagan hacia el centro de sus culturas. Sería interesante explorar de manera sistematizada los factores que inciden en esta característica.

Desde Belice, las voces de Holly Edgell y Zoila Ellis presentan una realidad sorprendente, fresca y absolutamente vital de la existencia en el país vecino. La situación geográfica e histórica se convierte en motivo para que el entorno se traduzca en los aromas, sabores y paisajes asociados con el Caribe. Y dentro de todo ello, una serie de personajes le hacen la corte a su sociedad particular. Se reproducen aquí las versiones en español y en su idioma natal, el inglés/creole, para poner en evidencia la inmensa riqueza del lenguaje y la habilidad de las autoras para recrear la eufonía del habla popular beliceña.

Las escritoras de Costa Rica, Laura Flores Valle, Catalina Murillo y Karla Sterloff se inclinan por una literatura de carácter un tanto más universal, aunque siempre ambientada en el espacio nacional. Plantean la necesidad de construir mujeres dueñas de sí mismas, más determinadas que aquellas que las antecedieron. Sobresale en estos cuentos un tono de ironía y sentido del humor que rescata al lector de la angustia de las situaciones que se plantean.

Desde El Salvador, Patricia Lovos, Michelle Recinos y Ligia María Orellana se concentran en configurar testimonios de una sociedad degradada, en donde las relaciones interpersonales resultan fallidas muchas veces. Las historias se desarrollan en lugares públicos en los que todo se enrarece por causa de la excesiva burocracia y la desesperanza de quienes se encuentran en esos espacios. El aire de desamparo que se respira en las atmósferas propuestas se compensa con la maestría casi cinematográfica con la cual las tres autoras desarrollan sus argumentos.

Las hondureñas Jessica Isla, María Eugenia Ramos y Sara Rico-Godoy ponen en evidencia su profundo malestar con respecto al mito moderno de la familia feliz y de las múltiples derivaciones que surgen del anhelo de alcanzar esa utopía.

Sus cuentos devienen espejos prístinos de la vida cotidiana y la intimidad personal en donde pululan los sentimientos más insospechados y paradójicos. La propuesta hondureña viene cargada de dramatismo, garra y sensibilidad.

El caso de Guatemala resultó complejo. Con tantos idiomas mayas vivos presentes en la cultura del país fue imprescindible incluir por lo menos a una representante de la riquísima cosmovisión prehispánica, en este caso, cachiquel. De esa manera, la poeta **Ixsu'm Antonieta Gonzáles Choc** debuta con una propuesta que pone de manifiesto no solo la íntima relación de las mujeres con la madre Tierra, sino también los obstáculos y los roles impuestos a las niñas desde siglos atrás. Felizmente, también da cuenta de la capacidad, y esta es un rasgo de universalidad, de superar los contratiempos por difíciles que sean para lograr los objetivos personales. Por su parte, **Nicté García y Marta Sandoval** se inclinan por relatos en los que se explora la soledad de la muerte, de la vejez, y una honda reflexión sobre lo que nos hace humanos. En mi caso, me interesa consignar una capacidad de resistencia peculiar de las mujeres en la sociedad guatemalteca. Su tenacidad ante los atropellos de toda índole, desde los más sutiles hasta los más violentos, suele ser de una agudeza y de una templanza muy características. Ese es el tema de mi cuento.

Las cuentistas de Nicaragua, Aura Guerra-Artola, Carmen Ortega y Madeline Mendieta, se centran en las paradojas de la vida. Los hallazgos y desencuentros que proponen sus relatos transitan entre la realidad pura y dura y la poesía eventual aún posible en este mundo, como el cruce entre personajes pertenecientes a dimensiones totalmente ajenas. En estos relatos, la capacidad de lucubrar se lleva a extremos insospechados, así como también se pone en evidencia la relación entre la causalidad y la casualidad de la existencia.

Desde Panamá, Nicolle Alzamora Candanedo, Eyra Harbar y Ela Urriola nos sorprenden con la variedad de realidades que se presentan desde un mismo país. Desde la exploración íntima del cuerpo hasta las convenciones sociales y las tradiciones más pintorescas y ricas del área del canal y del Caribe. Las mujeres protagonistas se proponen a sí mismas como seres emancipados, libres de ser y alcanzar lo que ambicionen. Nuevamente, como en el caso de las autoras beliceñas, el idioma cobra singular importancia, dada la mezcla que resulta de las hablas caribeñas, el inglés y el español. Y este sincretismo le aporta una inmensa riqueza a la literatura del país.

Sin más, estas son ellas. Veintiuna miradas, sentires y voces reunidas aquí, casi sin buscarlo. Veintidós artistas que no corresponden a las clásicas escritoras de la región, y de quienes seguramente heredan el oficio, pero cuya visión de la realidad, del arte y de la escritura enriquece el panorama de la literatura centroamericana. Sus relatos evidencian la complejidad del panorama social, económico, político y cultural del istmo, así como su alta habilidad estética. Mujeres todas con la intuición de apegarse a sus sueños, porque saben que de ellos nacen los motivos necesarios para seguir haciéndole la crónica a la vida. Narradoras todas que comparten, día con día, la intensidad, la agudeza y el asombro de la indagación en la condición humana.

Gloria Hernández

Honduras

María Eugenia Ramos

(Tegucigalpa, 1959)

Ha publicado libros de poesía, narrativa, ensayo breve y literatura infantil, así como artículos de opinión y trabajos de investigación. Se ha desempeñado como editora, prestando servicios profesionales a numerosos organismos nacionales e internacionales; asimismo, ha colaborado con el sector educativo, elaborando materiales de aprendizaje. Ha participado en eventos internacionales como los Encuentros de Intelectuales México-Centroamérica, realizados en Chiapas, México, entre 1992 y 2000; el Festival Internacional de Poesía de Medellín (2001); América Latina, Tierra de Libros (Roma, 2010) y la primera edición de Centroamérica Cuenta (Nicaragua, 2013). La Feria Internacional del Libro de Guadalajara (México) la seleccionó como una de «Los 25 secretos literarios mejor guardados de América Latina» en 2011 y fue curadora de su programa «Ochenteros» en 2016. Su cuento «La cinta roja» fue incluido en una selección del cuento latinoamericano, publicada por la revista española *Cuadernos Hispanoamericanos* (2020). Algunos de sus poemas y cuentos han sido traducidos al francés, italiano y portugués. Su obra figura en prestigiosas antologías de poesía y cuento de Honduras y Centroamérica, entre ellas *Puertas abiertas* y *Puertos abiertos*, publicadas por el Fondo de Cultura Económica de México.

La cinta roja

María Eugenia Ramos

> *I am shielded in my armour*
> *Hiding in my room, safe within my womb*
> *I touch no one and no one touches me.*
> *I am a rock, I am an island.*
> *And a rock feels no pain.*
> *And an island never cries.*
>
> Simon & Garfunkel

Mi abuela yace en el sofá, sumida en esa duermevela en la que se ha refugiado desde hace tiempo, y sé que no hay mucha diferencia entre que esté tendida allí o en un ataúd. Hace mucho que dejó de comer, de oír, de ver y de sentir otra cosa que no sea miedo y dolor. De vez en cuando algo de su antiguo ser vuelve a su mente, y entonces busca a las personas a su alrededor. «¿Estás allí, Arturo?», pregunta con voz apenas audible. «Sí, abuela, aquí estoy. ¿Qué necesita?». «Nada», contesta, «es que pensé que me habían dejado sola».

El temor a la soledad ha sido una constante en ella desde que enfermó. Por eso se ha trasladado a la sala, resignándose a la carcoma que comenzó en las vigas del techo y se apoderó de toda casa, al punto de que se han tenido que botar algunos muebles de los que solo quedaba el cascarón. Ha pedido que le acondicionen este viejo sofá, donde cada mañana le llevan de su cama las mantas y una torre de almohadas, entre las que de forma precaria acomoda sus pequeños huesos, sostenidos apenas por una piel frágil que ha empezado a descamarse. En las raras ocasiones en que he hecho algún trabajo de albañilería y he podido juntar algún dinero le he propuesto comprarle una silla de ruedas, pero se niega. «A mí ya me queda poco tiempo», dice, «¿para qué gastar?». Le ofrezco colocar unas barras para que tenga de dónde sostenerse cuando hace el recorrido del sofá al baño, y así no dependa de que otra persona la lleve. «No», me dice, «porque eso estorbaría a los demás que viven en la casa». Siempre ha sido terca, y a estas alturas esa terquedad me desespera. Hice un par de intentos y luego desistí. Ahora, además, aunque ella quisiera, ya no tengo dinero. Los pocos ahorros que me quedan son para algunas de sus medicinas. Mis tíos asumen que es mi obligación, sea que tenga o no trabajo, y me gusta sentirme útil al menos en eso. Aunque es una utilidad ficticia, porque en el fondo sé que las medicinas no la curan, ni siquiera la alivian.

Vivo en la parte de atrás de esta casa donde crecí, en un cuarto destinado a bodega, donde el techo de zinc hace el calor insoportable durante el largo verano de estas tierras. Soy albañil y sé un par de cosas de construcción; bien podría haber cambiado ese techo o ponerle un cielo raso aislante, en uno de esos esporádicos momentos en los que me ha sobrado algún dinero. Pero también me pregunto para qué gastar, si mi idea es no quedarme aquí para siempre. En algún lugar debe haber una casa y una vida que sean mías, no estas que siento prestadas. Con esa idea dejé de comprar ropa, por ejemplo. La verdad es que un albañil no necesita ropa. Con un par de mudadas es suficiente, porque es un trabajo sucio, y cuando no hay trabajo, tampoco hay dinero ni forma de salir a gastar.

Me he quedado en esta casa donde mi mamá me dejó, así como dejó el piano, recuerdo de esa época maravillosa en la que no había carcoma, y ella tocaba y cantaba canciones que yo adoraba escuchar, aunque no entendía las palabras. Ella me decía que era francés, y que me iba a enseñar; pero un día me dijo: «Hay que seguir al corazón», y se fue. Yo tenía seis años y durante todo ese tiempo pensé que ella era mi hermana mayor, mi bonita hermana que me permitía verla cuando se peinaba ese cabello largo y lustroso, y me dejaba ponerme pintalabios a escondidas de mis tíos. Pero cuando se fue, mis tíos me dijeron que no era mi hermana, que se había embarazado de algún novio, no se sabía quién, y que de allí nací yo. Por mucho tiempo esperé que volviera, y mientras tanto intentaba tocar el piano para recordarla. Hasta que mi abuelo dijo un día: «Mucha bulla hace ese niño con ese piano», y mandó que lo dejaran en la bodega donde ahora duermo. Le pusieron muchas cosas encima y terminó quebrándose. Pienso que en el fondo es lo que quería mi abuelo, para desquitarse de que mi mamá se haya ido y nos dejara atrás para seguir a su corazón. Nunca entendí cómo sería eso de seguir al corazón, si lo tenemos aquí, dentro del pecho. De ella solo me quedó uno de sus pintalabios, que seguramente olvidó al irse. Mis tíos nunca supieron que esperaba a que se fueran para pintarme, y me miraba al espejo buscando los ojos de ella en los míos; pero nunca aparecieron.

Seguí yendo a la escuela y comiendo en la cocina, con mi abuela, como lo hacía cuando estaba mi mamá. Pero me costó mucho llegar al sexto grado. No ponía atención en clase y siempre estaba castigado. Mi abuelo dijo que él no iba a seguir gastando dinero en alguien que no quería estudiar, y me puso a ayudarle a uno de mis tíos, que es maestro de obra. Así fue como me hice albañil. Me gustó empezar a ganar algún dinero. Los otros albañiles lo gastaban en cerveza o en comprar comida para sus hijos, los que ya tenían familia, pero yo compraba pintalabios en algún puesto del mercado donde no me conocieran, y me los llevaba a la bodega, que para entonces ya era también mi cuarto. El pintalabios que dejó mi mamá se gastó pronto, de tantas veces que me lo puse de niño, pero aún conservo el envase. Lo llevo siempre conmigo, y me gusta apretar de vez en cuando ese pequeño tubo vacío.

Mi abuelo murió hace unos años. No estuve en su entierro porque me había ido a trabajar en una construcción fuera de la ciudad, y me alegro, porque así no tuve que fingir tristeza. Nunca me pegó ni me trató mal, pero tampoco me hablaba, y algunas veces lo sorprendí viéndome de lejos, como si fuera un bicho raro. En un par de ocasiones acompañé a mi abuela a dejarle flores al cementerio el día de difuntos, pero solo si no estaba disponible ninguno de mis tíos.

Mientras estuvo sana y fuerte, la abuela nunca habló de mi mamá. Nadie hablaba de ella, salvo mis tíos, que cuando se enojaban conmigo me la recordaban con palabras que no entendía, pero me molestaban. Desde que se enfermó, mi abuela empezó a hablarme de ella cuando nos quedamos solos, quejándose de tanto que la cuidaron y quisieron por ser la única hija mujer, y cómo fue capaz de irse y dejarme. No me gusta oír hablar mal de mi mamá, pero lo tolero sin decirle nada a mi abuela porque me gusta quedarme a solas con ella cuando mis tíos se van a trabajar. En realidad, lo que me gusta es que puedo revisar sus cosas de antigua costurera, y hasta probarme algunos vestidos de los que guarda en ese viejo ropero, conservados en naftalina. Por alguna razón, a mi abuela no le parece extraño y hasta me dice: «Medite este»; o: «El color de aquel te queda mejor».

Sin que se dé cuenta, me he llevado algunos de esos vestidos a mi cuarto-bodega para ponérmelos en esas largas horas en las que no tengo nada que hacer. Lo malo es que allí no tengo espejo de cuerpo entero, solo uno pequeño encima del lavabo que yo mismo instalé, junto con la regadera y el inodoro. En esas cosas sí he gastado, porque en la noche mis tíos cerraban la puerta y no podía usar el baño de la casa. Podría haberme comprado un espejo grande; pero me da pereza inventar una explicación de por qué un hombre, y además albañil, querría tener en su cuarto un espejo grande. Prefiero verme por partes, y he llegado a pensar que así soy, una persona hecha de pedazos. No sé si soy eso, o soy varias personas en un solo cuerpo. Se me acaba de ocurrir ese pensamiento, y me inquieta, así que lo espanto como quien ahuyenta una mosca.

Hoy de nuevo he venido a acompañar a mi abuela, pero no estoy buscando más vestidos, sino una cinta roja. Por alguna razón, me gustaría tener una cinta que combine con el pintalabios, tal vez porque guardo el vago recuerdo de haber visto a mi mamá usando una en el pelo, cuando me dejaba acompañarla mientras se peinaba. Hay mucho donde buscar. El pasillo de acceso al dormitorio está abarrotado. Una estantería cubre toda la pared, con anaqueles llenos de polvo y libros que nadie lee. Hay un mueble cojo, sujeto con un cáñamo para que no se caiga, repleto de cajas apiladas en desorden. Algunas son de plástico, organizadores como los que se encuentran en las casas de la gente ordenada; otras son simples cajas de zapatos, reutilizadas para guardar cosas.

Aunque tengo los dedos duros y callosos por el trabajo de albañil, me las arreglo para buscar con delicadeza entre tiras bordadas, antiguos retazos de tela, ristras de lentejuelas, encajes y botones. Hay muchas cintas, verdes, amarillas, naranjas, rosadas, azules, pero no encuentro la cinta roja. Me acerco al sofá donde dormita mi abuela con la boca entreabierta. Sé que no está completamente dormida porque de vez en cuando se queja. «Abuela», la llamo. No me contesta. «Abuela», le digo, con voz un poco más fuerte. Cierra la boca y abre a medias los ojos. «Abuela», insisto. «Ando buscando una cinta roja. ¿Se acuerda si tiene?».

Ahora sé que está despierta, porque me toma la mano. Siento que la de ella está fría, a pesar de este calor tan fuerte que dan deseos de vomitar. Le doy tiempo para que regrese de cualquiera que sea ese limbo, que me reconozca y se dé cuenta de que está en su sofá, rodeada de sus almohadas y cubierta con su manta. «¿Qué?», me pregunta. «¿Tiene cinta roja, abuela? Ocupo una». Se queda en silencio unos segundos, me imagino que buscando entre los agujeros de su mente. Inesperadamente, abre más los ojos y me dice con voz más clara que de costumbre: «Sí, buscala en una caja de madera que está detrás de mi cama».

Sé a qué caja se refiere. Es una de madera tallada, estilo baúl, pero pequeñita. Desde niño la he visto con curiosidad y me gustaría saber qué hay dentro, pero siempre la he encontrado con llave. Antes de que le pregunte, mi abuela me dice: «La llave está en la mesa, detrás de la Virgen».

Mi abuela siempre ha sido ferviente católica, y su cuarto está lleno de imágenes de santos, algunos en cuadros y otros en pequeñas esculturas. Cuando era niño le tenía mucho miedo a ese cuadro donde está un señor de cara hosca, como la de mi abuelo, con sandalias y un vestido blanco, que sostiene una balanza, mientras a sus pies hay unas personas envueltas en llamas. «Es el Justo Juez», me decía mi abuela. «No le tengás miedo. Solo portate bien para que cuando llegue el juicio final no te vayás al infierno». No entendía por qué me decía eso, si lo único que hacía mal era estar distraído en la escuela. Siempre que entraba a ese cuarto procuraba ver hacia otra parte, porque parecía que el señor del cuadro me miraba fijamente, y eso me daba pesadillas por las noches. Las vírgenes, en cambio, son mucho más amables. Me gustan sus vestidos, que imagino de tela suave, agradable al tacto. Están la Virgen de Guadalupe y la del Carmen, pero yo sé que cuando solo dice «la Virgen» se refiere a la de Suyapa, de la que es muy devota.

Me emociona poder por fin, después de tantos años, abrir la caja y ver qué hay dentro. «Volvé rápido», dice mi abuela. «No me gusta quedarme tanto tiempo sola». Me apuro a llegar al cuarto y encuentro la llave exactamente donde ella dijo. Limpio el polvo de la caja e introduzco la llave en la cerradura. Cuesta que gire, se nota que hace mucho tiempo no se usa, pero finalmente se abre. Para mi sorpresa, dentro de la caja lo único que hay es precisamente una cinta roja, de las que se ponen en el pelo, y de alguna manera me doy cuenta de que es la misma que recuerdo haberle visto a mi mamá cuando era niño y creía que ella era mi hermana bonita.

Me paro frente al espejo grande del ropero con la cinta en las manos. Me veo como soy: un hombre adulto, vestido con un pantalón de tela gastada y una camiseta, con las manos curtidas. Como no estoy trabajando, hace mucho que no me rasuro ni me corto el pelo. Lo tengo largo, y eso me parece genial porque puedo ponerme la cinta. Tomo el cepillo de mi abuela y me peino cuidadosamente. Mis manos son duras, pero mi pelo, no. Es suave, y tengo la esperanza de que sea como el de mi mamá. Me gustaría parecerme a ella, pero no sé si lo he logrado, porque no tengo ninguna fotografía, y su imagen está cada vez más lejana en mi recuerdo.

Después de cepillarme bien, me pongo la cinta y vuelvo a la sala, para que mi abuela no esté sola mucho tiempo. Imagino que está dormitando nuevamente y procuro no hacer ruido. Pero está despierta, y veo que trata de incorporarse. Me acerco y la tomo de los brazos para ayudarla, porque no puede hacerlo sola. Se me queda viendo como asustada, pero logra sentarse. Me quedo a su lado en el sofá, por si necesita ir al baño, y entonces veo que está llorando. Las lágrimas le corren por las mejillas hundidas, y se quedan atrapadas en los surcos que tiene entre la nariz y la boca. Entonces soy yo el que se asusta. «¿Qué pasa, abuela? ¿Qué tiene? ¿Le duele algo?». Mueve la cabeza para decir que no, y levanta la mano para tocar la cinta que tengo en el pelo. No sé si quiere quitármela o es un gesto como el que acostumbra para bendecirme, pero me agacho para que pueda alcanzarme.

«Era de ella», empieza a decir, y me cuesta entenderla entre las lágrimas. «Esa era la cinta que ella tenía puesta cuando pasó todo». No le pregunto quién es ella, porque ya sé que es mi madre, que pasa de nuevo flotando entre mis recuerdos, con su hermoso cabello suelto. Pero quisiera que mi abuela deje de llorar, porque está muy agitada. «No llore, abuela», le digo, «¿le traigo agua?». «Dejame», me dice. «Dejame hablar, porque ahorita me acordé de todo».

No sé de qué se acordó para que esté llorando, si le cuesta recordar qué día de la semana es, pero hago caso y me quedo esperando en silencio. Y entonces empieza a hablar, y sé que nada podrá detenerla. «Tu mamá no salió embarazada de ningún novio», dice. «Todo lo que te dicen tus tíos, lo que yo te he dicho, es mentira. Yo no quería acordarme. Ella no era mala hija. Era linda y muy inteligente. Sacaba buenas calificaciones en el colegio. Era un colegio caro, pero allí le daban clases de piano y de francés. Tu abuelo la consentía y le pagaba todo».

Ha dejado de llorar y hace silencio por un momento. Pienso en volver a ofrecerle agua, pero mejor me callo. Ahora habla con voz más fuerte, y su cara tiene otra expresión, como si de repente hubieran cesado esos terribles dolores que tiene todo el tiempo. «Yo no quería darme cuenta», dice. «No quería darme cuenta de nada. Porque yo tenía que haberla cuidado, y no lo hice. Tu abuelo dormía con tus tíos, porque desde que me embaracé de tu mamá, que era la menor, dijo que yo le daba asco. Una madrugada me levanté para ir al baño y vi que estaba abierta la puerta del cuarto de tu mamá. La fui a cerrar, pensando que la había abierto el viento, y entonces lo vi. Todo lo vi, porque el alumbrado de la calle daba justo a la ventana de ese cuarto. Tu abuelo estaba en la cama, encima de tu mamá. Ella no se movía. Tenía los ojos abiertos, pero se notaba que no veía a ninguna parte. Y tenía puesta esa cinta roja en el pelo».

Yo me he quedado con los ojos abiertos, sin ver a ninguna parte, como dice mi abuela que estaba mi mamá. Oigo su voz que llega desde muy lejos, no porque sea débil, sino porque yo me he ido a algún otro lugar y desde allá la escucho. «No hice ni dije nada», continúa mi abuela. «Volví a mi cuarto y seguí mi vida. Me obligué a olvidar lo que había visto. Cuando a tu mamá le empezó a crecer la barriga, supe que era de tu abuelo. Los tres lo sabíamos, pero nunca dijimos nada. Tu abuelo la sacó del colegio. Cuando llegó el momento, la llevamos al hospital y vos naciste. Ella se quedó mucho tiempo para cuidarte, hasta que al fin se fue. Yo nunca la busqué. Solo guardé esa cinta bajo llave, para nunca más volver a saber de ella. Tu abuelo era tu abuelo y también era tu papá.

Los dos, tu abuelo y yo, le desgraciamos la vida a tu mamá. A mi niña».

Por fin ha dejado de hablar. Yo no digo nada. No intento consolarla, y ella tampoco lo pide. Se vuelve a acostar, y sé que esta vez no saldrá de esa duermevela, su refugio. Me doy cuenta de que no se puede morir porque está muerta desde hace mucho tiempo. Pero siento compasión por ese cuerpo vacío, como los muebles devorados desde dentro por la carcoma, como el envase del pintalabios que siempre llevo en el bolsillo del pantalón. Por fin entiendo qué quiere decir seguir al corazón. Y mi corazón me dice que me quite la cinta, y que se la ponga a mi abuela en el cuello, y que apriete hasta que cese el remedo de respiración que aún le queda.

¿Cómo se puede dejar de seguir al corazón?

Jessica Isla

(Lima, Perú, 1974)

Escritora e investigadora. Licenciada en Letras con orientación en Literatura por la Universidad Nacional Autónoma de Honduras. Cuenta con un diplomado en Políticas Públicas y Género por la Facultad Latinoamericana de Ciencias Sociales (FLACSO), Argentina; un posgrado en Desarrollo Humano y Estudios de Género por la Universidad Rafael Landívar de Guatemala y un certificado de especialización en Género y Efectividad de la Ayuda del ITC/ILO. Fue coordinadora de la editorial Capiro, en San Pedro Sula. Productora de la revista *Letras* en el Centro Universitario del Valle de Sula. Ha publicado, entre otros libros, *Antología de narradoras hondureñas*, *Infinito cercano*, *Poesía Nosside*, *Pasos audaces*. Fundadora de la Red Latinoamericana de Escritoras y Artistas Feministas.

Correr desnuda

Jessica Isla

A la tía Juanita

—Un día de estos me van a sacar carrera… ¡No van a saber cuando salga corriendo desnuda por en medio del parque con las tetas al aire! ¡Y ese día se van a quedar sin nadie que se preocupe por ustedes! —decía mi madre ante tres pares de ojos que la miraban asustados. Dicho esto, procedía a quitarse la camisa y sacarse el sostén bajo la excusa de no aguantar el calor que nos hacía sudar a chorros dentro de la casa.

Debo decir que mi madre era un ser extraño, siempre lo fue. Como si fuese una diosa acuática, acostumbraba bañarse dos o tres veces al día con agua fría, andar por la casa desnuda de la cintura para arriba una vez que llegaba del trabajo, no usar ningún tipo de loción ni desodorante, puesto que, para ella, quien usaba este tipo de afeites era porque algún mal olor escondía. Obsesionada con los efectos del calor, cualquier tipo de etiqueta le producía una alergia violenta en su piel clara, por lo que se cuidaba siempre de usar ropa que fuese exclusivamente de algodón (desde el calzón hasta calcetines pasando por blusa y pantalones). Aparte de eso, era una amazona competente: cuidaba sola de sus hijos y su casa, suturando heridas sin miedo a la sangre y matando las culebras, algunas inofensivas, que tenían la desgracia de encontrarnos en el solar. Luego de perseguirlas sin descanso y asesinarlas, las exhibía enfrente de la casa, para que todo transeúnte pudiese apreciarlas, en un intento de dar un mensaje de lo que podría pasarles a quienes irrumpieran sin permiso en nuestra casa.

Así las cosas, la imagen de mi madre como valquiria guerrera, de pechos menudos (exactamente talla 32), estaba grabada en nuestras pequeñas mentes a sangre y fuego. Como éramos varios hermanos, todos de padres diferentes, ella era el único eje seguro de nuestras vidas y la posibilidad de que algún día enloqueciera y dejara de ser el motor que nos sostenía era simplemente impensable.

Sin embargo, si esto pasara, mi madre no sería la primera mujer de la familia que enloqueciera y saliera corriendo por las calles. De hecho, mi abuela contaba que una tía suya, muy querida, profesora de escuela para más señas, había llegado una tarde de sus labores y después de comer, mientras todos hacían la siesta, se retiró a su cuarto. Ordenó su cama, primorosamente arreglada con las sábanas de calados que ella misma bordó, y acomodó con devoción sus libros de enseñanza en un mueble. Luego abrió la puerta de su cuarto, y la de la casa, para arrancar a correr por el pueblo, en corpiño, calzones largos, zapatos y medias, quitándose la ropa en la carrera, con las tetas al aire, lanzando cada prenda a la gente que, fuera de sus casas, la miraba pasar. Ni qué decir que mi familia la atrapó en cuanto pudo (muy lejos ya del pueblo), la vistió y la encerró para siempre. Aun así ella buscaba cualquier descuido para escaparse y, calzón en mano, arreciaba la carrera por las calles. Juanita se llamaba y mi abuela decía nunca explicarse por qué había llevado a cabo ese acto: «No tenía necesidad, ni problemas», decía, «ninguno».

Pero con el correr de los años y por la lengua de un primo chismoso me di cuenta de que la tía Juanita tenía un novio que no era muy querido por su familia: por pobre y don nadie, así que los hombres de mi familia le advirtieron que lo dejara ir y que no hiciese escándalo, sin explicaciones. Pero ella, mujer de pocas palabras, solo callaba y salía a verlo, a escondidas; hasta que un día, una turba de estos hombres la encontró con el flamante novio y frente a sus ojos procedió a asesinarlo. Según me contaba el primo, todos los hombres de la familia, hasta los hijos de crianza, incluyendo a mi abuelo, dejaron al menos una puñalada en su cuerpo, como muestra filial de su participación y su rechazo. Ella bajó la cabeza y no lloró. Solo procedió a caminar donde la familia del muchacho y decirles que estaba muerto y lo llevasen a enterrar. Demás está decir que no le permitieron ir ni al velorio ni al entierro, y siguió dando clases con la misma seriedad de siempre, como si nada hubiese pasado; hasta que una semana después, cuando todos creyeron que había aprendido la lección de no mezclarse con castas inferiores, fue cuando echó a correr para siempre. Desde ese día, hasta su muerte, vivió encerrada, la mayor parte de las veces desnuda, solo acompañada de sus lentes y sus libros, que no se atrevían a quitarle, porque en caso de hacerlo se desataba una oleada de gritos sin final.

La imagen de la tía Juanita y la de mi propia madre me encontró un día y debo decir que no por casualidad. Regresando de haber parido a mi hijo, me integré al trabajo en una editorial, donde mi jefe me aleccionaba sobre mis nuevos deberes. El cansancio que tenía desde que tuve a Pedro, mi bebé, no escampaba. Pocas veces pude sentir cómo el peso del cuidado de otro ser recaía sobre mi espalda, que literalmente me dolía, ya que todo el trabajo y las horas de no dormir me pasaban factura.

—Pérez, pásese por la oficina antes de irse —me dijo mi jefe.

—Está bien, señor. ¿Se puede saber el motivo?

—Espérese a las cinco y hablamos.

Así que desmenucé las horas, pacientemente, hasta el fin de la jornada para luego dirigirme a su oficina, donde él tomaba una taza de café.

—Estimada, debo decirle que su rendimiento ha bajado mucho en el último mes.

—Así es, señor, tengo un bebé en casa que no para de llorar y no cuento con mucha ayuda.

—¿Y el padre de la criatura?

—Se fue a España a trabajar, aquí conseguir trabajo es imposible. Damos gracias porque yo tengo este empleo; por favor, así que le ruego que no me lo quite. Lo necesitamos.

—Lo entiendo, Pérez, pero el rezago suyo hace que los otros empleados tengan que trabajar el doble. Domínguez, por ejemplo, tuvo que cubrir el trabajo que a usted le tocaba hoy.

—Sí, lo sé, lo siento mucho…

Y justo en ese instante me di cuenta de que estaba llorando, cuando mis pechos hinchados empezaron a gotear la leche que debería estar dándole a Pedro. Pensé en lo tonta que era en disculparme por algo que sabía que no lo merecía. Una mancha comenzó a formarse a los lados de mi pecho y yo, angustiada, pensaba en cómo detener ese lago de fluidos inesperados que empezaban casi involuntariamente a manar de mi cuerpo. «Una mujer hecha de agua», pensé, «una mujer lago con fondo desconocido». Estremecida por el llanto, no sentí a qué hora mi jefe caminó hasta estar a mis espaldas y, alzando su mano hacia mis hombros, me dijo:

—Tranquila, Pérez, ya sabe que en esta empresa todo se puede arreglar y yo soy un hombre muy comprensivo.

Mientras hablaba, había pasado a hacerme un suave masaje en mis hombros (cosa que francamente agradecí) y me susurraba que la maternidad no tenía por qué ser una desgracia, que, más bien, tener hijos hace que las mujeres sean más maduras y felices:

—Aquí en la editorial sabemos eso, usted lo sabe, Pérez. Todas las mujeres quieren ser madres —murmuró ya casi en mi oído.

Aquí fue donde, con una velocidad sorprendente, bajó sus manos de los hombros a mis pechos, acariciándolos, masajeándolos, mientras continuaba diciéndome que por experiencia propia sabía lo difícil que pueden ser los hijos, que él estaba allí para apoyarme y, al final, con su boca rozándome la nuca, me explicó lo mucho que necesitaba de unas tetas grandes y gordas como las mías, porque desde que había regresado al trabajo siempre me miraba y tenía fantasías con esos, mis recién estrenados pechos de mamá.

Solo recuerdo cómo empecé a ponerme rígida y lo dejé hacer. Porque seguro nadie le había contado de las fiebres que me asaltaron de sorpresa al bajar la leche, ni las jaladas de pezones que me daba mi hijo, ni tampoco nadie le había contado de la enfermera que llegó a apretarme los senos para «destripar» las bolas de leche coagulada que se me habían formado en el pecho cuando Pedro se negaba a mamar. Nadie le contaría que quedé temblando del dolor y que tenía las areolas de los senos peladas y resecas, razón por la cual me aplicaba una pomada de manzanilla tres veces al día. No sabría jamás que, a pesar de todos los avances de la ciencia médica, que había inventado pastillas hasta para un dolor nimio, no tenía medicamento alguno para apaciguar mis dolores, porque todo estaba pensado para el «bienestar» del niño.

En ese momento fugaz, creo que pasó por mi cabeza cómo se podían vivir las cosas de forma diferente: para él, erotismo; para mí, dolor y paciencia. Dos perspectivas: los senos para la realidad, los senos para la fantasía. También pensé en cómo este tipo, director de una reconocida editorial, casado y con hijos, que decía ser respetable, podía llegar a hacerme eso, a mí, a su empleada de años, a mí, la correctora fiel de los textos de trabajo y los suyos, mismos que me hacía llegar como escritor amateur, para compensar las horas de mis llegadas tarde. Así que lentamente le fui quitando la mano de mis senos, mientras me deletreaba enronquecido que podíamos llegar a un acuerdo, que ya éramos adultos y nadie tenía por qué darse cuenta. Me paré frente a él y, sujetando su mano, le acaricié la cara, le dije que estaba bien, que si eso valía mi trabajo para la empresa entonces lo que iba a hacer era lo correcto.

Mientras eso pasaba, pensé en las figuras de mi madre y la tía Juanita… Lentamente, sin que me viera, fui agarrando con mi mano libre la lapicera de su escritorio y se la estampé en la cara. No me quedé a ver qué había pasado y corrí a la salida, escuchando sus gritos de dolor, en los que las palabras *puta* y *desagradecida* iban y venían. Corrí sin detenerme al desvencijado ascensor y me metí dentro, con la cabeza y el corazón amenazando con salírseme del cuerpo.

Pensé en Pedro y tuve ganas de llorar, pero imaginé a mi madre, sus pechos de amazona y la exhibición de las culebras que solía matar. Llegué al lobby y vi el cartel de la empresa, exhibiéndose impúdicamente frente a mis ojos, con su paleta de colores y su calidad de papel ofreciendo el mejor servicio posible. Sentí el dolor de cabeza incrementándose detrás de mis ojos. Ese monstruo que tarde o temprano vendría por mí, y fue en ese preciso momento que lo decidí: me saqué los zapatos y procedí a quitarme las medias, para luego desabotonar mi camisa y seguir con el pantalón. Los alcanzaron el calzón y por último el sostén. Desnuda, calibré las fuerzas de mis piernas y la posibilidad de agarre de mis brazos para luego arrancar el rótulo de la editorial y ponerlo a modo de escudo sobre mi cuerpo.

Aspiré profundo y cerré los ojos, para ponerme en posición de salida. Consciente de ello, inhalé el aire de la ciudad lleno de humo y olor a cuerpos sudados, a descomposición y desesperanza. Lentamente, puse los pies sobre la acera, arrodillándome en posición de salida, para decirme: «Lista, en uno, dos, tres», y escuchar detrás de la oreja el silbato invisible que me llamaba impaciente y daba comienzo, así, a mi propia carrera.

Sara Rico-Godoy

(Tegucigalpa, 1990)

Licenciada en Letras por la Universidad Pedagógica Nacional Francisco Morazán, maestra en Español por la Universidad del Sur de Illinois (Estados Unidos) y doctora en Estudios Hispanos por la Universidad de Tennessee en Knoxville. Actualmente se desempeña como profesora del departamento de Lenguas, Cultura, Antropología y Sociología en la Universidad del Este de Kentucky, y reside en la ciudad de Lexington. Algunas de sus publicaciones destacadas son los cuentos «Sueño Americano», que apareció en la antología *Todos somos inmigrantes* (Benma, 2017), y «Mindful Eating», publicado en la antología *En la punta de la lengua II* (Petalurgia, 2022). También ha publicado algunos cuentos y artículos académicos en revistas digitales, y se pueden encontrar más de sus escritos en su blog sararico.wordpress.com.

Aquellos que fuimos

Sara Rico-Godoy

Los papeles del divorcio habían estado en la mesa del comedor por tres días.

Ya para entonces lo único que nos había mantenido juntos era la costumbre. Fueron tantos los años invertidos en ilusiones, planes que nunca se dieron, recuerdos de un pasado feliz y sonriente donde teníamos la ilusión de ser invencibles, inquebrantables y perecederos como el ciclo de la vida. Ya no me entusiasmaban las tardes de conversaciones sobre libros como antes, ahora las salidas al centro comercial eran nuestro único pasatiempo. El calor del sexo se redujo a una vez cada tres meses —y forzado, seco, desanimado—, cada vez mi vagina luchaba más con el dolor de la resequedad —casa que no es habitada, rápido se empolva—. El martirio de sus ronquidos era el peor de mis enemigos. ¿Cuándo aquel hombre idealista, guapo y atractivo se convirtió en este extraño enemigo que roncaba, dormía con la boca abierta y se pedorreaba a diestra y siniestra sin pudor alguno? ¿Será desde el día en que sellamos nuestro destino con la fiestita esa de más de cien invitados en el club de un banco? ¡Vaya mierda! Nadie me advirtió que esas convenciones sociales lo único que lograban era romper todo el espejismo. ¿A cuántos países podría haber viajado con aquel dineral? Lo único que me quedó fue la deuda y el anhelo de mi cuerpo de aquel entonces —que ya no existe—. ¿Para qué hacer bodas si lo único que quedan son las fotos para recordarnos que entonces estábamos bien? Porque los que somos ahora ya no guardan ni una mínima relación con aquellos que fuimos.

Estoy segura de que si conocieran al Eduardo y a la Carmen de hace cinco años ni creerían que somos las mismas personas, quizá tampoco me crean esta historia. Es que la verdad, y con seguridad lo digo, no somos las mismas personas.

Nos conocimos en el Frente Estudiantil de la universidad, los dos del área de Ciencias Sociales. Amábamos luchar por las causas políticas importantes, tomarnos la universidad cuando las autoridades no respetaban nuestras demandas, cuando querían pisotearnos con sus nuevas reglas e imposiciones, ahí estábamos él y yo, dirigentes, beligerantes y revolucionarios. Marchábamos continuamente contra el gobierno dictador del país; es que, claro, después de ese noviembre de 2016 en que el ladrón volvió a postularse como candidato ya nada volvió a ser igual y nos tocó pelear más, ser más gaseados —las gaseadas se habían vuelto pan de cada día—. Por poco perdemos el periodo él y yo, porque además de la suspensión de clases nos tocó faltar de manera voluntaria para acompañar a todos los compas en las reuniones y en las tomas, a muchos profesores eso les repelía, aunque atesoro el recuerdo de aquellos otros que siempre nos apoyaron. La cosa es que Eduardo y yo tuvimos que tomar una decisión y rápido.

Después de ser reelecto la represión se volvió letal durante los siguientes meses. Todos estábamos fichados. De nada servía cubrirnos la cara en las marchas. A algunos de los compas los asesinaron a sangre fría durante los toques de queda, a otros los amenazaron a través de mensajitos de texto o cartas dejadas frente a los portones de sus casas; y a otros, como a mí y a Eduardo, trataron de intimidarnos de formas viscerales: llevándonos secuestrados en taxis, golpeándonos y dejándonos tirados en montarrales de los que era difícil salir. A raíz de todo esto bajamos los brazos rápidamente y muchos nos vimos obligados a continuar con nuestras vidas de bajo perfil y lejos del frente.

Eduardo y yo nos graduamos de la universidad en septiembre de 2017, ese mismo mes yo comencé a trabajar como profesora de sociales en una escuela bilingüe y él consiguió una plaza en el Banco Central. Eduardo, antes de la carrera de profesor, ya había hecho cuatro años de Contaduría en la UNAH; pero según él jamás le gustó y en ese momento se resignó con el trabajo porque su tío logró meterlo con conexiones. Todo en nuestras vidas comenzó a cambiar desde ahí. Un tiempo después yo ya no era feliz en la escuela y Eduardo se mostró descontento con todo. En esa época decidimos cortar y yo, al verme tan dolida, dispuse alejarme por completo de todo el mundo en el que habíamos coincidido. Eliminé mis redes sociales, dejé de ir a Café Paradiso para platicar con los compas y ni siquiera quise participar en las marchas en contra del nuevo dictador que se imponía en el país, que se hacía llamar presidente elegido de forma democrática.

Un par de semanas después, Eduardo me fue a buscar a la salida de la jornada en la escuela. «Te extraño», me dijo secamente, pero con los pómulos rosados. «Si volvemos, las cosas van a tener que ser diferentes», le dije seriamente y sin regresarle el te extraño. Él sabía a lo que me refería. Sabía que se había vuelto taciturno y reservado, que me hablaba más golpeado y que las peleas entre los dos habían aumentado. Después de aquel secuestro en el taxi habíamos dejado de ser los mismos; en mi caso ahora me sentía con miedo en los transportes públicos y a veces me despertaba en las noches llorando y gritando. Ya hacía un par de meses desde que me había planteado la posibilidad de irme del país, pero Eduardo se había mostrado renuente ante mi propuesta. Yo para entonces había logrado que me aceptaran en una maestría en la Universidad de Texas en Austin, lo único que debía hacer era perfeccionar mi inglés y conseguir el dinero para el avión. Iba a trabajar enseñando español en la universidad y así pagaría mi beca. Eduardo, sin titubear, me dijo: «Estoy dispuesto a todo y estoy dispuesto a irme con vos donde sea». Al decir esto, fue la primera vez que lo vi tan decidido, pero ahora sé que lo hizo porque quería huir, porque estaba frustrado con la situación en el país y porque todo en su vida, como en la mía, se estaba yendo a la mierda.

Seis meses después de volver nos comprometimos y dos meses más tarde nos casamos. Eduardo, por ser empleado del banco, consiguió el salón para hacer nuestra recepción, logramos invitar a nuestras familias y amigos. Nuestro viaje hacia Estados Unidos estaba programado para dentro de tres días; ahí pasamos la luna de miel en Miami y posteriormente nos mudamos a Austin, Texas, donde vivimos juntos hasta hace seis meses.

El primer año de todo eso fue bonito, un nuevo país, un nuevo ambiente, nuevos amigos. Empezamos de cero donde nadie nos conocía. Eduardo logró que un primo —el hijo del tío que le había conseguido trabajo en el banco— le diera un empleo manejando una lavandería, mientras yo enseñaba en la universidad y recibía mis clases de maestría.

¿Cuándo comenzaron a cambiar las cosas? No sé. Quizá fue el aburrimiento de las navidades, los días en que la única diversión posible era ir al *outlet mall* o al *downtown* de la ciudad. Recuerdo el día en que dejamos de disfrutar el sexo —lo recuerdo muy bien—, porque ese día intentamos arreglar una pelea en la cama. «Estoy harto de que me veas de menos solo porque estás haciendo una maestría. ¿Crees que no trabajo tanto como vos? Yo sé que mi trabajo es pura mierda, pero nos ayuda a pagar la renta, ese sueldo tan basura que te dan a vos… da pena». Eduardo tenía razón. El estipendio que la universidad me pagaba apenas alcanzaba para pagar mis deudas y la comida. Fue por eso que comencé a donar plasma, ya que en cada donación pagaban hasta 70 dólares y en un mes era posible hacerse de hasta unos 300.

Una noche, mientras Eduardo roncaba como locomotora incesante, me levanté con unos dolores agudos en el vientre. Cuando llegué al baño noté que sangraba en mi blúmer, pensé que era el periodo, pero no era la fecha en que tendría que venirme, así que desperté a Eduardo y nos fuimos a la sala de emergencias. Los dolores eran insoportables —hace mucho que no me daban punzadas así— y yo me retorcía del dolor en el asiento de pasajero. No tenía idea de lo que estaba pasando.

—Fue un aborto espontáneo —indicó la doctora.

Eduardo y yo nos quedamos viendo, incrédulos. Ni siquiera sabíamos que estaba embarazada.

—Tenía doce semanas. Lo siento mucho.

Comencé a llorar.

Lloré por un bebé que no sabía que existía, pero también lloré por mi incapacidad de mantenerlo con vida, cuando se supone que mi cuerpo de mujer está hecho para eso, ¿o no? El luto me duró varios días y me sentí estúpida. Lloraba de repente al ver pájaros en el patio, sentía envidia por las señoras en el Walmart que llevaban a sus bebés en coches; comencé a actuar mezquina ante los anuncios de embarazo de amigas y familiares; y, lo peor, comencé a odiar a Eduardo. Ni siquiera deseaba un bebé, ¿o sí lo deseaba?

—No debiste haber ido a donar plasma, ¿no crees que eso fue peligroso para el bebé? —me dijo un día, mientras lavaba los platos.

—¿De verdad me estás culpando por eso? —reclamé, llorando. Todo el tiempo lloraba.

Nos habíamos convertido en esto.

Muy atrás habían quedado el Eduardo y la Carmen que se amaron en medio de las protestas, de las llantas prendidas en fuego y de la oposición. Ahora éramos la pareja de inmigrantes que lloraba en el suelo del cuarto por la muerte de un feto que no sabían que existía y que buscaban mil maneras de culparse el uno al otro por lo que pasó, porque yo también creo que él tuvo la culpa, que su constante abuso emocional hacia mí me llevó a abortar. O quizá no, quizá aborté porque mi cuerpo no soportó la responsabilidad de una vida más, era suficiente con la mía.

Comenzamos a dormir en cuartos separados y cuando terminé la maestría Eduardo no fue a mi graduación. Un día llegué al apartamento y todas sus cosas habían desaparecido. Respiré hondo, me tiré al sofá de la sala y empecé a llorar como cuando se llora a un muerto, porque había entendido que estaba de luto por aquellos que fuimos.

Días después, hice mis maletas y volví a Tegucigalpa con el alma entre las patas, no con el rabo, con el alma. También volví con un diploma que no me serviría para nada. Regresé a la casa de mis papás, la que había dejado desde que tenía dieciocho años.

De Eduardo no supe nada hasta hace tres días que llegaron los papeles de divorcio. Me dicen que ahora está con otra mujer, que se creó otro perfil de Facebook en el que me tiene bloqueada y que al parecer la muchacha está embarazada.

—¿Por qué no has firmado los papeles? —preguntó mi mamá, mientras miraba las noticias en Canal 5 que anunciaban el feminicidio de una joven en Colón que se llamaba Keilin.

—Ya los voy a firmar —respondí.

A lo mejor no los firmaba porque tener el peso de ser una mujer divorciada en este país era como llevar una letra escarlata, era el peor destino, el fracaso inmediato.

Entonces lloré, lloré por mí, por Keilin, por todas.

Costa Rica

Karla Sterloff Umaña

(San José, 1975)

Escritora, psicóloga y educadora. Es autora de *Especies menores*, *La respiración de las cosas* y *La mordiente*. Ha obtenido las siguientes distinciones: el primer lugar del Premio Centroamericano de Cuento de la Asociación Costarricense de Escritoras (2008) y la mención de honor en ese mismo certamen en 2009; en 2011 el poemario *Especies menores* ganó el primer premio del Concurso de Poesía de la Editorial UCR, y en 2015 *La mordiente* se hizo acreedora del Premio Nacional de Cultura Aquileo Echeverría de Cuento y del Premio de Cuento Áncora del periódico *La Nación* (2014-2015).

La memoria es un pájaro

Karla Sterloff

A Olga

Una luz que se enciende en medio del día. Así es esta historia: insignificante y, si bien no existiese, el sol seguiría brillando allá afuera.

Durante la siesta de la tarde, sueño con abuela. Bajo del bus en la parada próxima a su casa. Frente al portón me doy cuenta de que ahí no hay nadie. Observo hacia arriba los ventanales cerrados reflejando la luz malva del día. No está y pienso en cuánto la extraño, en cuánto la he extrañado todo este tiempo. Despierto con esa sensación de orfandad que me persigue siempre, con un vacío en el estómago, porque el vacío se siente en el estómago. Que no mientan los poetas. El corazón es el estómago, entonces, el alma es esta tripa sensible.

El médico le dice:

—Tiene una enfermedad de la memoria.

A mí me parece un eufemismo. Abue se queda asintiendo en una especie de letargo. El médico asume que ha entendido, pero yo quedo con la duda. Trato de ahondar en el diagnóstico con preguntas al doctor, procurando que las respuestas le den a mi abuela alguna pista de su padecimiento. Me siento estúpida subrayando con mi entonación, al repetir cada frase del médico, para que ayude a una mujer de ochenta a comprender que está por perderse en el fondo de una pecera.

El médico nos habla de los resultados de las pruebas, del TAC y de las conductas erráticas de las que le conté en la anterior cita. Ahora mi abuela se muestra estoica y yo me siento traidora.

—¿Tiene preguntas? —le dice el doctor. Ella niega con la cabeza.

Salimos del consultorio y se sube al carro sin hablar. Yo la miro buscando alguna pista que me facilite continuar con la conversación iniciada por el médico.

La veo abrocharse el cinturón y la imito sin perder de vista ninguno de sus gestos.

—No nos vamos a echar a morir —me dice. Le insisto en la importancia de lo que el médico ha dicho—. Ese viejo no sabe nada, hablemos de otra cosa —pide.

De camino, la presa convierte un viaje de un cuarto de hora en uno de cincuenta minutos. Afuera no se sabe si va a llover o si el abrumante calor que nos agobia es solo el augurio de días peores.

*

La veo sentada frente al televisor haciendo *zapping*. Yo quiero preguntar por su vida, ahora que la luz de su cabeza no se ha apagado por completo. Como si me viera por primera vez ese día, se sobresalta alegremente y me ofrece café. Le acepto otra taza y me pierdo de nuevo en las fotos que rescaté del bote de basura y le guardé dentro de un sobre ajado del Banco Nacional.

*

Uno ve a abuela y no imagina que, debajo de sus carnes blandas, hubo un cuerpo joven y hermoso. Lo sé por las fotos que rescaté de la basura semanas después de que su esposo murió. No sé en qué arrebato de furia o melancolía, se había dedicado a cortar la imagen de Alfonso en cada una de ellas. Así que abuela paseaba de la mano por un boulevard con un hombre sin rostro, las cabezas de papel yacían separadas de cada escena. Alfonso sin cabeza con un róbalo acabado de sacar del agua, Alfonso sin ser Alfonso caminando al altar. Y ella, la muy narcisa, intacta con la mirada endulzando la cámara de esas fotos tomadas ya hace tantos años.

El día que supe que perdía la memoria me reproché por no haberme dado cuenta antes. Las tazas con comida podrida en la refri venían de mucho tiempo atrás. Las ollas sucias que encontraba frecuentemente en la pila y que yo le lavaba como retribución a cambio de su invitación a tomar café datan de hace por lo menos diez años. Para ese entonces, nada había notado. Mi abuela era solamente una mujer ocupada, con un día lleno de actividades domésticas que no le permitían llegar a salvar la comida que acumulaba en la refrigeradora. Siempre la encontraba barriendo la casa, regando los portentosos helechos que colgaban de las paredes de la terraza, absorbiendo con su verde la luz que se colaba por las láminas transparentes.

*

Hay una especie de goce en revolcar los cajones de mi abuela, lo había sentido toda la vida, desde niña, cuando su cómoda se abría ante mi curiosidad. Siete años tendría, no más, cuando colocaba en los dedos de ambas manos los anillos guardados entre bolsitas de seda y me preguntaba qué hombre misterioso había sido el benefactor. En ese tiempo las mujeres no compraban sus propios anillos y hasta una niña de siete años lo sabía.

*

Hoy me ha dado la llave de una cajita de valores. Me pareció un gesto de confianza. Mucho lo debió haber pensado porque siempre fue reservada para estas cosas.

—¿Me harías el favor de ir al banco?

Acepté mientras me veía recibir las instrucciones. Bajar, presentar la cédula, abrir la caja, traer los sobres y la llave de

53

vuelta. Me pude ver de nuevo, como cuando era una niña, esculcando en las gavetas de la cómoda los secretos de mi abuela, sus anillos obsequiados, sus collares; pero esta vez yo estaba autorizada y eso en vez de excitarme, me conmovía.

*

Se tambalea por el patio con el brazo en un cabestrillo. La semana pasada cayó entre su jardín y los huesos de la mano crujieron. Fractura de carpo y metacarpo, un yeso, la cuenta del hospital y más peso sobre el cuerpo.

Estamos en tiempos de temblores. En cualquier momento cimbra la tierra y nos sacude. Yo estoy bastante acostumbrada y me entretengo poniendo el oído en la tierra. Abuela me mira como quien mira a una loca. Solo recientemente les ha perdido un poco el miedo. Se sacude el suelo y ella se bambolea en la silla con la mirada perdida en el horizonte. Antes era la primera en salir corriendo hacia el marco de la puerta. Luego estallaba en un llanto histérico intenso. Ahora llora bajito, pero las lágrimas le salen copiosamente de los ojos.

*

Los domingos trato de no dormir mucho. Llego a su casa temprano, ojalá sin que se haya despertado. Abro la puerta con cuidado de no hacer ruido. La mañana ha empezado hace unas horas, pero la abuela y su casa siguen dormidas. Voy abriendo poco a poco las cortinas, conectando la cocina, apagando las luces que han dejado para ahuyentar a los ladrones. Ella ha venido cediendo a las nuevas disposiciones de sus cuidadores, renunciando poco a poco a su privacidad, dejando la puerta del cuarto abierta, las gavetas de la cómoda sin llave, abriendo la boca para recibir las pastillas de mi mano, vistiendo de la manera que otros hemos decidido hoy.

Me asomo de puntillas por la puerta del cuarto, la veo boquear con el cuello estirado y la cabeza bocarriba. Desde mi posición, los huesos de la cara se definen mejor dándole la apariencia de estar más delgada. No puedo evitar asustarme, resisto las ganas de entrar y moverla, de sentirla respirar, de verla entreabrir los ojos, pero no lo hago. La dejo dormir unos minutos más. Preparo el café esperando que el olor la despierte y que pronto la escuche preguntar desde el fondo del cuarto, ¿estás ahí?, ¿llegaste?

*

He estado posponiendo la escritura de este pasaje. Porque estas líneas hablan del baño de la abuela. Porque no tengo hijos por elección y esto sucede ahora. La veo desnuda. Expuesta a mí, indefensa como una niña. Tiene dos hoyitos en el brazo. No pregunto, conozco la historia. Antes la ropa atascada en su cuerpo redondo, el pijama enredado en sus pies, sus pechos laxos de pezones desteñidos, la rueda de la espalda intentando cerrar el círculo de los años sobre el cuerpo. Aun así, no puedo ver algo que me lastime más ni que me parezca menos bello que este momento. Cuando veo la piel clara de su torso contrastar con sus brazos, con las huellas del sol marcadas por el final de las mangas, pienso en si ese cuerpo latió alguna vez como el mío. Si esa piel recibió caricias como las que he recibido yo. Pienso que es hermoso en su completitud, en la dignidad que lo mantiene de pie recibiendo el agua, en la frente alta y la sonrisa complacida al recibir la toalla. Creo que mientras yo la baño, intentando devolverle un poco de lo que me ha dado a mí, ella disimula la pena, la envuelve en ese caparazón sedoso de su piel, y ambas nos reconocemos como animales suaves al tacto, a la caricia, a la memoria.

*

Llevo meses en una especie de mutación. Envejezco con mi abuela. Soy el testigo expectante y estupefacto de las transformaciones de mi cuerpo. Soy un cuerpo en descomposición y tal vez siempre lo había sido, pero hoy me doy cuenta de ello.

Comparo mis tetas y mi culo con el de mis recuerdos. Mi abdomen abultado al frente, los poros de la cara. Lucho con esta propiocepción encarnizada de mí que no encaja con el cuerpo deseoso de hace algunos años. Reviso mi closet y evito mi ropa de antes. Estoy mutando en un animal complejo, con la piel atigrada en los brazos y los muslos cadentes. Ya no me veo lozana al espejo, no me deseo a mí, no puedo conmigo ni con ella.

¿Algún día alguien mirará mi cuerpo con amor mientras me esté bañando?

*

A veces veo cómo regresa atada a la canción que suena en la radio del carro. Carlos y yo nos miramos sorprendidos cuando sale de su absorta calma y empieza a cantar «Perfume de gardenias» o «Sabor a mí». Repite la mayoría de la letra y se le entornan los ojos detrás de una mirada que brilla y habla de lo hermoso que canta la voz o de lo bien ejecutada que está la guitarra.

La veo reír y siento que así, perdida en el territorio de ese gozo inconsciente, nadie podrá hacerle daño.

Respiro hondo, la acompaño cantando algunas frases que conozco y la veo por el retrovisor llevando el ritmo con la cabeza.

Yo también sonrío. Somos heroínas devastadas, pero heroínas al fin.

Catalina Murillo

(San José, 1970)

Estudia en el Liceo Franco y Comunicación en la universidad. Gana una beca para estudiar guion en la EICTV de Cuba. A su regreso de la isla, publica *Largo domingo cubano*, crónica de sus particulares excursiones por la isla. A los veintiocho años vuelve a nacer en Madrid, ciudad en la que vive por una década, trabajando como guionista de tele y cine, y como profesora de guion y escritura creativa en los Talleres Fuentetaja. En 2004 publica *Marzo todopoderoso*. De Madrid se traslada a Galicia, donde escribe *Corredoiras*, estampas gallegas. A los cuarenta años vuelve a Costa Rica y se instala en el Caribe. Publica *Tiembla, memoria*, su libro más personal. En 2018 obtiene el Premio Nacional de Novela con *Maybe Managua*. Su obra más reciente, *Eloísa vertical*, es una novela de no ficción sobre la vida delirante de una gallega tan esquizofrénica como lúcida.

Carcajadas

Catalina Murillo

Al verlo acercarse pensó: «Qué raro, no recordaba que fuera guapo». Era esbelto, de melena de ondulante caramelo, igual que sus ojos, y cuatro años menor que ella. Ah, ese era el punto, a los menores que ella nunca los veía como hombres *fornicables*. Encima, era dulce como la miel, Samuel, hasta el nombre le rimaba; y ella, mujer narizona y velluda, ya fuera por las hormonas o por estar formateada a la antigua o las dos o ninguna, lo cierto es que era incapaz de sentir atracción sexual por un muchacho que le inspirara ganas de hacerle piojito detrás de las orejas. Samuel era dulce, blanco y blando como un malvavisco; cuando lo tuvo cerca, a ella le olió a leche con azúcar.

Se sentaron en la terraza. Hacía catorce años habían trabajado juntos en Costa Rica, ocho meses divertidos e intensos. Desde entonces, se habían perdido la pista hasta que Facebook los había reencontrado. Resultó que ambos vivían en Madrid. Toca verse, se dijeron, y ahí estaban.

Samuel se giró con sus suaves ademanes de príncipe a llamar a un camarero, pero en eso contrajo sus facciones como si se dirigiera hacia su cara una bola de tenis en llamas. Ella se desconcertó medio segundo y en el otro medio entendió: Samuel tenía un tic. Se preguntó si lo había tenido siempre y ella lo había olvidado. Ese tic explicaría más y mejor por qué nunca se había sentido atraída sexualmente por un español que, en retrato hablado, era, además de deseable, un partidazo. Algo similar le había pasado con un mulato musculoso, perfumado de testosterona, pero zopetas. Para un hombre el *pero* vendría después del zopetas. Zopetas, pero guapa. Para una mujer siempre sería guapo, *pero*.

Llegaron dos cervezas y el momento de resumir catorce años de vida adulta en un par de horas. Era un ejercicio vertiginoso y placentero, a ella le encantaba, no tanto contar su vida sino escuchar la de los otros, qué aspectos escoge la persona, cuáles son sus «titulares», su resumen ejecutivo.

Pocas sorpresas: a Samuel le había sucedido lo que los prejuicios de ella hubieran apostado. Aquel tierno bombón había caído en manos de una harpía. Bueno, él no lo contaba así. Cual caballero del siglo pasado, Samuel se casó porque la dejó embarazada. «Mi madre no quería», dijo, «pero a mi madre todo siempre le parece mal. Un primo mío dice que al menos a Margaret Thatcher algunas cosas la alegraban. A mi madre, no. Después resultó que no estaba embarazada», dijo Samuel con una enigmática sonrisa, había quedado durante la luna de miel. «¿Te engañó descaradamente?», le preguntó su amiga. «Pobrecita, es una mujer herida», fue la dislocada respuesta de Samuel.

En cifras, tuvieron dos hijos y convivieron cuatro años; por más que Samuel lo intentó, fue imposible alcanzar estabilidad y sosiego en aquel matrimonio. Ella insistió en divorciarse. Él no quería y jamás lo habría hecho, no había un solo divorcio registrado en su familia. Ella lo echó de la casa, que por cierto era de la familia de él, doscientos treinta metros cuadrados en un ático de la Gran Vía. Estos datos de qué era de quién no los ventilaba Samuel el dulce, sino que los sonsacaba su retorcida contertulia.

Samuel se fue a vivir al otro lado del Manzanares, «a una casita anclada en la tierra, con un árbol y un gato cojo», dijo estoico. Todo aquello que a la peluda costarricense le parecía la historia de un embuste (tan típico, además), él lo contaba como un pequeño fiasco. Parecía un sabio monje tibetano, si no fuera por el chocante tic. La suya era una visión desapegada, paradójicamente basada en una absoluta seguridad material. Así quién no es desapegado, podría decir una envidiosa. Problemas económicos no había tenido Samuel

60

nunca, no los tenía ahora ni creía que los tuviese jamás. Sin falso pudor burgués, lo dejó muy claro, aceptando con humildad aristocrática que ese aspecto de la existencia le era desconocido.

«Ay, no sé, Samuel», negó su interlocutora; y sin cuidar las palabras ni considerar que era la madre de sus hijos, le dijo que su ex le parecía una mala pécora. Samuel se ensombreció. Exhausto, tomó aire para decir algo que llevaba años repitiendo, pero a mitad de camino desistió o el tic le cortó el impulso. En lugar de lo que iba a explicar, dijo que su ex era una mujer herida hasta lo más hondo. Contó muy por encima que la habían violado, una de esas historias terribles, de adolescente había estado secuestrada meses en el sótano de un vecino. Ese calibre de herida.

«¡Ay, Samuel! O sea que ¿tú pretendiste construir Disneylandia en las ruinas de Chernóbil?».

Él soltó una carcajada. «Genial», dijo, «¡eres genial!». Y después, por cortesía: «Bueno, ahora cuéntame de ti».

Ágilmente, ella empezó a rememorar el pasado. Tenía la capacidad de hablar de un asunto mientras pensaba en otro. «¿Me habrá deseado alguna vez este hombre? Si me lo hubiera propuesto, ¿sería yo la que estuviese ahora en el ático de la Gran Vía?», pensaba mientras con la boca enumeraba los episodios más divertidos vividos durante el desarrollo de aquel proyecto en Costa Rica, sobre todo el bestiario de personajes que la vida hizo coincidir ese año en el Centro Cultural Español. «Los normales éramos tú y yo», dijo riendo, mientras pensaba que ella nunca había tenido esa visión de atrapar a un hombre como *modus vivendi*, o esa visión, sí; pero nunca la seria intención, «eso me pasa por ser tan pagada de mí misma», pensaba mientras riendo exclamaba: «¡Y doña Pitt! ¿Te acuerdas de la secretaria?», una gordita que vivía enamorada de Brad Pitt, pero enamorada en serio, en plan de que los viernes prefería irse a su casa a ver películas con el actor en vez de salir con los amigos.

Samuel reía sin decir ni que sí ni que no. «La verdad, había sido una época espléndida», pensó ella y esto sí lo dijo. Era otra cosa, tener veinticinco años, la vida estaba por delante, que es donde siempre está, pero no siempre se ve así (esto no lo dijo). «¿Y el portero del consulado, que le decíamos Mafaldo, porque llevaba el pelo igual, todo abombado? Jajaja», se carcajeó ella, «qué malos éramos, ¿recuerdas lo que le hicieron? Una vez se quedó dormido en su puesto de trabajo y entonces Chumáger, el chofer tuerto, le hizo un corte en el afro y lo dejó como un ciprés de Zarcero».

Este recuerdo la hizo carcajearse aún más. Samuel, en cambio, sonreía por cortesía. Él también estaba pensando en otra cosa. «¿Te acuerdas?», repitió ella, invitándolo a reírse juntos. «Mira, es que hay una cosa que no te he dicho», dijo Samuel. «Hace unos años…».

Tuvo un accidente. En la Gran Vía, por cierto. Eran las tres de la madrugada. Lo había atropellado una moto, le dijeron. Él iba a pie. Lo poco que sabe es por unos testigos. A raíz de ese accidente había perdido grandes fragmentos de la memoria. Se lo decía para que supiera por qué a veces no recordaba cosas que, sin duda, habían sido muy divertidas y entrañables. No lo andaba contando, pero a ella había preferido advertírselo.

«Ah, pues estamos casados, ¿recuerdas?, nos casamos en una playa de Costa Rica», bromeó ella, pero esta vez a él la broma le sentó mal, muy mal, y peor a ella la inesperada reacción, tomando en cuenta que podía verse como un leve coqueteo.

Su memoria, dijo él, era un hermoso rompecabezas de esos de montañas y lagos con cisnes, al que alguien le hubiera dado una patada. El accidente en sí no había sido nada grave. Unas personas se habían acercado a socorrerlo. Llegaron los del Sámur. No había sangre; un raspón, lo más. Él se incorporó sin mayor dificultad. No le dolía nada mucho. Los del Sámur se ofrecieron a acompañarlo a casa. ¿Dónde vivía?

Gran Vía, número tal. Estaban prácticamente enfrente. Lo habían atropellado a tres pasos de su hogar.

Abajo, la entrada de su edificio era con clave. De la clave sí se acordó, sin titubeos. Entró y subió al ascensor acompañado de dos chicos del Sámur, que insistieron en dejarlo en la puerta misma de su piso. Frente a la puerta, mal asunto: no encontraba las llaves. Habrían salido disparadas con el golpe. Entonces tuvo que llamar, a esas horas. Llamó, insistentemente. Abrió su mujer, que lo miró furiosa, asqueada, incluso. Él entró sin decir palabra y al llegar al salón, entonces sí, se desplomó en su butaca. Tuve un accidente, tal vez dijo, cómo saberlo. Su mujer se quedó de pie, cada vez más desconcertada que enfadada.

Los del Sámur no podían creer lo que estaba pasando, no les impactó esa joven esposa desalmada y furibunda; eran las tres de la madrugada de un jueves, tal vez su esposo bebía, tal vez no era la primera vez de una escena como aquella. No, lo que les impactó fue lo que estaba diciendo, primero a él, que quedó en shock, después a ellos: sí, él se llama Samuel, sí, lo conoce, pero ya no vive ahí, están divorciados desde hace más de tres años.

«Yo recuerdo que yo hice así», dice Samuel girando la cabeza ahí en la terraza y dejando la mirada perdida y estancada como un lago en la tarde, «y vi las fotos de mis hijos, y después de nuevo la vi a ella, y mi casa y mi salón… Y no lo podía creer, qué es esto, qué está pasando aquí», dice Samuel con gran entereza, no por orgullo, claro está, sino que el melodrama no está en su estirpe.

Pero su amiga centroamericana está lejos de ser tan parca y comedida, y se levanta de un salto para lanzarse a abrazarlo como si pudiera protegerlo de una avalancha de dolor. A él nadie nunca lo ha abrazado así.

«Ay, Samuel, mi chiquito dulce y hermoso», dice impulsiva, llenándole la cabeza de besos.

Estas palabras hacen ceder unas compuertas invisibles y Samuel rompe a llorar, sin ruido, como todo lo que hace. Murmura: «Yo no entendía nada, cómo es que la mujer que yo amo, mi esposa, me está diciendo que no, que ya no estamos casados, y que esta no es mi casa, que yo no vivo aquí, con ella y mis dos hijos, que los estoy viendo en la foto…».

Acurrucado en la cueva provisional de su amiga, tiembla mientras repite, una y otra vez: «No se puede construir Disneylandia en Chernóbil, no se puede construir Disneylandia en Chernóbil, no se puede construir Disneylandia en Chernóbil…».

Laura Flores Valle

(San José, 1978)

Estudia Filología Española en la Universidad de Costa Rica y ha trabajado como profesora de comunicación escrita, correctora de estilo y editora. Durante algunos años dirigió un taller literario con estudiantes de colegio. Textos suyos han aparecido en revistas literarias como *Cinosargo* (Chile), *Las Malas Juntas* (Costa Rica-Venezuela), *Buensalvaje*, *Revista Pórtico* y *Musaraña y Conjetura* (Costa Rica). Su primer libro, *El sur de cualquier parte, columnas y apuntes*, una recopilación de artículos publicados durante diez años en la extinta *Revista Paquidermo*, obtiene una mención honorífica en el Premio Nacional de Literatura Aquileo J. Echeverría, en la rama de ensayo. Actualmente trabaja como editora en la Editorial de la Universidad Estatal a Distancia, donde está a cargo de la *Revista Nacional de Cultura*. Desde 2020 ha publicado ocasionalmente crónicas y ensayo en la revista electrónica *El Fígaro*.

Martita o el arte de arrasar con un diminutivo

Laura Flores

Lo primero, antes de sentarse a comer, era desinfectar cuidadosamente la mesa del comedor. Limpión, espray y varias pasadas hasta que el vidrio quedara impecable, libre de las boronas y las chorchas que las compañeras más nuevas solían dejar después de comer. Acto seguido, colocaba una servilleta de tela que, por supuesto, hacía juego con el individual en cuyo costado derecho se leía un «Martita» delicadamente bordado; luego, el plato y los cubiertos. Una vez acomodada la mesa, sacaba de la refrigeradora un paquete de tortillas y un queso procesado. Separaba un par de lonjas del envoltorio plástico y las ponía encima de las tortillas, abría el hornito, sacaba la bandeja y la forraba meticulosamente con papel aluminio; colocaba las tortillas, cerraba la puerta y daba vuelta a la perilla. Daba unos pasos hasta la alacena y tomaba su taza, le ponía una bolsa de té de manzanilla, la llenaba de agua y la metía al microondas un par de minutos. Inmediatamente después, hundía las manos en su compartimento de la refri y alcanzaba un racimo pequeño de uvas y una papaya perfecta. Partía una rodaja de papaya —ni muy gruesa ni muy delgada— y colocaba las uvas en un platito hondo. Cuando no eran uvas, eran nectarinas o ciruelas; frutas importadas que, supongo yo, compraba en el supermercado los fines de semana, probablemente después de ir a misa.

Cada movimiento de Martita, cada ida y venida de un extremo a otro de la cocina, era parte de un ritual que se cumplía, sin alteraciones, de lunes a viernes y desde hacía casi treinta años. Tres décadas de trabajo que iniciaban y terminaban siempre de la misma manera: rezando el rosario. Pero su vida, más allá de sus filiaciones piadosas, era como la de cualquier otra persona en ese campus: una sucesión de rutinas, accidentes, nimiedades y momentos luminosos.

Caminaba rápido, siempre muy derecha y saludando cortésmente a todo el personal de la universidad. Impecablemente vestida y discretamente maquillada, Martita no parecía aspirar a ser más de lo que era: una eficiente y experimentada secretaria, la mano derecha del rector.

Le gustaban los colores vivos y los estampados. Adoraba los accesorios y tenía una colección de collares y aretes de fantasía que combinaba con esmero cada día, aunque las perlas de Mallorca, que solía usar para ocasiones especiales, eran sus preferidas.

Martita era más dada a observar que a hablar; además, había empezado a perder el oído y no sé si por eso, o porque nuestras conversaciones le parecían aburridas o francamente irrelevantes, su interés por interactuar con nosotras fue disminuyendo paulatinamente. Aun así, participaba sin chistar en los ritos abominables de fin de año: amigos secretos y todas y cada una de las fiestas institucionales en los restaurantes de los alrededores. También, sin chistar, formaba parte de las celebraciones de cumpleaños que las chiquillas de las barracas organizaban de vez en cuando. Generalmente se ofrecía a llevar el queque para la cumpleañera y, cuando era oportuno, el vino blanco; se esmeraba, también, para que el día del festejo, por más sencillo que fuera todo, la mesa siempre estuviera presentable: manteles, servilletas, vajilla correctamente colocada y copas para el vino —plásticas, sí, pero copas, al fin y al cabo—. En esas ocasiones, cuando juntábamos las dos mesas largas de la terraza para celebrar cumpleaños o navidades, era posible verla sentada junto a otras compañeras, y aunque hacía grandes esfuerzos para que no se notara, era claro que se sentía terriblemente incómoda a un costado de la mesa y que añoraba volver a su lugar en el mundo: la cabecera. Conversaba educadamente, pero apenas terminaba su postre, se levantaba, daba las buenas noches y, discretamente, se retiraba a su cuarto a rezar el rosario.

En sus breves cenas solitarias, muy por el contrario, presidía el silencio con serenidad y elegancia. Nunca, en los cuatro años durante los cuales coincidí con ella en esa residencia de mujeres, la vi ocupar otro lugar que no fuera la cabecera de la mesa: siempre de espaldas al pasillo y siempre de frente al reloj de la pared; reina solitaria en un imperio de sillas vacías. Cenaba temprano, entre cinco y media y seis y media de la tarde, una hora a la que normalmente era difícil toparse con otras compañeras. Martita, vista desde el otro extremo del largo pasillo que desembocaba en la cocina, era un punto inmóvil entre el ronroneo metálico del ventilador y el ahogado tictac del reloj.

Siempre creí que la imagen de una mujer mayor sentada a la misma hora, en esa mesa con cinco sillas vacías, era de una potencia abrumadora. Era tan triste y digna la atmósfera de silencio y calma que ella, con su sencillo ritual, le daba a esa cocina, que la barraca, toda, adquiría una momentánea profundidad. Parecía que las pequeñeces de su día, las llamadas telefónicas, las reuniones, las minutas, los correos, las impertinencias de los estudiantes, la pegajosa realidad de vivir confinada en pocos metros cuadrados de un trópico muy húmedo, la cruda monotonía de haber trabajado toda su vida en esa universidad privada y la resignación de haber visto cómo el paso de *empleada* a *colaboradora* no había significado absolutamente nada en términos de salario y categoría profesional, se disipaban en ese preciso instante en que ella, elegante y resueltamente, le daba el primer sorbo a su taza de té. Me pregunto si en ese minuto, con el borde de la taza rozando sus labios, la cocina se convertía en otra cosa; si el implacable aguacero que empezaba justo a esa hora la llevaba de vuelta al hombre que alguna vez quiso pero que, incapaz de vivir con una mujer como ella, que trabajaba y se ganaba la vida desde muy joven, decidió, estúpido como era, huir; si el peso de los años y las decisiones que nunca tomó se arremolinaban en esa cocina y le hacían sentir tristeza, arrepentimiento o resignación.

Nunca lo sabremos y en realidad eso no importa. Lo único importante, ahora que pienso en ella, es que treinta años pasaron como un soplo y que el rito de desinfectar la mesa antes de sentarse a cenar siguió repitiéndose, tarde a tarde, hasta el día que el rector se acogió a su pensión y ella, como la sombra que era, también tuvo que irse.

Así, luego de las despedidas y los trámites respectivos en Recursos Humanos, Martita hizo lo que hacen todos los jubilados: recoger fotografías y adornos de su escritorio, borrar archivos y poner papeles a reciclar, meter todas sus cosas en una caja, tomarse una veintena de fotos con compañeros y compañeras, llorar en el baño, sonarse los mocos, hacer sus maletas y emprender, ahora sí, su último viaje desde Guácimo hasta San José, cargadísima y libre, por fin, pero asustada por tener que regresar de golpe a la que, se supone, era su casa. A ese lugar en donde nunca vivió realmente, porque su vida eran los treinta y tantos pasos que debía caminar desde su cuarto minúsculo hasta la cabecera de esa mesa vacía que desinfectaba obsesivamente cada vez que se sentaba a comer.

Ahora que Martita ya nunca más volverá a la barraca, hay que decir que su obsesión por desinfectar la mesa de la cocina no era nada a la par de su verdadera gran fijación. Porque resulta que Martita, la recatada Martita, cada vez que metía la llave en el arrancador de su Corolla cuatro puertas, le daba un portazo a su yo de la barraca y al sufijo que le había condicionado la existencia, a ese «ita» que le impedía ser Marta, Marta a secas, y en cuestión de segundos, sin diminutivos castrantes a cuestas, emergía del parqueo como lo que realmente era.

Así, después de rezar la oración del conductor, de mascullar un padrenuestro y un avemaría, de encomendarse a la Negrita, de persignarse y cumplir con todos los protocolos que su origen cartaginés le dictaba, se entregaba a la lujuria de hundir su pie en el acelerador y despellejar el asfalto de los siete kilómetros de ruta institucional que desembocaban en la temible y legendaria ruta 32. Y así, también, hecha carne y espíritu con la carretera, rayándole a cuanto camión se le pusiera enfrente sin importar si había doble raya amarilla o si al final de una curva sin señalización corría el riesgo de toparse de frente con buses, derrumbes, bancos de neblina o accidentes en la ruta, Martita, la mujer que llevaba toda la vida cenando sola en una cocina para empleadas de categoría b y c, dejaba salir a la voraz depredadora que todas las subalternas del mundo llevamos dentro.

La lengua materna de Martita era la velocidad, y el cerro Zurquí, ahora lo entiendo, era el templo vegetal en donde podía despedazarlo todo: expectativas, rutinas, convenciones y, sobre todo, el diminutivo que le habían obligado a llevar desde muy joven, esa prótesis que no la dejaba moverse libremente.

Los relatos cruzados que pude recopilar durante mis contratos temporales en esa universidad me hacen pensar que la carretera, además de reconciliar a Martita con la infractora que todas llevamos dentro, también la reconciliaba con quién sabe cuántas cosas más que ya nunca sabremos, porque resulta que al cabo de un año de haberse pensionado, estando totalmente instalada en ese lugar tranquilo que se supone era su casa, entregada al cuidado de su única hermana, quien padecía una enfermedad coronaria y estaba delicada y en cama, Marta Escoto, el terror de los cabezales, sufrió un ataque al corazón y, sácatelas, murió.

Un año, apenas, pudo disfrutar de su pensión; un miserable y cortísimo año después de toda una vida de trabajo y de abnegación a su patrono, a la universidad y a ese gran escenario vacío que fue para ella la cocina de la barraca.

Nunca sabré cómo fue su entierro, quiénes habrán asistido o qué habrá dicho el padre sobre ella, porque me fui de la universidad y me enteré de su muerte casi dos años después.

Ni idea, tampoco, qué habrá sido de su hermana y del Corolla cuatro puertas que tantas alegrías le deparó en las curvas más peligrosas del Zurquí, pero de lo que sí estoy segura es que, en algún punto muerto del cerro, entre las caídas de agua y las sombrillas de pobre, en un espacio diminuto y cubierto de musgo, flota el recuerdo de todos aquellos que, como Martita, profesaron sin culpas la religión de la temeridad. A final de cuentas, chocar de frente con una pared de niebla a ochenta kilómetros por hora o rozar el filo de un barranco nunca fueron para Martita mayor problema; su miedo, el verdadero, era saberse parte de esa finísima película de polvo y grasa que acumulaba el cristal de la mesa, esa vieja suciedad institucional que no salía con nada, a pesar de haberla restregado durante treinta años con tantísimo empeño.

El Salvador

Ligia María Orellana

(San Salvador, 1985)

Doctora en Psicología por la Universidad de Sheffield, actualmente reside en el sur de Chile donde se dedica al trabajo académico. Es autora de los libros de cuentos *Combustiones espontáneas*, *Indeleble* y *Antes*, y de la novela *En caso de avistar monstruos marinos*. Publica el webcómic *Simeonístico*, y sus textos literarios, académicos y de opinión han sido publicados en medios impresos en El Salvador y el Reino Unido, así como en diversos medios digitales internacionales.

Amable

Ligia María Orellana

Dania llegó sin que la invitaran y encima llegó temprano. Ella lo sabe y se niega a salir de su carro. No tiene por qué estar ahí. Observa a su izquierda por la ventana los extensos jardines de pasto reluciente y los incontables cúmulos de flores de diversos colores. Algo rechina rítmicamente tras ella: su cabeza golpetea la cabecera del asiento. Su cuerpo imita el vaivén de su mente tanto como el cinturón de seguridad lo permite. No muy lejos de su estacionamiento, tres hombres cavan una tumba mientras las primeras sombras desoladas se congregan a su alrededor. Dania está mortificada. Llegó antes de tiempo.

El agujero que los hombres están cavando es para Celia. Dania la conoció en su tercer semestre en la cafetería de la universidad. Era una tarde imbuida de calor y tedio en la que Dania decidió saltarse una clase. Ordenó «un café, por favor» a la señora de la cafetería tras la barra y llevó su mano hasta el fondo de su mochila para alcanzar su billetera. «No, sin leche», indicó apresurada mientras sus dedos jugueteaban con espirales de plástico, un estuche de tela, llaves, un teléfono descargado. «Dos de azúcar, sí» y seguía sin encontrar lo que buscaba. Frente a la cajera tuvo que admitir que había olvidado su billetera. Ojalá fuera eso y no que se le hubiera caído o se la hubieran robado. Dania tomó la taza de café y la alejó de sí. Se disculpó con la cajera, pero una mano sosteniendo un billete voló sobre su hombro. «Yo lo pago».

Dania dio la vuelta dispuesta a rechazar la ayuda y se topó con un rostro que había visto cientos de veces. Era una chica más o menos de su edad, de cara morena, ovalada, tajante. Esta era una de las tantas caras que Dania veía revolotear por el campus todos los días. Dania pasaba la mayor parte del semestre tomando notas en clase, leyendo estas notas y libros prestados y escribiendo ensayos que entregaba sin considerarlos la versión final. Fuera de estos ejercicios intelectuales que la llevarían a ser alguien en la vida, estaba lo que ella optimistamente llamaba su vida social. En la biblioteca, en la cafetería, desde una banca bajo un árbol, ella escrutaba a la gente que navegaba en sus alrededores. Esas caras familiares que ella ubicaba por su relación con otras caras. Podía estimar hermandades, enemistades, parejas, exparejas, futuras parejas. Todos esos estudiantes eran como sus amigos, solo que nunca los había conocido. Para Dania esto era como observar peces nadando en una pecera, sin darse cuenta de que para el resto del mundo el pez en la pecera era ella.

Dania no pudo rehusar el gesto de generosidad que apareció de la nada. Sin quererlo, vio a los ojos de esta mujer que le resultaba familiar pero desconocida y sintió una inmensa necesidad de dejarse socorrer por ella. Dania se resignó y musitó «gracias, te pago mañana sin falta». Celia se presentó ante Dania y comentó que la había visto tantas veces por la universidad que era como ayudar a una amiga. Dania sintió una punzada en el centro de su cuerpo, algo le dijo que este momento no había ocurrido por azar. Quiso contestarle a Celia que ella pensaba lo mismo, que eso de verse tan seguido construye una ilusión de amistad, pero temió sonar falsa como si acabara de inventárselo. Dania sonrió, bajando la vista al suelo. Tal vez esa punzada era solo la vergüenza de haberle quitado su dinero. En el fondo resintió haber aceptado el papel de inútil damisela que no pudo pagarse su propio café. Su benefactora, por el contrario, le sonreía como una beata habiendo realizado su enésima buena acción del día. Celia sacudió su mano para despedirse y se fue con dos amigas que la esperaban más allá. Dania cambió sus planes para esa tarde y finalmente entró a clase, sentándose al fondo del salón para poder desconcentrarse en paz.

Han pasado tres días desde que Dania recibió un mensaje en su teléfono, un teléfono más moderno que el que tenía cuando conoció a Celia en la cafetería. No fue hace tanto tiempo. «Su papá la encontró inconsciente», decía el mensaje, rotundo como un puñetazo al estómago. Dania rogó que fuera un rumor o un malentendido, y si fuera una broma de mal gusto la perdonaría. Para ese entonces se podía decir que Celia y ella eran… no amigas, pero tampoco desconocidas. Siempre pensó que Celia era simplemente amable con ella. Celia era amable con todos. Es que Dania se veía —decía Celia cuando se acercaba a saludarla— como una persona tan aislada, tan melancólica. Por supuesto que se vería así en comparación con Celia, quien habitualmente se mostraba radiante, rodeada de amistades y de la mano de hombres que fingían estrepitosamente ser tan educados e inteligentes como ella.

Dania corrió al hospital en cuanto pudo tras recibir la noticia. «No se va a morir», repetía, «no se va a morir. Despertará y tendrá algunas secuelas pero se recuperará». Dania llegó a la sala de espera y se dio cuenta de que no conocía a nadie ahí. Conocía las caras, eso sí. Tal vez también conocía algunos nombres, si se esforzaba en recordarlos; los habrá escuchado cuando se encontraba con Celia en los pasillos y ella le presentaba a quien fuera con quien estuviera discutiendo filosofía o política o caricaturas de su infancia. Algunas de esas caras observaron a Dania, la reconocieron al verla entrar, pero nadie se le acercó. Había gente mayor también, tíos y tías, supuso Dania. Dos de sus primos estaban ahí, de eso estaba segura. Celia se iba de campamento con ellos, alguna vez le enseñó a Dania fotos de esos viajes.

Dania se sintió afortunada al encontrar un asiento libre en la sala de espera. Eso le aliviaba la obligación de hablar con otras personas que se mantenían de pie. Se sentó en silencio. Sintió que estaba ocupando el espacio de alguien que merecía estar ahí más que ella. Quería preguntar por el estado de Celia y quería marcharse de ahí. A los pocos minutos entró a la sala de espera una jovencita desecha en llanto. Todos la rodearon y Dania escuchó algo sobre una condición congénita y muerte cerebral. Eso significaba muerte, a fin de cuentas. Dania miró sus zapatillas mientras al otro lado de la sala dos amigos sollozaban por el milagro de que Celia había sacudido sus dedos esa misma mañana. Celia saldría de esta, ella despertaría de esta supuesta muerte porque ella era fuerte y luchadora, ella era una chica invencible.

Por la ventana del carro Dania ve a más personas acercarse a la tumba que está lista para la ceremonia. Suspira y sale del carro. Pasó una hora vistiéndose para el funeral. Había asistido al velorio la noche anterior, tras dar vueltas sin sentido por cuarenta y cinco minutos porque no daba con el lugar. En el velorio había visto a la madre de Celia por primera vez. Y a su hermanita y a su hermanito. Dania pone un pie en el pasto fresco del cementerio y lo lamenta por aplastarlo con sus tacones. Se pregunta, como se ha preguntado en el hospital y en el velorio, qué está haciendo aquí. Por qué, para qué. «Ella no está aquí, *¿por qué* debería estar yo?».

Supone que solo quiere ser amable con Celia. Devolverle el gesto. Esto será lo último que podrá hacer por ella. El día después de que se conocieron, Dania le pagó el café, más o menos. Celia no quería recibir el dinero, así que Dania le compró otro café. A partir de entonces se saludaban al cruzarse por los pasillos. Celia incluso se alejaba de su grupo de amigos para acercarse a Dania. Intercambiaban datos curiosos que aprendían en clases, aunque estudiaban en facultades diferentes y hablaban dialectos distintos. Ocasionalmente Celia le contaba que había conocido a un chico. Y después a otro chico. Después tenía el corazón roto y Dania también, por ella. Dania nunca tenía mucho que contarle o, si lo tenía, no era nada interesante, pero Celia actuaba como si lo fuera.

Dania camina torpemente por los jardines cercanos a la tumba. Está haciendo tiempo hasta que la carroza fúnebre se estaciona frente a ella. Una ola negra de gente afligida, sollozando y moqueando, se comprime en torno a este nuevo agujero en la tierra. Dania busca rostros familiares. No encuentra ninguno, pero podría ser que no los reconoce porque el luto les ha desfigurado la cara. Un sacerdote inicia la elegía con solemnidad y Dania no entiende una palabra de lo que dice, excepto que Celia era tan joven, con un corazón de oro y una mente brillante, con toda una vida por delante. Durante la elegía todos tienen a alguien para tomar de la mano y Dania se da cuenta de que está en un funeral donde solo conoce a la persona en el ataúd. No debió haber venido. Solo quería ser amable con Celia. Solo quería despedirse.

La madre de Celia está destruida. Sus lágrimas se escapan bajo sus lentes oscuros; su hijo e hija la flanquean y eso parece ser lo único que la mantiene de pie. Está a punto de disolverse con el viento. Dania voltea al ataúd que ahora está descendiendo. Sus ojos comienzan a desbordarse. Dania, no. No siente nada en su pecho, pero sabe que sus mejillas están húmedas. Retrocede la película mental que tiene de Celia y ella, que no eran amigas pero tal vez así se llamarían si alguien se molestara en preguntarles por su relación. La película llega a su final cuando una mano roza la oreja de Dania y esta se da vuelta para encontrar a una mujer guapa y sonriente, quien decide hacer algo amable por una desconocida que olvidó su billetera. Ahora Dania siente algo. Ahora le duele. Ahora siente demasiado. Dania está llorando, pero a nadie le importa porque todos están haciendo lo mismo. Todos están muriendo un poco. La tierra se traga el ataúd.

El grupo de dolientes se desintegra. Se van y se llevan sus abrazos devastadores y sus palabras de cristiana resignación con ellos. La madre de Celia se tambalea como si con la muerte de su hija hubiese perdido una de sus extremidades; dos parientes la toman de los brazos para ayudarle a subirse a un carro. Dania se queda para observar a los tres hombres sellar la tumba. Cuando los hombres se van, Dania se acerca y se pregunta cómo será la placa. Seguro tendrá el nombre completo de Celia, su fecha de nacimiento y de defunción. Tal vez un grabado de flores o de angelitos.

A sus espaldas, escucha un carro acercarse y frenar ante el jardín. Voltea y es una mujer, como de la edad de Celia o la suya, vestida de negro y lila. La mujer salta del taxi y mira a su alrededor como tratando inútilmente de ganarle una carrera al tiempo. Sus ojos rojos, hundidos por el llanto, se dirigen a Dania. No precisamente hacia ella, sino hacia ese rectángulo de tierra que yace a sus pies. La joven mujer de negro y lila se apresura a su lado, clava los ojos en la tumba y Dania jura que escucha su corazón hacerse añicos. La desconocida comienza a llorar, suelta un sollozo desgarrador y a Dania se le inundan de nuevo los ojos por la profundidad de su dolor. Ella llegó sola y el taxi se fue. Dania deja de pensar en que no debería estar aquí, pero no sabe qué hacer.

La desconocida parece reparar en Dania por primera vez. Estira sus brazos y jala a Dania hacia ella. Dania se siente aliviada. Da gracias al cielo por esta desconocida con el corazón roto y las dos comienzan a llorar en el hombro de la otra. Dania no tiene la menor idea de quién es. Las delgadas nubes blancas sobre ellas se vuelven rosa y naranja y los jardines comienzan a dormirse. La desconocida le pregunta a Dania cuánto tiempo estuvo con Celia. La cara de Dania se incendia como las nubes en el horizonte. Ella cubre su boca con una mano y sacude su cabeza, cerrando sus ojos con fuerza. La desconocida se disculpa y no insiste más, no se da cuenta de que Dania sonríe ligeramente. Dania quiere hacerle la misma pregunta, pero se detiene cuando la desconocida voltea súbitamente a la tumba y se le escapa un sollozo cargado de dolor. Dania da un paso atrás y se aleja.

Entra a su carro y se deja caer en el asiento. Respira profundo, limpia sus lágrimas, se ajusta el cinturón de seguridad. Por la ventana observa a la desconocida que se ha derrumbado y está de rodillas frente a la tumba. No queda nadie más en los jardines. Dania traga un nudo en su garganta y desengancha el cinturón, sale del carro y regresa a ella. Ahora la desconocida está sentada sobre el pasto arrancando briznas. Se quitó sus zapatos y tiene su cabeza inclinada, tal vez para que el maquillaje se corra con mayor facilidad. Dania pisa con fuerza para que ella la escuche acercarse. La desconocida levanta sus ojos llorosos hacia Dania, quien se queda de pie a su lado. «¿Te llevo a tu casa o… adonde sea…?», le pregunta. La desconocida asiente tristemente y responde «gracias» con una exhalación.

Michelle Recinos

(San Salvador, 1997)

Periodista graduada en Comunicación Social por la Universidad Centroamericana José Simeón Cañas. Escribe para la sección de investigaciones «Séptimo Sentido» de *La Prensa Gráfica*. Ha trabajado temas de género y derechos reproductivos, medio ambiente, desigualdad, justicia y políticas culturales. En 2021 presentó, junto con el equipo de «Séptimo Sentido», el reportaje «Acusados por Estévez: la investigación que las autoridades no hicieron en Chalchuapa» en la Conferencia Latinoamericana de Periodismo de Investigación. Forma parte, desde 2021, de la sexta generación de la Red Latinoamericana de Periodistas Jóvenes de Distintas Latitudes.

Casting

Michelle Recinos

Durante tres horas quince bebés habían desfilado por la sala en brazos de enfermeras gordas y mal pagadas. A los quince los cargaron las cinco damas de la junta directiva de la fundación Querubines. A los quince los sometieron a escrutinios para evaluar la calidad de deditos, bracitos, piernitas y estomaguitos y determinar si se trataba de ejemplares de alta calidad que cumplían con los requerimientos de la directiva.

Tres horas transcurrieron entre el café de las 10:00 a.m. y el último bebé examinado, un rollizo espécimen de ojos verdes que bien podría haber sido el seleccionado de no ser por el defectito que sobresalía de su espalda baja. La pobre criatura anónima había sido condenada, entonces, al infortunio de la espina bífida y al rechazo de Celeste León, la presidenta de la fundación Querubines. Esto último era, quizá, lo que marcaría su vida más que el defecto congénito.

Las damas empezaban a mostrar signos de cansancio después de haber cargado, mimado, volteado, apretado y evaluado a los bebecitos.

—Es que yo creo que de aquí nada bueno puede salir —dijo la vicepresidenta Mena, mientras limpiaba sus huesudas manos con una toallita desinfectante por quinta vez. Larios, la directora de Proyección Social, secundó la afirmación mientras frotaba unas gotas de alcohol en gel entre las palmas de sus manos.

Desde la mesa de *coffee break*, Morales, la vicepresidenta de Asuntos Locales, asintió con la fuerza sobreactuada suficiente para hacer que sus lentes Chanel de imitación cayeran de su cabeza:

—Yo siempre les digo que lo mejor es quedarnos en la capital. Allá, donde conocemos bien las cosas. Pero, claro, nadie me hace caso y terminamos en lugares como este —dijo recogiendo los lentes blancos del suelo.

La directora de prensa, Arana, dio un largo sorbo a su taza de café. Dejó restos de labial y de quesadilla en el borde. Después de haber bajado el pedazo de pan, que más que pan era esponja de sofá, a fuerza del jarabe de palo que ahí les daban como café, dijo que no podían seguir pensando de esa forma. Que como institución tenían que asegurarse de cubrir todo el territorio. Otro sorbo después, agregó que también ayudaba a la imagen de la fundación.

La que no se había pronunciado desde que se llevaron del cuarto con aire acondicionado, y en medio de gritos de matadero, al deforme rechoncho, era la señora Celeste. Estaba sentada en el mismo lugar que había ocupado durante toda la sesión. Tenía la vista perdida e intentaba escuchar sus pensamientos.

—Este es un trabajo importante, señoras —dijo rompiendo su silencio—. Les recuerdo que aquí en la fundación hay bastante inversión de parte del partido. También de los señores Hill y de los Torres. No estamos jugando, tenemos que hacer bien este trabajo. Quien no esté de acuerdo puede perfectamente dimitir. La puerta es ancha.

Las cuatro mujeres guardaron silencio. Arana deseó un cigarrillo, como en sus años de universitaria. Deseó sus años de universitaria. Pero ahí no había espacio ni para lo uno ni para lo otro. Asintió. Las demás también asintieron.

—Puede que haya más niños allá afuera —dijo Mena con el tono de esperanza del capitán de un barco que está por hundirse—. Acuérdense de que aquí fue lo de los Dominguitos, ¿o no? Estoy segura de que tiene que haber más niños. No solo los que están registrados con la fundación.

—El problema no es que haya más niños, vicepresidenta. El problema es que estamos más que seguras de que esos no son los niños que buscamos. Ni los que acabamos de ver.

Es claro que tampoco van a ser otros niños de este pueblo. Puede ir a pedirle al cura, al alcalde, a la Unidad de Salud… A quien usted quiera. Pero esos niños van a ser iguales a los quince que acabamos de ver —sentenció Morales.

—¿Y eso es un problema por…? —preguntó Arana, con la ingenuidad de quien acaba de graduarse de la universidad pública y cree que estará orgullosa de eso buena parte de su vida.

—Porque no es lo que andamos buscando, directora —contestó Morales, como si con esa respuesta hubiera pretendido darle una bofetada con un trapeador mojado.

Las cinco damas se sumergieron en el silencio de quien se da cuenta de que estar dentro de un cuarto con aire acondicionado en un clima como el de afuera es una bendición reservada solo para los mortales más buenos, más piadosos, más altruistas y más generosos. Para los que cumplen con su deber cristiano sin protestar. Incluso si eso significa tolerar los alegatos de Celeste León, mujer guerrera de Dios que escupía cuando hablaba, especialmente a gritos.

«No entiendo por qué buscamos al bebé Gerber», pensó Arana. Lo pensó y agradeció que se hubiera quedado ahí, dentro de su cabeza. A veces había llegado a cavilar que ni siquiera su cabeza era un lugar seguro dentro de esa fundación. Celeste León había dicho, una y varias veces, que el control era lo suyo. «Y este control me incluye a mí», se decía a veces Arana cuando fumaba a escondidas (pero ¿a escondidas de quién, en su propia casa, fuera de horario laboral?) y recordaba las palabras de León.

—Tenemos que seguir buscando, la última campaña no fue del total agrado de los Hill. Permítanme recordarles que doña Celia dijo que más parecía una campaña de niños quemados —sentenció Morales—. No podemos darnos el lujo de que se repita.

—O, peor, que consideren que no somos las indicadas para el trabajo.

—O, peor aún, que convoquen elecciones prematuras para la Junta Directiva.

Los alegatos de las estiradas damas se interrumpieron cuando una criatura desnutrida de cabello castaño maltratado, amarrado en una cola estirada entró en la habitación. Vestía un pantalón viejo que no era de su talla, una camisa sin mangas desteñida y un par de zapatillas rotas y gastadas. No tenía más de doce años.

En sus brazos cargaba a un bebé que parecía hecho de cerámica.

—¿Y ese ángel? —dijo Celeste. Se puso de pie y estiró sus largos brazos para acoger al niño. Las demás mujeres la rodearon. Visto de lejos, parecía un cuadro perfecto para ejemplificar el sagrado deber femenino de la maternidad.

El bebé era rollizo, sano. Las pestañas más parecían alas en sus ojos verdes como esmeraldas. Los labios eran rojitos y el poco pelo que le decoraba la mollera era castaño.

—¿Y de dónde salió este querubín? —preguntó Celeste, dirigiéndose más bien al aire de la sala—. Quiero que me llamen de inmediato a los padres, esto es lo que necesitamos, es lo que andamos buscando.

La niña se quedó de pie sin saber qué hacer. Se llevó la uña del pulgar derecho a la boca. No dejaba de ver al bebé de cerámica.

—Mi amor, ¿podés ir a llamar a los papás del niño? ¿O a un grande responsable, porfa? —Arana se dirigió a la niña como si de ella dependiera que fuera a graduarse de un examen de trabajo social.

Al cabo de unos segundos, una enfermera gorda entró en la habitación. Se acercó como autómata a la mesita del *coffee break* para recoger los trastos sucios manchados de labial de las señoras. Fue el ruido de la vajilla lo que hizo que las damas de la fundación Querubines repararan en su presencia. Y en la de la niña, que se había quedado en un rincón con el pulgar metido en la boca.

—Disculpe, señorita, tenemos que hablar con los padres de esta criatura —le dijo Celeste.

—Ella es la mamá —dijo la enfermera señalando a la niña—. Con permiso —y salió cargada de los restos de la mesita del café.

Las cinco mujeres miraron perplejas a la niña que, a su vez, miraba al suelo mordiendo con más intensidad la uña del pulgar. Celeste sostenía en sus brazos a la cría.

—Bueno, nos lo llevamos —dijo, luego de unos segundos de silencio. Las cuatro mujeres deshicieron el círculo de adoración a la criatura de cerámica y se movieron con pasitos ágiles a sus bolsos, mochilas, carteras y maletines. Sacaron papeles, lapiceros, celulares y cámaras digitales.

—Buenas tardes, señora —dijo la vicepresidenta Morales a la niña—. Me comentan que usted es la madre de esta preciosa criatura.

La niña no contestó. Miró instintivamente hacia la puerta por la que acababa de salir la enfermera.

—¿Hola? Sí, ¿usted es la mamá? —insistió Morales, moviendo un folio de papeles que sostenía en la mano frente al rostro pálido de la niña.

—Sí —respondió ella—, es mi bebé. Me dijeron que tenía que traerlo a una consulta, ¿ustedes son las doctoras?

—No, linda. Nosotras representamos a una fundación que busca ayudar a bebés como el tuyo —le dijo Arana con una cámara digital en sus manos. Intentó acercarse a la niña, pero ella retrocedió con un paso brusco.

—¿Son como las señoras de verde que me vienen a explicar lo de la inyección de los tres meses?

El silencio invadió la sala. Las cuatro mujeres miraron a Celeste, que soltó un seco «no». El bebé de cerámica no dejaba de sonreír ante las caricias de la mujer.

—Queremos ayudar de verdad a su bebé —dijo después de tragar en seco—. Nos parece que es la criatura más bonita que hemos visto. Y, la verdad, hemos visto a varios niños este día, créanos. Es decir, queremos que nos lo preste para sacarle fotos y videos, y para hacer afiches con su carita preciosa. Y por eso queremos saber si acepta unos veinticinco dólares por los derechos del niño.

Las otras cuatro mujeres miraron en silencio a la niña. Era como presenciar un partido de tenis. Celeste León sostenía al bebé en un lado de la habitación y la niña madre se estiraba la parte baja de la camiseta al lado opuesto.

El ángel bebé rompió el silencio con una carcajadita.

La niña introdujo la uña del dedo pulgar en su boca. Pasó una toalla blanca de un hombro hacia el otro. No había entendido y se los dejó claro con un movimiento negativo de cabeza.

—Queremos que nos digás cuánto cuesta tu bebé, pues —le dijo la directora de prensa Arana. Había caminado por el cuarto tomando algunas fotos de las instalaciones.

—No cuánto cuesta —la corrigió la vicepresidenta Mena con una mirada fulminante—. Queremos saber si acepta lo que doña Celeste le quiere pagar para que nos preste a este bebito y que todos en el país vean el gran milagro de la vida.

—Su bebé va a ser bien famoso. Va a salir en la tele, en internet, en vallas publicitarias… Va a estar en todas partes —dijo la vicepresidenta Morales a la niña.

—Y, lo más importante, va a estar apoyando una noble causa. La más noble de todas, pienso yo: la de la vida —agregó la vicepresidenta Larios.

La niña no entendía de qué hablaban. Mordía la uña del pulgar con más intensidad.

—O sea, pues, díganos cuánto quiere por el niño. Cuánto quiere que le demos para que nos deje hacerle fotos y videos para una exitosa campaña —dijo la presidenta León, con un hilo de paciencia.

—¿Cuánto quiero de dinero? ¿O cómo? —preguntó la niña.

—Sí, normalmente pagamos unos veinticinco dólares, pero por este angelito podríamos hacer una excepción. Díganos, cuánto quiere.

—¿Pero se lo van a llevar con todo y ropa? ¿Y la cuna y todo eso también o ya tienen una cuna?

Las mujeres guardaron silencio. Arana lo rompió.

—No, linda, no estamos comprando al bebé. Queremos que nos des autorización para sacarle fotos y ya. Fotos que van a estar en la capital y en otros países. Decinos cuánto querés que te paguemos por eso.

El ángel bebé empezó a gritar como si alguien le hubiera hundido una navaja en la planta del pie de cerámica. Celeste lo alejó de inmediato de su vestido: creyó que podía haberla meado o vomitado. En su expresión de espanto no quedaba ni un ápice de la ternura que hace unos segundos le invadía el solo pensar que respiraba el mismo aire que la criatura que en esos momentos parecía un nudo rojo de lágrimas y sudor.

La niña cruzó la habitación en silencio. Estiró los brazos a la altura de Celeste para cargar con el bebé. Entonces se levantó la estirada camiseta y de una camisola blanca percudida asomó un pecho no más grande que un limón amarillento sin jugo. Lo introdujo en la boquita del niño y empezó a arrullarlo con movimientos lentos.

Cuando notó la mirada de escrutinio de las cinco mujeres, cubrió la escena con la toalla blanca que había cargado todo el tiempo en el hombro. Bajó la mirada al bebé, que mamaba de su pecho de limón.

Las cinco mujeres se miraron entre sí.

—Entonces… Señorita, ¿nos acepta los veinticinco dólares? —dijo Celeste recuperando el tono de empresaria que la caracterizaba cada vez que quería conseguir algo.

—Es que yo no puedo contar —dijo la niña, que volvió la mirada al bebé de cerámica que parecía de nuevo un ángel y no un bicho llorón. Unos segundos después, la niña contestó—: Pero pueden regalarme una mudada de ropa. Creo que solo eso necesito.

Mena pensó en preguntarle a la niña por sus padres. Morales pensó que una sola mudada de ropa no era lo único que necesitaba. Larios imaginó la escenografía para las fotos del bebito que la niña aún acunaba. Ya veía el fondo de nubes con estrellitas y a la criatura envuelta en una toalla mirando con sus grandes ojos a la cámara. Arana seguía deseando un cigarro.

—Va, hagamos un trato —dijo Celeste—. Vaya a llamar a la enfermera, por favor. Vamos a hacer todas las vueltas oficiales —y cuando la niña se bajó la camisola y la camiseta estirada, le arrebató al bebé de los brazos y le estampó un beso que le dejó una marca rosada en la mejilla.

La niña salió de la sala con la uña entre los dientes.

—¿Cuántos años creen que tenga? —preguntó Arana.

—Lo importante es que la vamos a ayudar. Bueno, que ella nos va a ayudar, también. Y, sobre todo, que vamos a salir con esta campaña. Dios mío, ya me estaba estresando. Ya sentía que íbamos a tener que usar a otro niño de carbón de la campaña de los niños quemados —dijo Mena, soltando una risa fugaz.

—Licenciada Arana, por favor, saque los papeles ya. Necesitamos la firma de la niña esa, no podemos dejar que se eche para atrás —dijo Celeste con el bebé aún en brazos. El entusiasmo por la criatura había quedado muy atrás. Ahora se dedicaba a revisar de pies a cabeza al pequeño ángel. ¿Y si tenía espina bífida también?

Pensó, mientras, en que le había ahorrado veinticinco dólares a la fundación.

Pensó en lo mucho que odiaba a sus compañeras.

Pensó en que el niño que cargaba pesaba bastante para ser hijo de una niña como la que habían entrevistado hace poco.

La enfermera volvió. Traía a la niña de la mano.

—¿Encontraron, señoritas?

—Ay, sí, gracias a Dios, mire que ya nos habíamos desilusionado —le contestó Mena. Y, después, le pidió más quesadilla.

—Vaya, necesitamos que nos firmés aquí. Este es solo un permiso que los padres deben firmar para autorizar que las fotos de sus hijos salgan en público y para desligar a la fundación de cualquier responsabilidad legal. No sé si gustás leerlo primero —dijo Arana extendiendo tres copias de un contrato de cinco páginas.

Todas las mujeres la miraron en silencio. La niña negó con la cabeza. Aún tenía la uña del pulgar en la boca.

—Si no ponga la huella, mamita —le dijo la enfermera en el tono más maternal que la niña probablemente había escuchado en toda su vida. La niña se secó el dedo y colocó el pulgar manchado de tinta en las tres copias del contrato. Le dieron uno, que dobló en cuatro partes y guardó en la parte de atrás del pantalón viejo.

La enfermera salió de la sala. Celeste dedicó una sonrisa a la niña y tomó asiento en la silla que había utilizado desde un principio. Tenía al bebé ángel acostado panza abajo sobre su regazo. Estaba desvistiéndolo como quien desviste a un bebé plástico para cambiarle la batería que hace que produzca un sonido de llanto.

Arana se acercó a la niña, que había vuelto a introducir su pulgar en la boca.

—¿Puedo pedirte un gran favor? —le dijo con la cámara digital en las manos.

La niña asintió en silencio.

—Eso que hiciste de darle el pecho, ¿podés hacerlo una vez más?

La niña asintió. Soltó la cola estirada que sostenía su cabello castaño seco y muerto, que más que cabello de niña parecía pelo de elote. Lo acomodó detrás de las orejas y se pasó la manita por el rostro, para limpiar cualquier rastro de sudor que pudiera aparecer en la foto.

—No, mi amor, pero sin tu cara —le dijo Arana.

Patricia Lovos

(San Miguel, 1991)

Licenciada en Comunicaciones, con estudios técnicos en inglés y fotografía. Ha cursado talleres impartidos por varias personalidades de la literatura salvadoreña. Primera mención honorífica en los Juegos Florales 2019 por la obra *Aliento de cachorro*, la cual fue publicada por Índole Editores de El Salvador. Sus cuentos han aparecido en diferentes revistas latinoamericanas. Actualmente trabaja en el área de las comunicaciones y la cultura.

Diálogos infecundos

Patricia Lovos

Y ahí estaba yo, esperando el resultado de la operación de un ser querido, el hospital Rosales parecía estar más vacío que de costumbre; recuerdo que, para entonces, padecía de insomnio y a duras penas había podido levantarme a las cinco de la mañana.

Él y yo debíamos ser de los primeros, queríamos que las enfermeras prestaran especial atención a su caso. Por fin lo ingresaron, me senté a esperar en una de esas butacas de color mostaza que estaban en el corredor. Abrí el libro que llevaba, eran las ocho de la mañana, yo aún tenía sueño, y por poco no logro leer un cuento de Moya que había escogido de la antología.

La historia me alejó, al menos, un momento, de la abulia de la mujer que se sentó a mi lado, a quien había que sacarle las palabras a cucharadas desde que le confesé que esa mañana no me había bañado por miedo a deslizarme en la ducha.

Ella había hablado un par de minutos conmigo, pero luego de la sucia confesión, su superioridad higiénica se puso de manifiesto afirmando que provenía de un pueblo y que había salido de su casa a las tres de la madrugada.

Confieso que me sentí apenada, pero el insomnio era algo que yo ya no podía controlar y que no le deseaba a nadie, ni siquiera a ella por mirarme con asco. Insistí en mi tarea de hablarle, no había nadie más en al menos diez metros a la redonda y realmente necesitaba a alguien que me sacara del letargo.

En los próximos minutos, no obtuve mayor respuesta, la mujer no establecía ningún vínculo conmigo y solo se limitaba a contestar con incómodos monosílabos. Me cansé. Decidí moverme de lugar y volver a la antología de cuentos, pero no pude seguir más allá de la mitad del segundo relato, bajé la cabeza y dejé el libro a un lado.

El insomnio me estaba matando lentamente, y es que no se trataba de cualquier insomnio, era *la peste del insomnio*. Algunos días soñaba demasiado; otros, me despertaba a las tres de la madrugada; otros, moría, y, al volver a la vida, todo el conocimiento del día anterior se había esfumado.

Ese día yo debía permanecer despierta y la única que podía ayudarme era la mujer sentada bajo el árbol de mango justo frente a la entrada de Ortopedia, así que dejé mi dignidad a un lado y me dispuse a hablarle:

—Hola, hoy amaneció fresquito, ¿verdad? Y usted, ¿a quién espera? —pregunté amable.

—A mi hermana, la están operando de la rodilla —respondió la mujer sin mirarme a los ojos.

—Ahhh, va a salir bien, ya va a ver —le dije en un arrebato de optimismo.

—Así es, confío en mi Dios, pero ya es la cuarta vez que la operan —respondió ella con tedio.

—Comprendo, lo bueno es que usted está aquí para ayudarla.

—Sí, pero la verdad ya me estoy cansando, no me gusta dejar a los niños tanto tiempo solos. ¿Y usted, a quién espera? —preguntó la mujer viéndome de pies a cabeza.

—A mi mejor amigo —contesté.

—Y ¿qué él no tiene mamá? —me dijo mirándome como quien mira a un huérfano desamparado. Me incomodé, pero desvié la mirada y proseguí con mi interrogatorio.

—¿Están pequeños sus niños? —pregunté, esperando la típica respuesta de pañales y leche.

—No, tengo uno de doce y otro de dieciséis, están en edad de cuidado —dijo la mujer con cierta preocupación.

—Ahhh, sí, me imagino, ahora las cosas están difíciles para los muchachos jóvenes —contesté tras un hondo suspiro.

—Y ¿usted tiene hijos? —me preguntó, inquisitiva.

—No —respondí—, no tengo ni quiero tener, no creo que el país dé las condiciones.

—¡Ay, hija, donde caben dos caben tres! Lo que pasa es que usted ha de ser desordenada. ¡Imagínese que ni se bañó hoy! —dijo la mujer con vehemencia.

Entrecerré los ojos y me mordí la lengua para no responder. ¡Si tan siquiera esta señora entendiera el concepto de insomnio crónico, si tan solo pensara más allá de la «ley de Dios», del mandato femenino, de la filiación uterina! Pero yo no estaba en condiciones de teorizar sobre el tema, era solo la acompañante que no se baña y que anda por la vida hablándoles a mujeres que no quieren hablar con ella. Había jurado ya no demostrar a nadie mi supuesta superioridad moral al no querer ser madre, y así lo hice, los ataques eran personales, pero debía mantenerme estoica, hierática, incólume, por lo que simplemente respondí:

—Puede que lo que usted dice sea cierto, tengo treinta años y aún no tengo hijos, pero creo que es la decisión más responsable en mi caso. Lo importante es que sus niños ya están grandes, pronto se graduarán y le ayudarán en casa.

—¡Ay, Dios, si le contara! Yo a estas criaturas las he tenido que cambiar de escuela cuatro veces —dijo la mujer, ya entrando más en confianza.

Sentí curiosidad y pensé: «Ahora se viene un buen baño de realidad nacional», no pude evitarlo y con una frase usada por mi psicoanalista, pregunté:

—Y eso, ¿cómo la hace sentir?

La mujer me vio desconcertada mientras asentía con la cabeza, como si en siglos alguien no le hubiera preguntado por sus sentimientos, elevó los ojos buscando una respuesta y vomitó una retahíla de sensaciones traducidas en palabras lúcidas.

—Me siento frustrada, yo quiero que mis hijos estudien, pero no puedo mandarlos a ninguna escuela del pueblo, siempre llegan golpeados o amenazados por los compañeros, ahí hay niños hijos de pandilleros y los maestros no hacen nada.

Me estremecí, estuve a punto de vociferar: «¿Ahora entiende por qué algunas personas no deberían tener hijos en un país como El Salvador? No se trata de un mandato divino, señora, es una problemática social», pero me contuve. Respiré hondo y, por más que traté, no pude impedir que una imagen grotesca invadiera mi mente. Fue entonces cuando recordé esa estampa de infancia: eran mis primos arrancando las garrapatas de los perritos de la casa sin percatarse de que en su piel permanecían (se quedaban) decenas de huevecillos que terminarían acabando con el animal si el problema no se trataba de raíz.

Luego de abandonar aquel asqueroso pensamiento, no supe qué decir, yo nunca había pasado por una situación así, e incluso era escéptica sobre el fenómeno de la violencia, etiquetando de alarmistas a las personas o a los medios de comunicación que propagaban el miedo. Pero me dispuse a buscar soluciones. Recordé que más de una vez en la universidad me habían hablado de programas para refugiados víctimas de violencia. Siempre tuve mis reservas al respecto; el tema de la migración en la actualidad me parecía parte de un plan siniestro del globalismo para homogeneizar a las sociedades y robarles su identidad; sin embargo, esa mañana tenía ante mí un caso de necesidad verdadera.

—Creo que puede haber una solución —dije mientras sacaba mi celular y me disponía a buscar oportunidades para la señora y sus hijos.

La mujer me miró con desconfianza, como pensando: «¿Y esta niña qué va a saber si no tiene hijos y no se baña?, de seguro la mantienen sus papás».

En realidad, nunca supe lo que pensó, lo cierto es que me dio las gracias y se fue, le deseé suerte y ella siguió su camino sin mirar atrás. Cabizbaja, me dirigí de nuevo a la zona de espera y mi capa de superheroína se había caído. En verdad me hubiera gustado ayudar, odiaba los desprecios y peor aún si se trataba de señoras, porque de alguna manera yo no había podido resolver ciertos asuntos con mi madre.

Era increíble, yo no me había esforzado tanto para ser periodista como para que la gente no me tomara en serio. Pero, en definitiva, si no resolvía mi problema de sueño, seguiría dando motivos a las personas para pensar que los humanistas éramos unos vagabundos. Triste, me marché a casa.

*

Pasaron los meses y coincidí con la mujer en una de esas consultas de chequeo en las que mi amigo me pidió que lo acompañara. Estaba ahí, como la primera vez, sentada frente a la entrada de Ortopedia. Ese día era más tarde, yo ya dormía mejor, y sí había logrado bañarme, me acerqué a ella para saludarla, le pregunté por sus hijos y con el tono más fatídico me respondió:

—Se murieron en la frontera. Usted solo sirve para importunar.

Belice

Holly Edgell

(Ciudad de Belice, 1969)

Licenciada en Periodismo por la Universidad Estatal de Michigan y maestra en Gestión de Medios por la Universidad Estatal de Kent. Actualmente ocupa el cargo de editora en jefe de Midwest Newsroom, una colaboración de radio pública entre estaciones miembros de NPR en Missouri, Kansas, Iowa y Nebraska. Con más de veinte años de experiencia en salas de redacción, Holly capacita y asesora a periodistas en Belice, su país natal, y ha sido catedrática de periodismo en la Universidad de Missouri y en la Universidad Florida A&M. Holly es hija de la aclamada escritora beliceña Zee Edgell y, como tal, siempre se ha sentido atraída por la escritura creativa. Ha publicado varias historias en Belice y Estados Unidos. Gran parte de su trabajo se centra en las historias de mujeres en Belice y en dar a conocer las circunstancias socioculturales de su país.

La verdad es que aquí una mujer jamás florecerá

Holly Edgell

Magda y yo crecimos como hermanas a pesar de nosotras. A veces nos distanciábamos por cosas insignificantes, para volver a unirnos como si nada, sin disculparnos, como hacen las hermanas. Fueron nuestras madres las que nos acercaron, por su propia necesidad de compañía. Tanto mamá como la madre de Magda, miss Corinth, eran forasteras en Conch Street, mientras que nuestros vecinos eran familias isleñas de la vieja escuela, algunas con dinero y otras sin él. La mayoría tenía distintos tonos de piel clara y más o menos buen cabello.

Aparentemente, mi madre encajaba en aquel grupo, pero era extranjera, de otra isla más grande y próspera. Los aires y posturas de sus vecinos le parecían risibles y desde el principio miró por encima del hombro a gente como la señora Sneed, que era la reina de los chismes del barrio. El señor Sneed mantenía a una chica negra en una casita limpia al otro lado de la ciudad. Se sabía que los «hermanos» Boudreaux eran primos hermanos y asiduos visitantes de Jamaica, Barbados o Canadá. Al otro lado de la calle vivía la familia Castell. El señor Castell dirigía un banco y ayudaba a la iglesia anglicana de la isla a salir a flote con ocasionales aportes monetarios. Los vecinos decían que mantenía a su mujer encerrada en su enorme casa. ¿Tendría algún tipo de fobia? Se oían varias opiniones al respecto. La calle estaba llena de hipócritas y de personas de poca monta, decía siempre mi madre, además de que la mayoría de la gente de nuestra isla «no estaba del todo bien, debido a la endogamia».

La señorita Corinth era de nuestra isla, del otro lado, de la parte rural conocida como "back island", y tenía la piel más oscura que una bolsa de papel de envolver. Cuando éramos niñas, Magda y yo creíamos que la parte trasera de la isla estaba muy lejos, pero en realidad solo está a una hora en automóvil. La señorita Corinth no solo tenía estas dos marcas en su contra, sino que además llegó a nuestra calle como una «no esposa». El padre de Magda, Pedro Kane, se instaló con la señorita Corinth en la casa contigua a la nuestra. La misma que había compartido con su mujer y sus cuatro hijos antes de que ellos abandonaran nuestra isla para regresar a Puerto Rico. Años antes, cuando el señor Pedro le dijo a la «esposa» que la dejaba por la señorita Corinth, le ofreció que se quedara con la casa, pero ella la rechazó. En cambio, exigió que él pagara el viaje de ella y los niños de vuelta a su tierra natal y los mantuviera con las mismas comodidades a las que se habían acostumbrado: sirvientas, escuelas privadas, automóvil y chofer. Bueno, esto es lo que se rumoreaba. El señor Pedro, que se consideraba una buena persona, accedió a todo. Antes de irse para siempre, la Señora le dijo a su marido que podía hacer lo que él quisiera, pero que ella nunca le daría el divorcio. Al fin y al cabo, eran católicos.

Así que mamá y la señorita Corinth, que en otras circunstancias nunca se habrían conocido, se hicieron amigas por proximidad, por simpatía y por vivir situaciones similares. Sus embarazos: Magda nació unos meses después que yo, ambas estaban casadas con hombres mayores que ellas, tipos que trabajaban muchas horas, y ninguna de las dos tenía ningún interés en las demás señoras de la calle. Mamá había decidido no relacionarse con ellas, porque habían desairado a la señorita Corinth. Mi madre era una esnob, pero siempre decía que sabía reconocer la calidad. Le gustaba decir: «¿Sabes lo que es cierto? Corinth tiene más clase en una pestaña que todas ellas juntas».

Magda y yo crecimos compartiendo todo. Poco después de nacer, nuestras madres convencieron a nuestros padres —que eran corteses entre sí, pero no amistosos— de que abrieran una puerta en el muro de cemento que separaba los dos patios. Esto permitía que las mujeres se visitaran sin salir a la calle, y que Magda y yo jugáramos en cualquiera de los dos sitios con facilidad y seguridad.

Aunque siempre nos sentimos como hermanas, ambas llegamos a comprender que Magda era particularmente diferente. Su padre era millonario, mientras que el mío era simplemente acomodado. Magda era considerada una especie de princesa en la isla, hija del gran Pedro Kane, el primer isleño que ganó un millón de dólares. Era un terrateniente que se dedicaba a la agricultura y a la exportación, lícita e ilícita. Cuando conoció a la madre de Magda, ya era lo bastante rico como para jubilarse, pero siguió trabajando. Siempre decía que, como «simple campesino», el trabajo duro era lo único que conocía.

La señorita Corinth Davies era una chica pobre del campo que había llegado a la ciudad en busca de trabajo. Lo encontró en una tienda especializada en esos vestidos exclusivos para los rituales de las niñas de la isla: primera comunión, confirmación, matrimonio. Empezó barriendo el taller después de que las costureras terminaban sus tareas, pero pronto la ascendieron a cajera y encargada de calcular los ajustes de precio y los descuentos necesarios. Corinth tenía una sonrisa dulce y buena mano para los números, y su jefe no tardó en darse cuenta de que a los clientes, en su mayoría de piel clara, les gustaba ver a la sonriente y recatada chica morena en el mostrador.

Pedro Kane conoció a la señorita Corinth cuando acompañó a su esposa, la señora, y a su hija menor a la tienda para una prueba del vestido de primera comunión. A partir de entonces, todo fue bastante rápido.

La señora Kane tenía fama de esnob. Le dio al señor Pedro cuatro hijos, todos con los ojos grises de él y la piel blanca de ella. Ordenaba que en su casa se hablara español, por lo que el señor Pedro se veía obligado a recurrir a las pocas palabras que había aprendido de su abuela. La señora no tenía amigos locales. De su Puerto Rico natal invitaba a primos, tías y amigos de la infancia para que le hicieran compañía durante meses, a veces hasta un año. Por eso, cuando el señor Pedro se lio con la señorita Corinth, los isleños se alegraron del escándalo. «¿Ves cómo la soberbia precede a la caída?». «¿Ves cómo la señora obtiene su merecido?». «Solo se puede empujar a un hombre hasta cierto punto».

Cuando la señora se marchó, el señor Pedro trasladó a la señorita Corinth a la casa que acababa de compartir con su mujer y su familia. Con veinte años, nunca había tenido novio. Se instaló y esperó a que el señor Pedro se divorciara, cosa que, por supuesto, nunca sucedió.

La señorita Corinth, en el fondo una mujer tradicional, estaba desesperada por casarse. Entre ella y el señor Pedro había discusiones épicas sobre este tema al menos una vez al mes. A veces, si la brisa soplaba en nuestra dirección, podíamos escuchar sus voces alzadas. En esas ocasiones, si mi padre estaba en casa, emitía gruñidos por lo bajo y subía el volumen de la radio. Si mi madre y yo estábamos solas y los gritos llegaban con la brisa, ella empezaba a cantar, normalmente «Amazing Grace» o «Begin the Beguine». Yo sabía que Magda estaría en el armario de su habitación, acurrucada entre sus innumerables vestidos y zapatos, hasta que sus padres dejaran de discutir.

Magda era la hija amada de su padre, mimada y criada según la filosofía de que no había nada que su hija no pudiera lograr y a la vez que no había nada demasiado bueno para ella. Mi padre, en cambio, parecía tolerarme, pero nunca se interesó por mis calificaciones o mis aficiones. A veces me daba la impresión de que se sorprendía un poco al encontrarme en el pasillo, en la cocina o en la terraza. Yo deseaba que mi padre fuera más como el señor Pedro, y Magda anhelaba que su padre se casara con su madre.

Cuando Magda se convirtió en una mujer joven empezó a enfadarse por la injusticia de la posición de su madre, aunque la señorita Corinth no era quejumbrosa y nunca hablaba directamente con su hija sobre el tema.

Desde que éramos adolescentes, Magda y yo hicimos unos votos con unas copas de ron que nos bebimos a escondidas en el bar de su padre: ella juró que nunca viviría con un hombre y que ni siquiera «lo haría» antes del matrimonio. Yo fui aún más lejos: nunca me casaría y punto.

Y es que no encontraba ningún beneficio en el matrimonio para una mujer. Veía a mi madre cocinar y limpiar día tras día y estas tareas pasaban aparentemente desapercibidas para mi padre. Así que resolví que esta actitud de él debía destrozarle el alma a mamá. Mi padre se iba a trabajar por la mañana temprano y volvía a casa para la comida del mediodía, algo que realizaba en casi total silencio. Después se fumaba un cigarrillo en el porche mientras mamá y yo nos lavábamos después de comer. Yo sabía que era hora de volver a la escuela cuando papá se aclaraba la garganta y gritaba: «Ya me voy».

Mi madre siempre parecía ansiosa por complacer, pero rara vez recibía una palabra de agradecimiento de su marido. Cuando era adolescente empecé a darle las gracias y a felicitarla después de cada comida, por sus deliciosas recetas, pero esto parecía avergonzarla, y como mi padre no seguía mi ejemplo, dejé de hacerlo.

Otra cosa que despreciaba era la afición a la bebida de mi padre. Cualquier sábado por la noche entraba a casa borracho exigiendo algo caliente para comer. «¿Será que el hombre de esta casa puede recibir un poco de atención? ¡Mujer!». Estas palabras me revolvían el estómago. Los sábados por la noche eran los peores, cuando venían los amigos borrachos de mi padre. Se pasaban horas jugando al dominó, riendo y contando chistes lascivos hasta la madrugada. De vez en cuando, alguno de los borrachos vomitaba sobre la reluciente mesa de caoba de mi madre. En varias ocaciones uno de ellos orinaba en el suelo del cuarto de baño, tras haber calculado mal la distancia hasta la taza del escusado. A mi madre y a mí nos tocaba atender a los invitados y limpiar lo que ensuciaban. Limpiábamos los vómitos, vaciábamos los ceniceros desbordados y utilizábamos agua hirviendo para escaldar los orines.

¿Y qué recibía mi madre por su trabajo? Unas cuantas veces al año, mi padre la llevaba a bailar al Founders Club. Le daba mucho dinero en efectivo y contrataba a varias criadas para que la ayudaran en casa. A mi madre le gustaba el dinero, pero nunca mantuvo a una criada durante mucho tiempo. «No se puede entrenar a estas chicas», dijo más de una vez. «Es mejor que trabaje yo».

Un domingo por la mañana, cuando habíamos terminado de limpiar lo que habían ensuciado mi padre y sus amigos una vez más, le dije llorando a mi madre que odiaba a mi padre y que no entendía por qué se había casado con él. A ella pareció divertirle mi pregunta. «Niña, cuando seas una mujer lo entenderás». Pero este comentario no me satisfizo, así que volví a preguntarle: «¿Por qué te casaste con papá?». Y ella me contó la historia, sorbiendo café con leche y mirando de vez en cuando por la ventana de la cocina hacia el mar.

Mamá fue una especie de huérfana ambulante, pues había crecido en casa de varios parientes después de que su madre muriera cuando ella tenía diez años. Nunca conoció a su padre ni a su familia, aunque tenía entendido que eran blancos y que su padre aportaba una pequeña cantidad de dinero para su manutención. «Cuando tenía dieciocho años, me echaron de casa de mi tía Meg», me cuenta ahora mamá. «Tenía dos primos varones, ¿ves?». En ese momento, no lo vi, pero no interrumpí. «Así que alquilé una habitación a una vecina, la señorita Rita». Mi madre sonrió ampliamente. «La señorita Rita realmente me salvó. Me enseñó todo sobre ser una dama sola en el mundo y mantenerse, digamos…, respetable».

El marido de Rita, conocido como Cowboy, alquilaba oficinas en el puerto. La importación y la exportación estaban en auge, y la gente de otras islas del Caribe y de Sudamérica hacía muchos negocios en las oficinas rentadas. Mi padre llegó a alquilarle a Cowboy. Se quedó por tres meses mientras viajaba entre su isla y la de mi madre. Ella trabajaba como secretaria y asistente en una de las oficinas de Cowboy. «Cuando tu padre hizo las maletas por última vez para irse a su isla, me pidió que fuera su esposa», dijo mamá. «No fue nada del otro mundo, nada romántico. Me dijo que se había acostumbrado a mi ayuda y apoyo. Necesitaba una esposa». Miró su taza de café. «Yo quería una familia. Un hogar propio».

Ese fue el final de la historia. No me impresionó. Quería preguntarle a mamá por qué no seguía trabajando como secretaria y vivía con la señorita Rita, pero para entonces ya me había dado la espalda y empezaba a tararear. Entre los ejemplos de la descorazonada señorita Corinth y la poco apreciada mamá, no le veía ningún sentido al matrimonio. ¿Y los bebés? No me interesaban.

Aunque el amor y devoción por su padre nunca decayeron, a medida que crecía y se convertía en una joven mujer, Magda sangraba en su corazón por Corinth. Y, aunque llevaba el apellido de su padre, le molestaba ser hija ilegítima. Descubrió que podía sentir una profunda ira hacia su padre y al mismo tiempo reconocer el profundo amor que él sentía por ella. Arrastró estas contradicciones hasta la edad adulta como, podría haber dicho la señorita Corinth, «dos mangostas en un saco de azafrán». Magda no imaginaba que, en otra isla, no muy lejana, otros cuatro niños ansiaban lo que ella tenía: a su padre.

Cuando mi «hermana» y yo teníamos dieciocho años y nos disponíamos a dejar la isla para ir a la universidad en Estados Unidos, la señorita Corinth murió repentinamente mientras dormía, de un aneurisma, aunque los rumores invocaban un corazón roto. Solo tenía cuarenta años.

Todos pasamos aquel verano de luto. Mi madre lloraba casi todas las noches, y el señor Pedro se dedicó a pasear solo por el malecón a primera hora de la mañana y a última de la noche. Magda quería que la dejaran sola la mayor parte del tiempo, así que a menudo yo también estaba sola. Fue un verano caluroso y tempestuoso, con tormentas tropicales que azotaban las islas vecinas y descargaban torrenciales lluvias sobre nosotros.

Al final del verano, Magda y yo hicimos las maletas y nos fuimos a una pequeña universidad privada de Miami, como habíamos planeado. Mis padres y el señor Pedro estaban de acuerdo en que la señorita Corinth habría querido que lo hiciéramos. Desde mis primeros días en Miami supe que nunca más volvería a vivir en casa. Era libre y anónima, y me encantaba. Tuve muchos novios, salía a bailar y experimenté con la vida de maneras que nunca habría podido lograr en nuestra pequeña isla sin desatar grandes tormentas de chismes que ahogarían a mi madre. Magda, en cambio, ansiaba una sola cosa: volver a casa y trabajar con su padre. Estudió mucho y terminó la carrera un año antes de lo previsto. Mientras ella hacía las maletas y volvía a casa, yo retomaba asignaturas que había reprobado y me mudaba fuera del campus a un apartamento con otras dos chicas. Durante mi último año de universidad, Magda conoció al hombre con el que se casaría: Beauregard «Bo» Sillitoe. Magda no había tenido mucho éxito en el terreno sentimental. Era más alta que la mayoría de los chicos, lo cual la acomplejaba. Además, tenía fama de «fría», porque siempre ponía un final rotundo a cualquier intento de tanteo o manoseo en sus ocasionales citas. Magda me contó que se enamoró de Bo porque él la llamaba «Mango Magda» y nunca intentaba «hacerle cosas». Cuando él la miraba a los ojos, ella sentía que la consideraba una belleza. Su estatura no parecía intimidarle, a pesar de ser más bajo que ella. Tampoco le amedrentaba su inteligencia. Magda se había licenciado en Asuntos Empresariales en tres años y tocaba el piano. Bo apenas había pasado de la universidad en la isla, sin éxito.

El señor Pedro aprobó el compromiso. Pensaba que había muy pocos hombres en la isla que estuvieran a la altura de su hija y sabía que, de ellos, eran aún menos los que considerarían la posibilidad de casarse con una mujer más alta, más inteligente y más rica. El padre de Magda, que se sabía muy listo a la hora de leer a la gente, vio en Bo a un hombre que adoraría a Magda y la dejaría hacer lo que ella quisiera: trabajar en Industrias Kane y tener hijos.

Magda se comprometió a los cuatro meses, antes de que yo conociera a Bo. Por supuesto, lo conocía como se conoce la gente en un lugar pequeño: de nombre y de vista. Pero Bo nos llevaba cuatro años de ventaja en la escuela y, por tanto, nos parecía imposible que estuviera a nuestro alcance. Además, había tenido la misma novia por varios años y se daba por hecho que Bo Sillitoe y Sara Leeds eran una pareja sólida.

Sin embargo, justo antes de graduarnos, la novia de Bo hizo lo inesperado y generó suficientes chismes y especulaciones para toda una temporada: se fugó con un americano que había llegado en un crucero. La historia contaba que el americano vio a Sara en un restaurante, decidió no continuar el crucero y se dedicó a cortejarla hasta que ella consintió en casarse con él. Esta historia me hizo sentir simpatía por Bo. El pobre conoció la angustia.

Los curiosos de la isla, entre los que destacaban nuestros vecinos, alababan y aprobaban efusivamente el compromiso de Magda Kane y Bo Sillitoe. Bo tenía fama de buen chico, el hijo obediente de una antigua familia isleña que había perdido casi todo su dinero, pero no su buen nombre. Era guapo, rubio y de ojos azules entre sus paisanos de tez más oscura. Era la pareja perfecta para Magda, que no era precisamente guapa, pero tenía la piel color miel y un espeso cabello negro que crecía en largos tirabuzones.

La gente pensaba en los hijos que tendrían Magda y Bo. Los isleños siempre tenían muy en cuenta lo que llamaban «la mezcla». En el caso de Magda y Bo, esta sería buena para su clan: los nietos de Corinth probablemente saldrían casi blancos. El lado de Bo se oscurecería: remontándose varias generaciones atrás, los Sillitoe eran blancos (o casi blancos). Pero la piel de los niños sería bonita. Especialmente, tendrían buen pelo.

Cuando se conoció oficialmente el compromiso de Magda y Bo a través de un anuncio publicado por el señor Pedro en el principal periódico de la isla, mi madre transmitió lo esencial del chisme: «Tal vez exista un final feliz». «Magda se merece algo de felicidad, ¿no?». Los chismosos más pesimistas suspiraron: «Pero piensen en Corinth. Una mujer sencillamente no puede florecer en este lugar».

La boda fue fastuosa, organizada hasta el último detalle por la propia Magda. Al llegar a la catedral de la Inmaculada Concepción, los invitados se sorprendieron al encontrarse con un gran óleo de la señorita Corinth sobre un caballete, justo frente a las enormes puertas de caoba. Magda tenía siete damas de honor que llevaban vestidos violetas y pendientes de perlas proporcionados por la novia. Yo fui una de ellas, por supuesto.

Bo, guiado por su prometida, rompió la tradición e inició una nueva tendencia entre los novios de la isla: vestir un esmoquin blanco. Los padrinos llevaban el tradicional esmoquin negro con pajarita violeta y faja de tela. Mamá cantó a dúo con el hermano de Bo «Sunrise, Sunset».

El vestido de Magda era exagerado, sobre todo para una chica que siempre se había esforzado por no destacar: llevaba incrustaciones de pedrería, se amoldaba a su esbelta figura y tenía una cola interminable que la seguía por el pasillo como si cumpliera órdenes estrictas de no engancharse y no balancearse demasiado hacia un lado u otro. Parecía sobresalir por encima de su padre, que había adelgazado un poco desde la muerte de la señorita Corinth. Su esmoquin negro le hacía parecer aún más delgado y pálido de lo que era. Sus ojos se llenaron de lágrimas al menos dos veces durante la ceremonia.

Fue una misa larga. Algunos invitados se miraron unos a otros con las cejas levantadas mientras el sacerdote colocaba un rosario extralargo sobre los hombros de los novios y rezaba por ellos. «¿Desde cuándo Magda se ha vuelto tan religiosa? Y Bo, ¿no se saltó su confirmación?». Fue una ceremonia que incluso la señora, dejando a un lado sus prejuicios, podría haber aprobado. Más cejas se levantaron cuando, a la salida de la iglesia, soltaron palomas blancas de dos grandes jaulas. No era algo que hiciéramos los isleños.

En algún momento de la misa, mi madre se escabulló. Le habían encargado transportar el retrato de la madre de Magda al salón de baile del Founders Club, donde presidiría la recepción desde su posición frente a la banda. Los invitados cenaron camarones, langosta y bistec. Bebieron champán, ponche de ron y una variedad de licores y cervezas, importados y locales. Una banda de calipso de Trinidad amenizó la velada. Fue el mejor momento de Magda, quien aprovechó la noche para brindar con lágrimas en los ojos por su difunta madre, «…que nunca vivió una noche como esta», dijo mirando directamente a su padre. Hubo murmullos, pero el señor Pedro no pareció darse cuenta. Se sintió a gusto sentado a la mesa principal durante toda la noche. Lo recuerdo radiante, recibiendo los buenos deseos de amigos y socios como un rey que acepta la reverencia de sus súbditos. Bo parecía casi personaje secundario mientras iba detrás de su nueva esposa agradeciendo a los invitados su asistencia a la boda.

Tras una luna de miel en Río, se instalaron en la casa de los Kane. Los recién casados, con la aprobación del señor Pedro, pronto añadieron un tercer piso y un garaje doble. Magda mandó hacer un cartel que colgaron sobre las puertas dobles de caoba: «Casa de Corinth». Bo pidió y consiguió un gran barco de fabricación americana, al que llamó Mi Vida.

El negocio de la familia Sillitoe, una ferretería que había languidecido antes del matrimonio, se benefició inmediatamente de una inyección de capital de los Kane. Bo estaba contento de aceptar a su suegro como inversor. Aunque quizá le gustó menos que su mujer se hiciera cargo de la gestión de la tienda, porque esto supuso una revisión completa del mohoso y oscuro establecimiento y la apertura de dos nuevos puestos: un comprador y un director de marketing, que fueron contratados en Jamaica. Sillitoe Hardware se convirtió en Sillitoe Home Store. Y sus estanterías pasaron a albergar los últimos artilugios y accesorios para el hogar importados directamente desde Miami, incluidos artículos de cocina y baño. Bo insistió en que se mantuvieran las existencias originales de la tienda. Argumentaba que siempre había necesidad de clavos, tornillos, llaves inglesas y cinta aislante.

Como buena hija de su padre, Magda nunca había recibido un no por respuesta. Su padre siempre le concedió todos sus deseos y cedió en la mayoría de los puntos excepto en el más importante, el que se refería al buen trato hacia su madre.

Además, pensaba que si Bo podía quererla tal y como era sin duda podría querer a la persona en la que se estaba convirtiendo: una mujer de negocios con un don para la gestión y un aparente toque de Midas. Magda se sintió más segura de sí misma después de casarse con Bo. Él empezó a llamarla «señorita jefa» en ocasiones, lo que le provocaba una risita nerviosa. A mí no me gustaba.

Durante los primeros años del matrimonio de Magda y Bo, el señor Pedro se propuso enderezar las relaciones con sus cuatro primeros hijos. Lo consiguió con tres de ellos; solo la menor, la hija cuya prueba del vestido de comunión fue la ocasión del encuentro entre Pedro y Corinth, se resistió. El señor Pedro volvió a casa, del que sería su último viaje a Puerto Rico, justo a tiempo para el nacimiento de su primer nieto. Magda llamó a la niña Coreen (por su madre) Marie (por la madre de Bo). Dos años más tarde, el señor Pedro murió una semana después del nacimiento de un niño. Magda lo llamó Pedro (por su padre) Clement (por el padre de Bo).

La «mezcla» se manifestó exactamente como habían predicho los isleños: los niños tenían la piel muy clara. El pequeño Pedro tenía los ojos grises de su tocayo y el pelo rubio de su padre, aunque bastante rizado. Coreen tenía la estatura de su madre y los ojos azules de su padre. Su pelo era castaño brillante y tendía a colgar en ondas alrededor de su bonita cara. Vi cómo Magda se convertía en una supermujer, a cargo de Industrias Kane, aunque permitiendo que Bo dirigiera Sillitoe Home Store con lo que él llamaba «interferencias» de parte de su esposa.

Durante esos años viví en Miami, escalando posiciones en un banco del centro y buscando excusas para no volver a casa más de una semana al año. Sé que Magda debió de llorar la muerte de su padre, pero apenas hablaba de él en nuestras conversaciones telefónicas. Mamá me llamó para contarme cómo Magda ordenó instalar enormes retratos de la señorita Corinth y del señor Pedro en el vestíbulo de Industrias Kane.

La vida fue buena para Magda y Bo durante varios años. Sin embargo, no mucho después de la muerte de su suegro, Bo empezó a comportarse, en palabras de las mujeres de la isla, «como cualquier otro maldito hombre». A Magda no le importaba que pasara algunas noches a la semana con sus amigos en el Oasis, un antro de mala muerte que era el lugar de moda para los hombres de la isla con todos los recursos. Pero sí le molestó cuando, unos meses más tarde, la señora Sneed le informó de un rumor que corría por ahí. «Casi no te lo llego a contar, muchacha», dijo la señora Sneed en el pasillo de las conservas del único emporio de alimentos finos de la isla. Magda, que sabía que la información de la señora Sneed solía ser exacta, me dijo que sintió temblores y un frío húmedo al asimilar la noticia.

Según la señora Sneed, que lo sabía por su criada Sunny, que lo sabía por su primo Titus, que trabajaba en el Oasis, Bo y algunos de sus amigos utilizaban cada vez más el Oasis como mero punto de partida para noches de desenfreno en un establecimiento completamente distinto. Los hombres hablaban abiertamente de «registrarse en la Kozy Korner», le dijo Titus a su prima. Kozy Korner, todo el mundo lo sabía, era el único club de striptease de la isla. Las bailarinas eran en su mayoría ilegales venezolanas que, más que bailar, se desnudaban en un pequeño escenario mientras sonaban canciones de amor en español en un anémico sistema de sonido. Los clientes que querían «registrarse» podían alquilar por horas una pequeña habitación, no muy limpia, en la parte de atrás y pagar a su chica o chicas favoritas para que le acompañaran. Además, según Titus, se decía que Bo tenía una chica favorita: una adolescente venezolana llamada Lupita o Lucía o Juanita. Titus no estaba muy seguro. «Pero le dijo a Sunny que la chica era blanca, blanca». La señora Sneed informó de esto con un pronunciado levantamiento de cejas.

Las esposas de la isla, ricas o pobres, no desconocían la infidelidad de los hombres de sus vidas. Lo más probable era que sus propias madres (y abuelas, etcétera) hubieran tolerado el mal comportamiento ocasional de sus padres, e incluso arreglos a largo plazo: si un hombre tenía los medios, como el señor Sneed, podía instalar a una «novia» en una casa comprada para ella y retenerla durante años. Esto era algo que Magda entendía muy bien.

Una esposa traicionada en la isla procesa sus sentimientos en tres pasos: en primera instancia, sobreviene el Dolor, que puede expresarse en lágrimas, disminución o aumento del apetito u, ocasionalmente, un intento de suicidio. El segundo paso es la Ira, que se manifiesta en el trato silencioso, la negativa a cocinar o los gritos de rabia. Por último, sobreviene la Resignación. Si una mujer es pobre y no tiene recursos, puede quedarse con su marido y vivir con sus transgresiones (posiblemente dejando de tener relaciones sexuales). Una mujer con recursos también puede quedarse con su marido, y exigir cuantiosos pagos en forma de joyas, una casa nueva o frecuentes viajes de compras a Miami. El divorcio es raro.

Magda superó el Dolor, pero se encontró estancada en la Cólera, poco dispuesta y absolutamente incapaz de pasar a la Resignación. En la fase de la Ira, Magda fue capaz de extraer una confesión y una disculpa poco sincera de Bo sobre sus actividades en Kozy Korner. Sus gritos de rabia enviaron a Bo a la habitación de invitados, donde durmió con la puerta cerrada durante varias semanas antes de que Magda lo echara. Entonces ella contrató al mejor abogado de la isla, que resultó ser el señor Sneed, y solicitó el divorcio.

Al principio, Bo vivía con su hermano y su cuñada. Se decía que se sentía desgraciado y frustrado; contaba a la gente que la vida no le estaba saliendo como esperaba. A Bo solo se le permitía ver a Coreen y Pedro los fines de semana. Sus caras de desconcierto y sus frecuentes ataques de llanto llenaban a Magda de sentimientos de impotencia y angustia. Bo decía a todo el que quisiera escucharle que se había equivocado al casarse con ella. Era mandona, odiaba a los hombres, era malcriada, egoísta y mala madre. «Un error de juicio», se le oyó decir.

Luego, al cabo de unos dos meses, Bo dejó de quejarse y empezó a sonreír. Llamó al señor Sneed para informarle que no podría ver a los niños ese fin de semana ni el siguiente. Unos días después, Bo hizo las maletas y se marchó de casa de su hermano a otro local. La señora Sneed hizo una visita especial a Magda el fin de semana para decirle exactamente dónde vivía ahora Bo. «Chica, odio ser yo quien te lo diga». Magda sirvió un vaso de limonada para su invitada y se acomodó en su silla. Creía que no había nada que pudiera oír sobre Bo que la sorprendiera. La señora Sneed informó que Bo vivía ahora con la divorciada y recién regresada Sara Leeds y sus tres hijos. Magda había estado imaginando a una adolescente esbelta y pálida con nombre español como su rival por el afecto de Bo. Ahora, una imagen de la esbelta y morena Sara Leeds con el uniforme del colegio bailaba ante sus ojos. La señora Sneed le contó a Magda la historia que había oído del padre Carlos, a quien al parecer Sara había consultado sobre la posibilidad de volver a casarse en la Inmaculada Concepción. «Ya sabes cómo le gusta hablar de más al padre», dijo la señora Sneed.

Bo vivía con Sara y le decía a cualquiera que estuviera a su alcance que ella era el amor de su vida, su alma gemela; que se había casado con Magda para esperar el regreso de Sara, que siempre había sabido que llegaría. La señora Sneed contó además que había visto a Sara en persona. «Pasé por Sillitoe el otro día, muchacha», le dijo a Magda. «Tenía que comprar un taladro para el señor Sneed». Un sorbo de limonada. «No está demasiado avejentada, aunque sí tiene muy mal sus dientes».

Al día siguiente Magda llamó a su abogado y le pidió que redactara un nuevo testamento que desheredara a Bo. Cuando me lo contó, me sorprendió que no se hubiera ocupado de ello en cuanto solicitó el divorcio, que en aquella época podía llevar hasta tres años. «Lo he tenido pendiente». Eso fue todo lo que Magda dijo. Más tarde, se enteraría de que Sara estaba en Sillitoe Home Store casi a diario. «Apenas se la pierde de vista», informó el director de marketing en una llamada clandestina a Magda. Daba órdenes al personal y permitía que sus hijos jugaran en la tienda después del colegio. Pisoteaban y rompían cosas, pero Bo era indulgente.

Magda se demoró en firmar el nuevo testamento, a pesar de mis ruegos y de la insistencia de mamá, del señor Sneed e incluso de mi padre. Volvió a caer en la tristeza. Siguió trabajando en Industrias Kane, pero era incapaz de concentrarse. Pensaba en los años pasados, tratando de desentrañar el misterio de Bo. Era inútil decirle que Bo no tenía ningún misterio. Magda echaba de menos a sus padres y los lloraba de nuevo.

Estaba tan distraída durante este periodo que ofendió a un contingente de hombres de negocios de Hong Kong (la «mafia china», como solía llamarlos el señor Pedro). Hacía tiempo que querían comprar un trozo de playa propiedad de

Industrias Kane y ella por fin había accedido a venderlo. Pero se olvidó de que iban a venir y se tomó el día libre para acurrucarse en la cama y llorar. Los empresarios estaban furiosos y consideraron el desaire como un movimiento deliberado destinado a enviar el mensaje de que no querían su dinero ni el trato que habían iniciado con el difunto Pedro Kane.

Yo estaba en casa para el funeral de mi padre cuando las cosas fueron de mal en peor. Había estado soñando que quemaban a mi padre en una pira funeraria, cuando mamá me despertó de un profundo sueño y me arrastró escaleras abajo hasta la calle. Allí encontramos a Magda y a sus dos hijos rodeados por una jauría de vecinos. El garaje que albergaba el barco de Bo vomitaba llamas. El pequeño Pedro lloraba y Coreen tenía la cara hundida en la bata de su madre. Como de costumbre, los bomberos de la isla tardaron en llegar, y me sorprendió un poco ver a nuestros vecinos de la alta burguesía organizándose en una brigada de cubos. Los hermanos Boudreaux se pusieron al frente y los habitantes de Conch Street hicieron lo que pudieron para contener el fuego.

Finalmente, el camión de bomberos arribó a nuestra calle con toda la familiaridad de la costumbre. Una vez sofocadas las llamas, mamá y yo convencimos a Magda para que trajera a los niños a dormir a nuestra casa. Pero aquella noche no pude conciliar el sueño, entre pensamientos sobre mi padre, el olor a humo y un corazón palpitante que no dejaba de dar vueltas en la cama.

A la mañana siguiente, mientras tomábamos café, Magda nos contó a mamá y a mí que Bo llevaba más de un mes pidiendo su barco, pero que ella se había negado repetidamente a entregárselo. Mi madre y yo nos miramos a los ojos y supe que ambas intentábamos decidir si Bo era capaz de poner en peligro a sus propios hijos.

La investigación sobre el incendio no llegó a ninguna parte. El ánimo de Magda decayó aún más cuando Bo empezó a poner excusas para no ver a Coreen y al pequeño Pedro.

Parecía perder interés por sus propios hijos ya que pasaba más tiempo con los hijos de los Leeds. Incluso acompañó a la hija de Sara, de doce años, a un baile de padre e hija. El proceso de divorcio siguió su agonizante y lento curso habitual.

Bo empezó a llamar a Magda a la oficina diciendo que necesitaba más dinero, a pesar de que ella había acordado darle una generosa cantidad cada mes como parte de su separación legal. A veces Bo se presentaba en la casa de Corinth y aporreaba la puerta, negándose a marcharse hasta que Magda le entregaba dinero en efectivo o un cheque. Nunca lo vi, pero oí que Sara empezó a lucir un anillo de compromiso que mamá describió como «enorme», «un auténtico monstruo» y «desvergonzado anillo».

Y aun así, Magda pospuso la cancelación del testamento de Bo. Yo no lo entendía, pero me cansé de presionarla, porque Magda se limitaba a suspirar y decir que no quería pensar en ello. Empecé a preguntarme si albergaba la esperanza de que Bo volviera a casa. Esta idea me ponía los pelos de punta. Y los deslenguados de la isla meneaban la cabeza, no del todo sorprendidos por el giro de los acontecimientos, porque —después de todo— «las cosas siempre acaban mal en este lugar».

Estaba en casa durante una de estas visitas anuales cuando la historia de Magda y Bo terminó. Faltaba menos de un año para que el divorcio fuera definitivo. Acompañé a Magda al despacho del señor Sneed el día en que por fin resolvió firmar su nuevo testamento, el testamento que desheredaría a Bo, pero nunca llegó a hacerlo. El abogado había sufrido un infarto y fue trasladado en ambulancia justo antes de que llegáramos. El testamento tendría que esperar.

Aquella tarde estaba haciendo recados para mamá en su automóvil cuando vi a Bo. Estaba de pie en la acera, delante de Sillitoe Home Store, hablando con otros dos hombres. Nunca supe si me había visto, pero recuerdo que su nuevo pendiente de diamantes captó por un momento la luz del sol y me fulguró. Esto me deprimió durante horas.

Aquella noche intenté imaginar qué futuro tendría Magda en nuestra isla si pudiera superar lo de Bo y concentrarse en sí misma. A diferencia de las mujeres sin medios para mantenerse, Magda estaba muy bien situada. Supuse que si conseguía librarse de su tristeza podría tener una buena vida. Le encantaba dirigir Industrias Kane, quería a sus hijos y era rica. No había muchos solteros disponibles en la isla, por lo que me propuse que conociera a alguien de una de las islas más grandes, o quizá de Venezuela. Acostada en la cama, me di vuelta sobre la espalda con cierto optimismo y decidí que le insistiría a Magda para que viniera a Miami a pasar unas semanas de compras y tal vez a un balneario o dos. Mamá podría cuidar de los niños. O mamá y los niños podrían venir también. Me quedé dormida acariciando mi idea.

Pero por la mañana, Magda estaba muerta. El pequeño Pedro la encontró en un charco de sangre en la puerta de la «Casa de Corinth». Le habían disparado en la cara. El crimen no tenía precedentes. Nuestro país no era un lugar violento, y los asesinatos solían limitarse a uno o dos machetazos al año en la isla.

Me encargué de los preparativos del funeral, preocupada por cómo me llevaría con Bo durante todo el proceso. Pero no tenía por qué afligirme. Bo me dijo por teléfono que estaba encantado de dejarme las cosas a mí. Recuerdo que me dije que podría llorar más tarde, abordando la planificación como si se tratara de una cumbre internacional en la que se jugaban los destinos de naciones enteras. El señor Sneed firmó cheques mientras yo pagaba el mejor ataúd, los arreglos florales más caros (pero de buen gusto) y un programa funerario que rivalizaba con los lustrosos informes anuales de Industrias Kane. Pagué a uno de los adolescentes de Castell para que creara un montaje fotográfico enmarcado con instantáneas de toda la vida de Magda. Todo estuvo listo en tres días.

Bo solo se interesó por saber la hora y el lugar del funeral. Incluso se atrevió a sentarse en una banca delantera con Sara y sus hijos, además de los suyos. Se trataba de la Inmaculada Concepción, la iglesia donde él y Magda se habían arrodillado con un rosario sobre los hombros no hacía ni siete años.

Los parientes de Sillitoe tuvieron un poco más de paciencia en el funeral; se sentaron en la tercera fila. Ya no quedaban parientes de los Kane en la isla. Así que la familia de Magda estuvo representada por dos primos de la señorita Corinth, provenientes de la parte de atrás de la isla. El señor Leo era un abogado rural, delgado, y vestía una guayabera blanca de manga larga y pantalones negros. Sabía que era algo próspero; el señor Pedro le había pagado los estudios. Se sentó en el pasillo, en la banca de enfrente de Bo. La señorita Joan estaba sentada al lado de su hermano, corpulenta y sudorosa, con un elaborado conjunto negro: chaqueta y falda confeccionadas con un tejido decididamente nada tropical y adornadas con lo que podrían haber sido cuentas de azabache. Llevaba un sombrero negro de ala ancha con un velo. Sabía que tenía una tienda de ultramarinos en la isla, cuyo capital inicial había aportado el señor Pedro. Sentadas detrás de ella, mamá y yo tuvimos que movernos para ver al padre Carlos. Mi madre frunció los labios por lo del sombrero, pero a mí me animó que la señorita Joan se lo hubiera puesto; nadie podía dudar de que la señorita Corinth estaba representada. Mamá pronunció un precioso panegírico, con anécdotas sobre Magda de diferentes épocas de su vida. No lloré. Por supuesto, ninguno de los hermanastros de Magda estaba allí.

Durante un tiempo, tras el funeral (con ataúd cerrado) y el entierro, lamenté mi distanciamiento durante las fases del duelo. Me sentía incapaz de aceptar que era a Magda a quien habíamos enterrado. Tenía la sensación de que podía aparecer en una habitación o llamarme por teléfono en cualquier momento. Al mismo tiempo, me sentía como si hubiera perdido un brazo o una pierna. Mamá se metió en la cama durante más de una semana.

«Solo quedamos nosotras dos, niña», era su observación constante en aquellos primeros días tras el entierro de Magda. La policía determinó que Magda había sido tiroteada en el curso de un intento de robo. Basaron esta conclusión en el hecho de que el vestíbulo de la casa y el salón habían sido saqueados y se habían llevado un par de candelabros de plata. Intentaron llevarse el enorme televisor, pero los malhechores huyeron sin él. Los testigos aportaron pruebas contradictorias y (como era de esperar) la policía dio más peso al testimonio de alguien con una explicación plausible, pero sin pruebas. Un hombre de la otra punta de la isla afirmó que se había perdido en la zona y se hallaba en Conch Street hacia la medianoche. Aseguro haber visto a tres «jóvenes españoles» huyendo de la casa de Magda cargados con una bolsa.

Mamá y yo no habíamos observado ni oído nada, para nuestra consternación. Pero la señora Castell dijo que creía haber escuchado un disparo seguido del chirrido de neumáticos en algún momento de la noche. En un interrogatorio posterior, sin embargo, admitió que no podía jurar que no se hubiera quedado dormida antes de apagar el televisor del salón. La policía nunca encontró a los jóvenes españoles. Concluyeron que seguramente los chicos habían escapado en el ferry a Venezuela la misma mañana del crimen. Caso cerrado.

Bo se casó con Sara Leeds apenas siete semanas después de la muerte de Magda. Obtuvo el control de Industrias Kane y heredó el dinero de Magda. Bo y Sara, y los hijos de Sara, se mudaron a la «Casa de Corinth» y admitieron a Coreen y al pequeño Pedro en su familia.

Mamá, dado que no podía vivir al lado de Bo «debido a las circunstancias», decidió venirse a vivir conmigo a Miami. Había intentado echar un vistazo a los niños en una visita a la «Casa de Corinth» sin avisar. Sara y Bo la trataron con evidente frialdad.

Volví a casa para ayudar a mi madre a recoger sus cosas y traerla conmigo. En su última noche en Conch Street, mamá nos preparó una sencilla comida tradicional de la isla: arroz y frijoles, pargo frito, rodajas de tomate y pepinos. Las cosas que le habían ocurrido a Magda, desde el día de su boda hasta su funeral, nos rondaban por la cabeza mientras saboreábamos la comida. Nos preguntábamos qué sería de Coreen y del pequeño Pedro. Ya no conocían a mamá, que había sido como su abuela. Ahora la saludaban solemnemente como «señorita Helen», en lugar de «abuela Helen». Sabía que esto era como una pequeña muerte para mamá. Esa noche apartó su plato y dijo: «Niña, tienes razón. Es mejor que me vaya contigo a Miami. Una mujer sencillamente no puede florecer en este lugar».

A Woman Just Can't Win*

Holly Edgell

Magda and I grew up like sisters, and like sisters, we weren't always close by choice. At times we froze each other out over petty things, only to come together again naturally, without apologies, as sisters do. It was our mothers who threw us together, out of their own shared need for companionship. Both Mama and Magda's mother Miss Corinth were outsiders on Conch Street, where our neighbors were old-line island families, some with money and some without. Most had various shades of fair skin and varying degrees of good hair.

My mother fit in with this crowd on the surface, but she was a foreigner, from another island, a larger and more prosperous one at that. She found her neighbors' airs and postures laughable and from the beginning looked down her nose at the likes of Mrs. Sneed, who was the neighborhood's gossip queen. Mr. Sneed kept a black girl in a small neat house on the other side of town. And then there were the Boudreaux "brothers," who most people knew were not brothers at all. They were first cousins and lovers from Jamaica or Barbados or Canada. Across the street from us lived the Castell family. Mr. Castell managed a bank and helped the island's Anglican Church stay afloat with infusions of cash. Neighbors said kept his wife locked in their huge house – or did she have some sort of phobia? Opinion was divided. The street was full of hypocrites and small-timers, my mother always used

---

* Some of the dialog is meant to convey the language of "Creole" English.

131

to say. She said most of the people on our island were "not quite right, due to inbreeding."

Miss Corinth was from our island, but had skin darker than a paper bag and came from the other side of the island, the rural part known as "back island." (When we were girls Magda and I believed that back island was as far away as my mother's own country, but it is really only a leisurely hour-long ride by car). Not only had Miss Corinth these two strikes against her, she also came to our street as a non-wife. Magda's father Pedro Kane installed Miss Corinth in the home next door to ours, that he had shared with his wife and four children after they left our island for Puerto Rico. When Mr. Pedro told "the Señora" he was leaving her for Miss Corinth, he offered her the house. But she refused it, demanding instead that he pay for her and the children to return to her homeland and support them in the manner to which they had become accustomed: maids, private schools, a car and driver it was rumored. Mr. Pedro, who considered himself a good person, agreed to all of this. Before she left our island, the Señora told her husband he could do what he pleased but she would never give him a divorce. After all, they were Catholics.

So, Mama and Miss Corinth, who under other circumstances might never have met, became acquainted by dint of proximity. Then they became best friends out of sympathy and similar circumstances. Their pregnancies overlapped (Magda was born a few months after I), they were both married to men older than they (men who worked long hours), and they neither had any use for the ladies on the street. Mama had decided not to associate with them, and they had snubbed Miss Corinth. My mother was a snob, but she would always say she could recognize quality. She liked to say:

"You know what is true? Corinth have more quality in one eyelash than all of them."

So, Magda and I grew up together. Soon after we were born, our mothers prevailed upon our fathers (who were polite to each other, but not friendly) to create a gate in the low cement wall that separated the two yards. This allowed the women to visit one another without going out to the street, and allowed Magda and I to play in either yard with ease and safety as we grew up.

Even though we always felt like sisters, we both grew to understand that Magda was particularly special. Her father was a millionaire, while mine was merely well-off. Magda was seen as a sort of princess on the island, the daughter of the great Pedro Kane, the first island native to make a million dollars. He was a landowner who dabbled in agriculture and export, licit and illicit. By the time he met Magda's mother, he was rich enough to retire, but he continued to work. He always said that as "just a peasant" hard work was the only thing he knew.

Miss Corinth Davies was a poor girl from the country who had come to town in search of work. She found it in a dress shop specializing in the kinds of frocks that played key roles in the rituals of island girls: first communion, confirmation, matrimony. She started by sweeping up after the seamstresses but was soon promoted to working the till and calculating price adjustments and discounts as needed. Corinth had a sweet smile and a head for numbers, and her boss soon saw that the mostly light-skinned customers liked to see the beaming and demure brown-skinned girl at the counter.

Pedro Kane met Miss Corinth when he accompanied his wife, the Señora, and their youngest daughter to the dress shop for a first communion dress fitting. Things moved rather quickly after that.

Mrs. Kane was widely held to be a snob of the highest order. She bore Mr. Pedro four children, all of whom had his gray eyes and her white, white skin. She dictated that Spanish be spoken in her home, so that Mr. Pedro was forced to resort to the few words he'd learned from his grandmother. The Señora had no local friends. Instead, she imported a series of cousins, aunts, and childhood chums from Puerto Rico to keep her company for months, and sometimes a year at a time.

So, when Mr. Pedro took up with Miss Corinth, the islanders were delighted by the scandal.

"You see how pride goeth before the fall?"

"You see how the Señora get she comeuppance?"

"You can only push a man so far."

Once the Señora had decamped, Mr. Pedro moved Miss Corinth into the home he had recently shared with his wife and family. At age twenty, she had never had so much as a boyfriend. She settled in and waited for Mr. Pedro to divorce his wife, which of course he never did.

Miss Corinth, at bottom a traditional woman, wanted desperately to be married. Between she and Mr. Pedro there were epic arguments about this issue at least monthly. Sometimes, if the breeze was blowing our way, we could hear their raised voices. On these occasions, if my father was home, he would make grumbling noises under his voice and turn up the radio. If my mother and I were alone and the fighting sounds came in on the breeze she would commence singing, usually "Amazing Grace" or "Begin the Beguine." I knew Magda would be in her bedroom closet, nestled there among her countless frocks and shoes until her parents stopped arguing.

Magda was her father's daughter, pampered and reared according to his philosophy that there was nothing his daughter could not accomplish, and that there was nothing too good for her. My own father seemed to tolerate me, but was never interested in my grades or my hobbies. Sometimes, I felt he was a bit surprised to come across me in the hallway, kitchen, or on the verandah. I wished my father were more like Mr. Pedro, and Magda wished her father would marry her mother.

As Magda grew into a young woman she began to feel angry about the injustice of her mother's position, though

Miss Corinth was not a complainer and never spoke directly to her daughter about the issue. It was in her mother's smile, the kind where the corners of the mouth turn down instead of up.

In our late teens, Magda and I made vows over glasses rum smuggled into her closet from her father's liquor cabinet: She swore she would never live with a man or even "do it" before marriage. I went even further: I would never marry period. We both kept our promises.

I could not see any benefit in marriage for a woman. I watched my mother cooking and cleaning day in and day out. Seeing that these chores went apparently unnoticed by my father, I decided they must be soul-destroying. My father left for work early in the morning and came home for the midday meal, which he ate in almost total silence. After that, he would smoke a cigarette on the verandah while Mama and I washed up. I knew it was time to go back to school when Daddy would clear his throat and call out:

"I gone then."

My mother always seemed anxious to please, but rarely got a word of appreciation from her husband. As I teenager I began to thank and compliment her profusely after all meals, but this seemed to embarrass her, and my father did not follow her example, so I stopped.

The other thing I despised was my father's drinking. On any given Saturday night he might stumble into the house loudly drunk, calling for something hot to eat.

"Can't a man get some attention in this place? Woman!" These words made my stomach turn. Even worse were the Saturday nights when my father's drinking friends came over. They would slap dominoes down for hours, laughing and telling lewd jokes all night long. Occasionally one of the drunkards would throw up on my mother's gleaming mahogany dining table. More often than not, at least one inebriated man would urinate on the bathroom floor, having miscalculated the distance to the toilet bowl. It was left to my mother and me to wait on the guests and clean up after them. We wiped up vomit, emptied overflowing ashtrays, and used boiling hot water to scald away the piss.

And what did my mother get for her labors? A few times a year my father took her to a dance at the Founders Club. He gave her plenty of pocket money and hired a series of maids to help her around the house. My mother liked money, but she never kept a maid for very long.

"You can't train these girls," she said more than once. "Might as well do the work myself."

One early Sunday morning, after we had finished cleaning up after my father and his friends yet again, I tearfully told my mother I hated my father and couldn't understand why she married him. She seemed amused by my question.

"Child, when you are a woman, you will understand." But I found this remark unsatisfactory, so I asked her again:

"Why did you marry Daddy?" And she told me the story, sipping milky coffee and occasionally gazing out of the kitchen window toward the sea.

Mama had been a sort of orphan, having grown up in the homes of various relatives after her mother died when she was ten years old. She never met her father or his people, although she understood that they were white and that her father contributed a small amount of money toward her maintenance.

"When I was eighteen, I was turned out of my Aunt Meg's house," Mama now told me. "I had two boy cousins, you see?" At the time, I didn't see, but I didn't interrupt.

"So, I rented a room from a neighbor, Miss Rita." My mother smiled broadly. "Miss Rita really saved me. She taught me everything about being a lady alone in the world and keeping… respectable."

Miss Rita's husband, known as Cowboy, rented out offices down at the harbor. Import and export were booming, and people from other islands and from South America did a great deal of business out of rented office space. Over a three-month period, my father traveled back and forth between our island and my mother's. She served as his secretary and Girl Friday, working out of one of Cowboy's offices.

"When your father was packing up for the last time, he asked me to be his wife," Mama said. "It was no big thing, nothing romantic. He told me he had gotten used to my help and support. He needed a wife." She looked down into her coffee cup.

"I wanted a family. A home of my own."

That was the end of the story. I wasn't impressed. I wanted to ask Mama why she didn't simply continue as a secretary and live with Miss Rita, but she had turned her back to me and began to hum. Between the examples of the brokenhearted Miss Corinth and the unappreciated Mama, I couldn't see any point to marriage. Babies? I had no interest in them.

While her love and devotion to her father never flagged, as she grew into young womanhood Magda's heart bled for Mrs. Corinth. And, while she carried her father's name, she resented that she was an illegitimate child. She found that she could feel deep anger toward her father, while recognizing the profound love he had for her. She lugged these sensations into adulthood like, as Miss Corinth might have said "two mongoose in a crocus bag." Magda did not imagine that on another island, not so very far away, four other children craved what she had: their father.

When we were eighteen and preparing to leave the island for college in the United States, Miss Corinth died suddenly in her sleep of an aneurysm, although the rumor mill turned the diagnosis a broken heart. She was only forty years old.

We all spent that summer in mourning. My mother cried most nights, and Mr. Pedro took to walking alone along the seawall early in the morning and late at night. Magda wanted to be left alone most of the time, so I was often alone myself.

It was a hot and tempestuous summer, with tropical storms hammering neighboring islands and dumping rain on us.

But at the end of the summer, Magda and I packed our bags and left for a small private college in Miami as planned. My parents and Mr. Pedro agreed that Miss Corinth would have wanted us to do so.

I knew from my first days in Miami that I would never again live back home. I was free and anonymous and I loved it. I had lots of boyfriends, went dancing, and experimented with life in ways I could never have managed on our small island without spawning great storms of gossip that would inundate my mother.

Magda, on the other hand, craved one thing: to go back home and work with her father. She studied hard and finished her degree a year early. While she packed her bags and headed for home, I was re-taking courses I had failed and moving off-campus into an apartment with two other girls. While we were apart for my last year of college, Magda met the man she would marry: Beauregard "Bo" Sillitoe.

Magda had not had much success in the realm of romance. She was taller than most boys, which made her self-conscious. And she developed a reputation as "cold" because she always put a stop to any groping and grasping that her occasional dates might attempt.

Magda told me she fell in love with Bo because he called her "Mango Magda," and never tried to get her to "do things." When he looked into her eyes, she felt as if he thought her a beauty. Her height didn't seem to faze him, even though he was shorter than her. Nor did her brain intimidate him. Magda had a business degree earned in three years and played the piano. Bo had barely scraped through junior college on the island.

Mr. Pedro approved of the match. He felt that there were very few men on the island in his daughter's league, and he knew that of these, there were even fewer who would consider marrying a woman taller, smarter, and richer than they. Magda's father, who considered himself savvy when it came to reading people, saw in Bo a man who would adore Magda and let her do what she wanted to do: work at Kane Industries and have babies.

Magda got engaged after four months, before I had even met Bo. Of course I knew him in the way people in a small place know each other – by name and sight. But, Bo had been four years ahead of us in school and therefore had seemed impossibly out of our reach. Furthermore, he had had the same girlfriend since early high school. It seemed a settled thing that Bo Sillitoe and Sara Leeds were an item.

But just before we graduated from high, Bo's sweetheart did the unexpected, creating enough gossip and speculation to last an entire season: She eloped with an American who had come to the island on a cruise. The story went that the American saw Sara in a restaurant, decided not to continue the cruise, and set about wooing her until she consented to marry him. This story made me feel sympathetic toward Bo. The poor fellow knew heartache.

The island tongue waggers (chief among them our neighbors) were effusive in their praise and approval of the pairing of Magda Kane and Bo Sillitoe. Bo had a reputation as a good boy, the dutiful son of an old island family that had lost most of its money but none of its good name. He was handsome, a blond and blue-eyed man amongst his darker hued countrymen. What a perfect match for Magda, who was not exactly pretty, but had honey-colored skin and thick black hair which grew in long ringlets.

People considered the children Magda and Bo would have. The islanders were always mindful of what they termed "the mixture." In the case of Madga and Bo, the mixture would be good for her side: Mrs. Corinth's grandchildren would likely come out almost white. Bo's side would be darkened: going back several generations the Sillitoes were white (or almost white). But the children's skin would be pretty. They would have good hair.

When the engagement of Magda and Bo was officially made known, via an announcement placed by Mr. Pedro in the leading island newspaper, my mother relayed the gist of the gossip:

"Maybe there is such a thing as a happy ending."

"Magda deserves some happiness, no?"

More pessimistic gossips sighed:

"But, think of Corinth. A woman just can't win in this place."

The wedding was lavish, organized down to the last detail by Magda herself. Arriving at Immaculate Conception Cathedral guests were taken aback to find themselves greeted by a large oil painting of Miss Corinth propped on an easel just inside the massive mahogany doors. Magda had seven bridesmaids who wore violet gowns and pearl earrings provided by the bride. I was maid of honor, of course.

Bo, directed by his betrothed, bucked tradition —and started a new trend for grooms on the island— by wearing a white tuxedo. The groomsmen wore traditional black tuxedos with violet bow-ties and cummerbunds. Mama sang a duet with Bo's brother, "Sunrise, Sunset."

Magda's dress was over the top, especially for a girl who had always taken pains not to stand out: It was encrusted with beads, molded to her slender figure, and had a seemingly endless train that followed her down the aisle as if following strict orders not to snag and not to swish too much to one side or the other. She seemed to tower over her father, who had lost weight had shrunk a little since the death of Miss Corinth. His black tuxedo made him look even thinner and paler than he was. His eyes welled with tears at least twice during the ceremony.

It was a long mass. A few guests looked at one another with raised eyebrows as the priest draped an extra-long rosary about the couples' shoulders and prayed over them. "Since when had Magda become so religious? And Bo, didn't he skip out on his confirmation?"

It was a ceremony of which even the Señora, setting aside her prejudices, might have approved. More eyebrows were raised when, upon the couple's exiting the church, white doves were released from two large cages.

This was not something that islanders did.

At some point during the mass, my mother slipped away. She had been charged with transporting the portrait of Magda's mother to the ballroom at the Founders Club, where it would preside over the reception from its position in front of the band.

Guests dined on shrimp, lobster and steak. They imbibed champagne, rum punch, and a variety of liquors and beers, imported and local. A calypso band from Trinidad entertained the more than 400 guests. It was Magda's finest hour, and she took advantage of her night to raise a long, tearful toast to her departed mother.

"Who never experienced a night such as this," she said looking right at her father. There were murmurings at this, but Mr. Pedro didn't seem to notice. He was also in his element, seated at the head table throughout the night. I remember him beaming, receiving the good wishes of friends and associates like a king accepting the obeisance of his subjects. Bo seemed almost beside the point as he trailed around behind his new wife thanking guests for coming to the wedding.

After a honeymoon in Rio, Bo moved into the Kane house with Magda and her father.

The newlyweds, with Mr. Pedro's approval, soon added a third floor and a double garage. Magda had a sign made and hung above the mahogany double doors: *House of Corinth*. Bo asked for and got a large American-made boat, which he named *Mi Vida*.

The Sillitoe family business, a hardware store that had languished before the marriage, immediately benefited from an infusion of Kane capital. Bo was happy to accept his father-in-law as an investor. Perhaps he was less happy that his wife took over the management of the store. This entailed a complete overhaul of the musty, dark establishment and the filling of two new positions: a buyer and a marketing manager were imported from Jamaica.

Sillitoe Hardware became Sillitoe Home Store. And its shelves came to hold the latest home improvement gadgets and accoutrements direct from Miami, including kitchen and bath supplies. Bo insisted that the store's original stock remain. There was always a need for nails, screws, wrenches, and duct tape, he argued.

Because she was her father's daughter, Magda had no concept of emasculation. Her father was a man's man, and was never diminished by granting her every wish and conceding most points (except the most important one) to Miss Corinth. She further felt that if Bo could love her as she was, he could certainly love the person she was becoming: a business woman with a knack for management and an apparent Midas touch. Magda became more confident after she married Bo. Bo began to call her "Miss Boss" on occasion, which made her giggle nervously. I didn't like it.

During the early years of Magda and Bo's marriage, Mr. Pedro set about making things right with his first four children. He succeeded with three of them; only the youngest, the daughter whose communion dress fitting was the occasion for the meeting between Mr. Pedro and Mrs. Corinth, held out. Mr. Pedro came home from what would be his final trip to Puerto Rico just in time for the birth of his first grandchild. Magda named the girl Coreen (for her mother) Marie (for Bo's mother). Two years later, Mr. Pedro died a week after the birth of a boy. Magda named him Pedro (for her father) Clement (for Bo's father).

The mixture manifested itself exactly as the islanders had predicted: the children had very fair skin. Little Pedro had his namesake's gray eyes and his father's blond hair, though it was rather curly. Coreen had her mother's height and her father's blue eyes. Her hair was glossy brown and tended to hang around her pretty face in waves.

I watched Magda became superwoman, taking over Kane Industries and leaving Bo to manage Sillitoe Home Store, with a great deal of what he called "interference" on her part. Throughout these years I lived in Miami, climbing the corporate ladder at a downtown bank and finding excuses not to go home for more than a week a year. I know Magda must have mourned her father's passing, but she barely talked about him in our phone conversations. Mama called to tell me when Magda ordered the mounting of huge portraits of both Miss Corinth and Mr. Pedro in the lobby of Kane Industries.

Life was good for Magda and Bo for several years. But not too long after the death of his father-in-law, Bo began to behave, in the words of the island women, "like any other bloody man." Magda did not mind him spending a few evenings a week with his friends at the Oasis, a dingy dive that was the place to be for the island's men of all classes. But she did mind when, a few months later, Mrs. Sneed informed her of a rumor making its rounds.

"I almost never tell you, girl," said Mrs. Sneed in the canned goods aisle of the island's only fine foods emporium. Magda, who knew Mrs. Sneed's information was usually accurate, told me she felt trembly and clammy cold as she absorbed the news.

According to Mrs. Sneed, who had it from her maid Sunny, who had it from her cousin Titus who worked at the Oasis, Bo and a few of his friends were increasingly using the Oasis as a mere jumping off point for nights of debauchery at an entirely different establishment. The men talked openly of "checking into Kozy Korner," Titus told his cousin.

Kozy Korner, everyone knew, was the island's only strip club. The dancers were mostly illegals from Venezuela who did not so much dance, it was said, as disrobe on a small stage while Spanish love songs played over an anemic sound system. A patron who wanted to "check in," could rent a tiny (not very clean) room in the back by the hour and pay their favorite girl (or girls) to join him. Furthermore, according to Titus, Bo was said to have a favorite girl: a Venezuelan teenager named Lupita or Lucia or Juanita. Titus wasn't exactly sure. "But he tell Sunny that the girl white, white." Mrs. Sneed reported this with a meaningful raising of the eyebrows.

The wives of the island, rich or poor, were not unfamiliar with the infidelity of the men in their lives. Most likely, their own mothers (and grandmothers, etc.) had tolerated the occasional bad behavior of their fathers, and even long-term arrangements: If a man had the means, like Mr. Sneed, he might set up a "sweetheart" in her own house and keep her for years. This was something Magda understood quite well.

A betrayed wife on the island processes her feelings in three steps: First comes Sorrow, which might be expressed in tears, decreased or increased appetite or, occasionally, a suicide attempt. The second step is Anger, which manifests itself in the silent treatment, refusal to cook, or screaming rages. Finally comes Resignation. If a woman is poor and without recourse, she might stay with her husband and live with his transgressions (possibly ceasing sexual relations). A woman of means —her social standing dependent on remaining married— might stay with her husband too, exacting steep payments in the form of jewelry, a new house, or frequent shopping trips to Miami. Divorce is rare.

Magda made it through Sorrow but found herself stalled at Anger, unwilling and absolutely unable to move onto Resignation.

In the Anger phase, Magda was able to extract a confession and a less than heartfelt apology from Bo about his activities at Kozy Korner. Her screaming rages sent Bo to the guest room, where he slept with the door locked for several weeks before Magda kicked him out. Then she hired the island's best lawyer, to happened to be Mr. Sneed, and filed for divorce, who happened to be Mr. Sneed.

At first, Bo lived with his brother and sister-in-law. Word was that he was miserable and frustrated; he would tell people that life was not turning out as he had hoped. Bo was permitted to see Coreen and Pedro only on the weekends. Their bewildered faces and frequent crying spells filled Magda with feelings of impotence and anguish. Bo told anyone that would listen that he had erred in marrying her. She was bossy, a man-hater, spoiled, selfish, and a bad mother.

"Lapse a' judgment," he was heard to say.

Then, after about two months or so, Bo stopped whining and started smiling. He called Mr. Sneed to inform him that he would not be able to see the children that weekend or the following one. A few days later, Bo packed his bags and left his brother's house for another locale. Mrs. Sneed paid Magda a special visit at the weekend to tell her exactly where Bo was now living.

"Girl, I hate to be the one to tell you."

Magda poured a glass of fresh lime juice for her guest and settled back in her chair. She believed that there was nothing she could hear about Bo that would surprise her. Mrs. Sneed reported that Bo was now living with the divorced and recently returned Sara Leeds and her three children. Magda had been picturing a slender, pale teenager with a Spanish name as her rival for Bo's affections. Now an image of the slender, brown Sara Leeds in her convent school uniform swam before her eyes. Mrs. Sneed told Magda the story she'd heard from Father Carlos, whom Sara had apparently consulted about the possibility of remarrying at Immaculate Conception.

"You know how Father like to talk," Mrs. Sneed said.

145

Bo was living with Sara and telling anyone within earshot that she was the love of his life, his soul mate; that he had married Magda to bide the time until Sara's return, which he had always known would come.

Mrs. Sneed further related that she had seen Sara in person.

"I went by Sillitoe the other day, girl," she told Magda. "Had to buy a drill for Mr. Sneed." A sip of lemonade.

"Not too mash-up, but she have bad teeth."

The next day Magda called her lawyer and directed him to draft a new will that would disinherit Bo. When she told me this, I expressed surprise she had not taken care of this the minute she filed for divorce, which —in those days— could take up to three years to complete.

"Been meaning to get 'round to it." That was all Magda would say.

Later, she would learn that Sara was at Sillitoe Home Store almost daily.

"The man hardly out of she sight," reported the marketing manager in a clandestine call to Magda. She was ordering around the staff and allowing her children to play in the store after school. They got underfoot and broke things, but Bo was indulgent.

Magda delayed signing the new will, despite my entreaties and the prodding of Mama, Mr. Sneed, and even my father. She lapsed into Sorrow once again.

She kept up her schedule at Kane Industries, but she found herself incapable of concentrating. She was thinking back over the years, trying to unravel the mystery of Bo. It was no use telling her there was no mystery of Bo. Magda missed her parents and mourned them anew.

She was so distracted during this period that she offended a contingent of businessmen from Hong Kong (the "Chiney mafia," as Mr. Pedro used to call them). They had long wanted to buy a piece of beach owned by Kane Industries and she had finally agreed to sell it. But she forgot they were coming and took the day off to curl up in bed and weep. The businessmen were furious, taking the slight as a deliberate move designed to send a message that their money, and the deal that had begun with the late Pedro Kane, were not wanted.

I was home for my father's funeral when things went from bad to worse. I had been dreaming that my father was being burned on a funeral pyre, when Mama woke me from a deep sleep and dragged me down the stairs and out onto the street. There we found Magda and her two children surrounded by a pack of neighbors. The garage that housed Bo's boat was spewing flames. Little Pedro was crying, and Coreen's face was buried in her mother's bathrobe. As usual, the island fire department was slow to arrive, and I was somewhat surprised to see our upper-crust neighbors organizing themselves into a bucket brigade. The Boudreaux brothers headed up the effort, and the denizens of Conch Street proceeded to do what they could to contain the fire. Finally a fire engine careened into the street as if it had been rushing to the scene all along. When the flames had been doused, Mama and I persuaded Magda to bring the children to sleep at our house. But I could not fall back asleep that night, between thoughts of my father, the smell of smoke, and a thudding heart that kept me tossing and turning.

The next morning over coffee, Magda told Mama and me that Bo had been asking for his boat for more than a month, but she had repeatedly refused to turn it over. My mother and I locked eyes and I knew we were both trying to decide whether Bo was capable of putting his own children in danger.

The investigation into the fire went nowhere. Magda's spirits flagged even further as Bo began to make excuses not to see Coreen and Little Pedro. He seemed to lose interest in his own offspring, as he spent more time with the Leeds children. He even escorted Sara's 12-year-old to a father-daughter dance. The divorce proceedings ran their usual agonizingly slow course.

Bo began calling Magda at the office, saying he needed more money—even though she had agreed to give him a generous amount each month as part of their legal separation—. Sometimes Bo would show up at House of Corinth and bang on the door, refusing to go away until Magda handed him cash or a check. I never saw it, but I heard that Sara began to sport an engagement ring that Mama variously described as "massive," "a real monster," and "shameless."

And still, Magda put off writing Bo out of her will. I couldn't understand it, but I got tired of pushing her, because Magda would just sigh and say she didn't want to think about it. I started to wonder if she was nursing hopes that Bo would come home. This idea never failed to set my teeth on edge. And the tongue waggers on the island shook their heads, not entirely surprised by the turn of events, because —after all— "things always come to no good in this place."

I was home for my one week per annum visit when the Magda-Bo story ended. There was less than one year left before the Magda and Bo's divorce would be final. I went with Magda to Mr. Sneed's office on the day she finally resolved to sign her new will, the will that would disinherit Bo, but she never got to do so. The lawyer had been whisked away in an ambulance just before we arrived; he'd had a heart attack. The will would have to wait.

That afternoon I was running errands for Mama in her car when I saw Bo. He was standing on the sidewalk in front of Sillitoe Home Store talking to two other men. I never knew if he had seen me, but I remember that his new diamond earring caught the sunlight for a moment and glinted at me. This depressed me for hours.

That night I tried to imagine what kind of future Magda would have on our island if she could get over Bo and concentrate on herself. Unlike women without means to support themselves, Magda was sitting pretty. I supposed that if she could shake her blues she could have a good life. She loved running Kane Industries, she loved her children, and she was rich. There were not many eligible bachelors on the island, but I decided it was certainly possible that she could meet someone from one of the larger islands, or maybe Venezuela. I rolled over onto my back feeling somewhat optimistic, resolving that I would insist Magda come up to Miami for a few weeks of shopping and maybe even a spa treatment or two. Mama could take care of the children. Or Mama and the children could come, too. I fell asleep.

But in the morning, Magda was dead. Little Pedro found her in a pool of blood on the doorstep of House of Corinth. She had been shot in the face. The crime was unprecedented. Our country was not a violent place, and murders were generally limited to one or two machete slashings a year in back island.

I took charge of the funeral arrangements, fretting about how I would get along with Bo throughout the process. But I need not have worried. Bo told me over the telephone that he was happy to leave things to me. I remember telling myself I could cry later, approaching the planning as if the event were an international summit upon which the destinies of whole nations rested. Mr. Sneed signed checks as I paid for the best casket, the most expensive (but tasteful) floral arrangements, and a funeral program booklet that rivaled the glossy annual reports put out by Kane Industries. I paid one of the Castell teenagers to create a framed photographic montage using snapshots from throughout Magda's life. Everything was ready within three days.

"Just let me know time and place, no?" Bo's attendance was the extent of his participation. At the funeral he even had the nerve to seat in a front pew with Sara and her children as well as his own. This was Immaculate Conception, the church where he and Magda had knelt with a rosary draped over their shoulders not seven years before. The Sillitoe relatives had slightly more couth at the funeral; they sat in the third row.

There were no Kane relatives left on the island. So, Magda's family was represented by two of Miss Corinth's cousins from back island. Mr. Leo was a country lawyer, lean and wearing a long-sleeved white guayabera and black trousers. I knew he was somewhat prosperous; Mr. Pedro had paid for his studies. He sat on the aisle in the pew across from Bo. Miss Joan sat beside her brother, stout and perspiring in an elaborate black ensemble: a jacket and skirt made from some decidedly un-tropical fabric and embellished with what might have been jet beads. She wore a wide-brimmed black hat with a veil. I knew she ran a successful grocery in back island, the seed money for which had come from Mr. Pedro. Seated behind her, Mama and I had to shift around in our pew to see Father Carlos. My mother pursed her lips about the hat, but I was heartened that Miss Joan had worn it; no one could doubt that Miss Corinth was represented. Mama gave a lovely eulogy, with anecdotes about Magda from periods throughout her life. I didn't cry. Of course, none of Magda's half-siblings were there.

For a time after the service (with closed casket) and burial, I regretted my detachment during the planning phases. I found myself unable to accept that it was Magda whom we had buried. I had the feeling that she could appear in a room or call me on the telephone at any moment. At the same time, I felt like I had lost an arm or a leg. Mama took to her bed for more than a week.

"Just we two left, girl," was her constant observation in those first days after Magda's funeral.

The police determined that Magda had been shot in the course of an attempted robbery. They based this conclusion on the fact that the foyer of the house and the living room beyond had been ransacked, and a pair of silver candlesticks taken. Attempts had been made to remove the massive television set, but the perpetrators had fled the scene without it. Witnesses gave contradictory evidence, and (predictably) the police gave the most weight to the testimony of someone with a plausible explanation, but no proof. A man from back island claimed he had gotten lost in the area and found himself on Conch Street around midnight. He said he'd seen three "Spanish youths" running away from Magda's house carrying a bag.

Mama and I had not seen or heard a thing, much to our dismay. But Mrs. Castell said she thought she had heard a gunshot followed by the screeching of tires at some point in the night. Under further questioning, however, she admitted that she could not swear she had not fallen asleep before turning off the television in the living room. Police never found the Spanish youths. They told us that certainly the boys had escaped on the ferry to Venezuela the very morning of the crime. *Caso cerrado.*

Bo married Sara Leeds a mere seven weeks after Magda's death. He gained control of Kane Industries and inherited Magda's money. Bo and Sara, and Sara's children, moved into House of Corinth and absorbed Coreen and Little Pedro into their family.

Mama, deciding she could not live next door to Bo "under the circumstances," prepared to come live with me in Miami. She had tried to keep an eye on the children by knocking House of Corinth without warning. Sara and Bo were cool toward her.

I went home to help my mother pack up the house and bring her back with me. On her last night in Conch Street, Mama cooked a traditional island meal for the two of us: rice and beans, fried snapper, sliced tomato and cucumbers. The things that had happened to Magda—from her wedding day to her funeral—were on our minds as we picked at our food. We wondered what would become of Coreen and Little Pedro. They were already strangers to Mama, who had been like their grandmother. Now they greeted her solemnly as "Miss Helen," instead of "Granny Helen." I knew this was like a little death to Mama.

That evening, she pushed her plate away and said:

"Girl, is just as well I going with you to Miami. A woman just can't win in this place."

Zoila Ellis

(Dangriga, 1957)

Nació en Belice y está conectada de manera significativa con la cultura garífuna y la gente común y corriente del Caribe. Ha publicado dos colecciones de cuentos. La primera, *On Heroes, Lizards and Passion*, ha sido una obra muy popular en Belice y otras regiones caribeñas como parte del programa obligatorio de lectura en literatura beliceña. Además, ha sido traducida al alemán y al español por Ediciones Zanzibar. *Saltpickers and other Caribbean Stories* fue publicada en 2019 por Cubola Publishers. Su literatura ha aparecido en diferentes antologías, como *The Oxford Book of Caribbean Short Stories*, publicada por MacMillan; *Caribbean New Wave*, por Longman, y *A Snapshot of Belize: An collection of Belizean Short Fiction*. Su escritura también ha destacado como parte de *Food in Post-Colonial and Migrant Literatures*, editada por Michela Canepari, 2012. Su poesía forma parte de la colección *Creation Fire: A CAFRA anthology of Caribbean Women's Poetry*, publicada por Ramabai Espinet Editions. La beca Michener de la Universidad de Miami le fue otorgada para participar como investigadora en el Caribbean Writers Institute de la misma universidad.

El vendedor de pepitos

Zoila Ellis

Este cuento comenzó en el tiempo de los bisabuelos de este pueblito. En ese entonces, todavía había ríos llenos de pescado y los sueños de los habitantes eran más hermosos de los que vinieron después y solo comían tortillas de maíz.

Pero no podemos decir exactamente cuándo comenzó el cuento. Los que viven ahora dicen que fue el día en que la mamá de Pedro Gálvez dejó su caballo en el monte. Asustada, llegó a su casa corriendo porque habían pisoteado el cadaver de un gato negro. Esto era lo peor.

Otros decían que no, que el arcoíris había iniciado la historia. Una tarde se negó a desaparecer hasta que entró a merodear en la cocina de doña Pola y se llevó para siempre el olor a ajos. En recuerdo de su travesura, un poquito del aroma se quedó como una nube sobre la cabeza de la señora.

Quién sabe. Lo que sabemos es que un día en la temporada de lluvia, Francisco, vendedor de pepitos, dejó su carrito en la mera calle central del pueblito, en el lugar donde todos los escolares, el inspector de policía, el gerente del banco principal, el dueño de la tienda más grande del pueblito «Casa Sonrisa», el sacerdote de la Iglesia católica, el alcalde y todos los habitantes, perros, burros y el único músico, Juan Gabriel Morales, tuvieron que pasar.

Doña Pola, la mamá de Francisco, se enteró de esto, porque vino su vecina, Gloria Hernández, gritando desde la callecita hasta el portón de la casa de la doña, y casi no podía hablar cuando llegó porque era muy gorda y tuvo que subir la colina empinadísima.

—¡Doña Pola! ¡Doña Pola! —gritó mientras trataba de sacudirse el lodo de los grandes zapatos comprados hacía cuatro años por veinticinco quetzales al otro lado de la frontera. Siempre había dicho que eran los mejores pares de zapatos que ella había tenido desde chiquita y esto porque no fue su marido Fernando quien los compró.

Pues, en ese momento, Gloria no podía pensar en los delitos de su marido, porque, más que todo, tenía noticias muy graves para compartir:

—¡Francisco está en la cárcel!

Las palabras no podían quedar en la casita. Las paredes de cartón y lodo no quisieron aguantar el peso de ellas. Las palabras abrieron sus alas y volaron, no por la ventanita en la sala, que era tan pequeña para pasar, sino que escaparon desde el techo en la cocina donde había un gran hueco.

Francisco no pudo tapar el hueco porque solamente compró dos pedazos de zinc cuando el alcalde le regaló algún dinerito para votar por él en la última elección. Habían rezado a la Virgen de Guadalupe para conseguir la ayuda y por eso mantuvieron un altar lleno de veladoras y flores en la mesita cerca de la única silla de caoba.

—¡Comadre, Francisco está en la cárcel! —repitió doña Gloria.

Gloria tuvo que sentarse en la silla y miró desde allí la cara triste de la Virgen, pero no pudo leer en sus ojos la razón de por qué su comadre, una señora de buena voluntad, pasaba por esa calamidad. La cárcel. El último horror en sus vidas.

Doña Pola se sentó en la cama donde había nacido Francisco cuarenta y cinco años atrás, en una noche tormentosa. Miró en silencio la cara de la Virgen y se acordó de que no había cambiado las flores el día anterior. Las hojas caían como lágrimas sobre el altar.

De repente se puso de pie y caminó sin decir palabra hasta la puerta, llevando consigo el llanto que su corazón guardaba desde el instante en que la partera le anunció que el niño había nacido con los ojos negros de su padre, un árabe que vino desde Guatemala vendiendo sueños y perfumes. No dejó su nombre en el documento de nacimiento del hijo. Doña Pola no había pensado en él desde hacía muchos años, pero en ese momento su amargura afloró y tuvo que sostenerse del marco de la puerta.

Desde allí, vio la colina, con todas las casas tan humildes como la de ella. En la última casa, la de más abajo, vivía doña Gloria, Fernando y sus seis hijos. Fernando era un señor que había trabajado por años en un rancho para su patrón, quien acababa de vender el rancho a unos gringos para hacer un hotel para los turistas y dejó a Fernando sin trabajo. La casita de Maritza, sobrina de doña Gloria, estaba cerca de la de su tía. Maritza tenía cinco hijos y en ese momento acababa de tener un bebé de un negro criollo de la ciudad de Belice.

Doña Pola, en el pasado, había pensado que Maritza iba a ser una buena esposa para Francisco, pero resultó que Maritza desde hace quince años dejó de asistir a la iglesia y cuando cumplió dieciséis tuvo su primer hijo con un soldado inglés. Según doña Gloria, Maritza no se arrepentía de ninguna fase de su vida, excepto para decir que ella debió haberse casado con el soldado inglés cuando él se lo pidió en su juventud.

—¡Mira a todas esas muchachas que han ido a Inglaterra para vivir como reinas! —le comentó Maritza un día a su tía Gloria.

—Sin mujer, sin terreno y, ahora, la cárcel —con estas palabras tan pesadas, la fuerza del dolor por su hijo llegó finalmente; doña Pola dejó su lugar cerca de la puerta y regresó otra vez para sentarse en la cama.

—¡No te preocupes, comadre! Vamos a buscar un juez de paz para hablar en su nombre. Francisco es un buen muchacho. Nadie puede decir nada malo en su contra.

—Y ¿por qué? —finalmente, doña Pola habló, tratando de calmar sus dedos y los músculos de su boca, que no podían quedarse tranquilos por el deseo de llorar—. ¿Por qué tienen preso a mi hijo?

Doña Gloria se puso de pie en un movimiento fluido y tomó la mano de su comadre.

—Vamos a la cárcel, comadre. Debes hablar con él.

Francisco, vendedor de pepitos, nunca había pensado en ser algo más que una persona humilde en un pueblito con personas tan humildes como él. Vivió todos sus días preparando su carrito para salir día tras día a la calle con sus bolsitas de pepitos. Esta era su ocupación desde que tenía catorce años cuando dejó de asistir a la escuela de las monjas del Sagrado Corazón para trabajar en la calle a fin de mantener a doña Pola y a sí mismo.

Todos los viernes se levantaba a las cuatro de la mañana para ir al mercado y allí conseguía dos o tres de las más grandes calabazas que traían los campesinos al pueblito. De allí, las cortaba, sacaba todas las semillas y las ponía a secar en un gran pedazo de madera. Esas eran las semillas que él cocinaba hasta que estuviesen morenitas y tostaditas, para venderlas cada día en la calle, hasta que nadie en el pueblito pudiera recordar el momento cuando Francisco y sus pepitos no eran parte de la vida.

Doña Pola trabajó, en esos días, lavando ropa para el señor Carlos Jiménez, que tenía un negocio para conseguir contratos con los soldados ingleses que establecieron su campamento cerca de la frontera con Guatemala. El negocio era bueno y doña Pola trabajó muy duro para su patrón, ganando los pocos centavos con que ella y su hijo sobrevivían. Pero estaban tranquilos, bajando y subiendo la colina donde vivían, en el sol y en la lluvia, para ganarse la vida.

Francisco nunca fue un muchacho de muchas palabras. Tal vez él era así porque sabía la historia de su nacimiento o tal vez adquirió el comportamiento de su papá, el árabe de Guatemala. Pero así era, y toda la gente del pueblito se acostumbró a hablar solamente algunas palabras con él. No era algo de lo que él se diera cuenta, porque pasaba los días de la semana vendiendo pepitos y los domingos, con doña Pola, en la iglesia.

Cuando Francisco cumplió veinte años tuvo el deseo de tener una esposa. Miró la cara tan linda de Maritza, quien había cumplido catorce años, y decidió que él iba a esperar por ella hasta que pudiera salir con él para formar un hogar. Por primera vez en su vida tuvo sueños que no eran controlables y por eso confesó al sacerdote sus deseos honestos por la muchacha. No sabía que el sacerdote había advertido a doña Pola sobre sus intenciones y tampoco sabía que doña Pola había comenzado a averiguar sobre los hábitos morales y las virtudes de Maritza.

Así es que doña Pola era la primera en saber cuando la joven Maritza llegaba al negocio de Carlos Jiménez para esperar el transporte de los soldados ingleses. También que Maritza, cuando cumplió quince años, esperaba a que su mamá saliera de la casa para invitar a los soldados. Fue doña Pola quien le contó a doña Gloria y a Francisco que definitivamente el papá del primer bebé de Maritza no era Francisco, sino uno de los soldados.

Francisco recibió estas noticias en silencio, pero dentro iba creciendo una tristeza terrible. Decidió no casarse nunca. Dedicó su vida a la Virgen de Guadalupe y a la tarea de mejorar la vida de él mismo y la de su mamá. Y así pasó los años, hasta que se enteró, a través de la larga lengua de doña Gloria, que su papá, el árabe de Guatemala, había regresado al pueblo.

Hasta ese día, su nacimiento había sido un chance de la lotería de la vida, un momento que no importaba a nadie, excepto a doña Pola y a ese señor que Francisco no había conocido y tampoco tenía ninguna idea de cómo era.

Pero desde el instante en que se enteró de la llegada de su padre al pueblo, sin saber o comprender su poder, sintió como la erupción de un volcán que había estado dormido por siglos en su pecho.

Tenía ganas de verlo. De conocerlo. De hablar con él y de preguntarle: ¿por qué?

Por un mes entero, despertaba una hora más temprano los viernes e iba al mercado, aunque no tenía que comprar nada más que sus calabazas. Después regresaba a casa luego de esperar todo el día en el sol, mirando las caras de los vendedores árabes de ropa de seda, zapatos, mercancía de plástico, cuero y otras maravillas.

Decidió que sería útil averiguar más detalles sobre el rostro del árabe, su comportamiento y su tamaño. ¿Era gordo? ¿Flaco? ¿Con piel oscura o clarita? Sus ojos, ¿qué color tenían? ¿Cómo era la voz? Su sonrisa, su pelo.

Fue muy difícil para él tratar de hacerle estas preguntas a doña Pola directamente. Pero un domingo, después de unas horas rezando con ella enfrente de los pies sagrados de la Virgen de Guadalupe, comenzó a preguntar.

—El árabe este…

—¿Cuál…?

—Mi papá.

—¿Él? Ahora, Francisco, casi cuarenta y cinco años después, ¿quieres saber de él? —doña Pola se puso nerviosa, peinándose el poquito cabello que tenía, que era largo y gris.

Francisco no contestó. Quedó así por un largo tiempo, contemplando la colina y las casas de abajo. Ella se tomó su tiempo, limpiando la mesita de la Virgen, poniendo flores, cambiando las veladoras.

—Muy bien. ¿Qué quieres saber?

—Todo.

Fue como una canción vieja que ella no quiso cantar porque había olvidado las palabras y la música.

—Fue así: un domingo como este, el árabe entró al pueblito, con su carrito, exactamente igual al tuyo. Vendiendo.

—¿No era rico?

—No, pobre, y más que yo. Por lo menos, mi papá me había dejado una manzana de tierra en su aldea.

—¿Tuviste terreno? —estas palabras dejaron a Francisco muy asombrado—. Nunca pensé que tu familia había tenido alguna propiedad.

—Pues sí, cerca del río, lejos de aquí. Con muchos árboles de naranja, además de tres burros. Todos los días, jugando, sembrando yuca, papaya, maíz. De todo. Fue un paraíso, mi mundo entero, yo con mis padres. Vivíamos en una casita de madera. Allí nací, y también naciste tú.

Fue esto último lo que llamó muchísimo la atención de Francisco.

—Pensé que había nacido aquí, en la colina.

—No, todo eso pasó después.

—¿Después de qué?

—Después de que perdí todo.

—¿Todo?

Pero doña Pola no podía aguantar más, el pasado había llegado y quedó encima de sus hombros anchos. Las lágrimas comenzaron a caer, fueron tan abundantes que Francisco se asustó.

—No. No quiero hablar más.

—Está bien, mami. Tranquilízate.

Pero los pensamientos y deseos de Francisco no podían descansar. Una noche soñó que un árabe aparecía enfrente de él en el mercado y, de repente, desaparecía, dejando su ropa encima de sus pepitos en el carrito. Despertó asustado.

Siguió vendiendo los pepitos, pero no podía olvidar.

Un mes después, en la época de lluvia, cuando doña Pola fue al río con su carga de ropa para lavársela a los soldados, Francisco preguntó a doña Gloria sobre su papá. Ella le respondió:

—¡Su papá! Era muy, muy guapo, Francisco. Yo lo conocí. Era muy alto. Tenía el pelo bien lindo, y su piel… era como caramelo, mezclado con miel. Tenía la voz como un ángel. Cantaba y tenía una guitarra también. ¡Todas las mujeres en el pueblito lo adoraban, pero escogió a tu mamá!

—¿Y por qué ella se pone tan triste cuando habla de él?

—Es por el terreno, Francisco. El terreno de tu mamá.

—¿Qué pasó con el terreno?

—¡No! ¡No! No puedo contar esto. Es tu mamá quien debe decírtelo todo.

Fue don José, un anciano que siempre se sentaba bajo un árbol en la plaza del pueblito, quien le reveló todo a Francisco. En el mero sol de las dos de la tarde, desde su asiento de madera, fumando su cigarrillo y bebiendo, como siempre, ron directamente de la botella, llamó a Francisco.

—¡Francisco! ¡Ven acá!

—En este sol tan calientísimo, ¡no quiero mover ni un pie! —respondió Francisco que en ese momento estaba con sus pepitos al otro lado de la plaza. Su voz siempre era lenta y tranquila, como alguien que nunca puede pensar ni hacer algo con tanta prisa.

—¡Ven acá, muchacho! Tengo que decirte algo.

Don José insistió, la voz emborrachada.

—¿Para qué me necesitas? —Francisco finalmente empujó su carrito al lado de don José y se sentó.

Don José ofreció a Francisco la botella de ron.

—Disculpa, pero no bebo de ese. Gracias —dijo Francisco—. ¿Quieres pepitos?

Don José casi se murió de la risa.

—¡Pepitos! ¡Ay, caray! Yo no como nada. Nada. Esto es toda la comida que yo necesito para sobrevivir. Esta botella.

—Bueno, pues. ¿Y por qué me llamaste, entonces?

—Francisco, si tuvieras dinero, mucho dinero, ¿qué harías con él?

—¿Dinero? ¿Yo? —Francisco se quedó pensando por mucho tiempo antes de contestar. De repente sonrió—. Nunca voy a tener dinero, mucho dinero, entonces no tengo que pensar en él.

—¿Pero si tuvieras? —don José insistió.

Francisco comenzó a sonreír.

—Bueno, pues, se lo daría todo a Maritza para casarme con ella.

—¿A esa puta? ¿Esa desgraciada? —don José gritó—. Qué bueno que tu papá no dejó nada de su terreno para ti.

En ese momento Francisco se levantó del suelo.

—¿Mi papá? ¿Qué sabes de mi papá y el terreno? ¿Qué terreno? —finalmente, Francisco pudo hablar.

—Mañana cuando no esté tan borracho, te lo contaré —con esto don José se puso de pie y caminó lentamente hasta el río.

Al día siguiente Francisco despertó, preparó su carreta y salió de la casa tempranito.

Esta vez Francisco fue directamente hacia don José, quien estaba en su lugar habitual en la plaza, tomando su botella de ron.

—Hola, don José —Francisco comentó con la voz muy suave—. Perdona la molestia.

—Ya me estás molestando, pero sigue.

—Soy Francisco, el hijo de doña Pola. ¿Me recuerdas? Estuve aquí ayer. Hablé contigo. ¿De qué terreno estabas hablando, don José? —Francisco preguntó con insistencia.

—Bueno. ¿Me prometes que me vas a comprar otra botella de ron?

—Sí.

—Bueno, pues. Siéntate aquí.

Francisco obedeció.

—Tu papá era un árabe pobre.

—Eso ya me lo contó mi mamá.

—¡No me interrumpas! El terreno pertenecía a tu mamá. ¿Sabías?

—Sí.

—Tu papá lo vendió.

—¿Cómo?

—Tu abuelo pasó los derechos de propiedad a tu papá para que se casara con tu mamá.

—¿Y qué pasó?

—Pues, tu papá tomó el terreno, lo vendió y desapareció.

—¿Y mi mamá? ¿No se casó con ella?

—No —don José contestó. Francisco se quedó mirando hacia las montañas verdes a la distancia. Finalmente, habló.

—¿Cómo sabes todo esto?

—Soy el abuelo de la historia. Tu desgraciado abuelo —don José tomó un trago de la botella de ron—. Tu mamá, la Pola, es mi hija.

Francisco no reaccionó. No podía. En ese momento la impresión no le permitía hablar.

—¿Y el árabe? ¿Mi papá?

—Regresó a este pueblito hace dos meses, y ayer lo maté. Por cuarenta y cinco años estuve esperándolo. Finalmente, regresó. Si quieres puedes encontrar el cadáver en un hueco, en el mismo terreno. Y ahora me voy para siempre.

—¿Dónde?

—No sé. A la mierda.

—Adiós, pues.

—Sí. Cuida a tu mamá.

*

—Fue así. Descubrieron el cadáver del árabe en el monte. Y todo el mundo recordó que día tras día Francisco estaba buscando a su papá, el árabe —doña Gloria le contó a Maritza, mientras las dos lavaban la ropa en el río.

—¡Claro que lo mató! —gritó Maritza.

—¡Pero no lo puedo imaginar! ¡Un muchacho como Francisco! ¡Tan tranquilo! ¡Sin ninguna malicia! ¡Y ahora está preso en la cárcel! No está diciendo por qué lo hizo. Nada, nada, nada. ¡Y su mamá, llorando y rezando como loca!

—Uno nunca sabe —dijo Maritza, mientras se miraba las uñas pintadas con esmalte rojo—. Imagínate que yo casi me iba a casar con él.

—No es por nada —respondió doña Gloria—. Qué pena. Es por el terreno. El terreno siempre trae problemas.

—¿De veras estabas allí cuando doña Pola lo encontró en la cárcel? —Maritza preguntó, aprovechando el momento para desnudarse a la vista de todos los hombres en el río. Algunos ya estaban acostumbrados al comportamiento de Maritza. Otros silbaron ruidosamente. Doña Gloria la ignoró.

—¡Sí, cómo no! ¡Mi pobre comadre! Pero Francisco estaba muy calmado. Me sorprendió. Quedó plantado allí, en la cárcel, como un héroe.

—Tal vez va a suicidarse. En la noche. Con una cuerda larga.

—¡Maritza! ¡Por favor! ¡No digas eso! Francisco es un muchacho decente, que tiene fe en Dios y la Virgen de Guadalupe. Solamente cometió un error; tal vez en un momento de pasión, que no pudo controlar, mató al árabe.

—Su papá.

—Sí. Pero no olvides que ese señor también les hizo daño a doña Pola y a Francisco. Mucho, mucho daño. Imagínate que si hubiese dejado a la pobre doña con su terreno. ¿Tú sabes a dónde ella hubiese llegado en este pueblito? ¡Ella habría sido rica como una reina!

—¡No seas exagerada, tía! Francisco nunca hubiese sido otra cosa más que un estúpido campesino, incluso si tuviese todo el dinero del mundo. Ahora como mató al papá, el árabe, es mucho más interesante.

—Maritza, eres una desgraciada. Desde chiquita.

—Sí, lo sé. Pero también mi vida ha sido muy, muy interesante.

Si ella hubiese sabido, estos pensamientos eran casi los mismos que tenía Francisco en ese instante cuando estaba metido en la cárcel. Su vida, se decía, había cambiado para siempre. El momento en que confesó e insistió frente al inspector de policía que él había cometido el asesinato del árabe se convirtió en la primera decisión de su vida que no había sido sugerida por doña Pola, el sacerdote, doña Gloria, ni alguna otra persona que, como antes, habían dirigido sus deseos en el pasado.

Así que sintió una libertad increíble en este momento y la saboreó.

Después de una semana metido en la cárcel dijo que necesitaba que le trajeran una botella de ron.

El inspector de policía quedó asombrado. ¿Qué tipo era este? Definitivamente estaba loco. No parecía que le interesara el juicio ni tenía miedo de la sentencia de muerte que podría encontrar en un futuro cercano.

No había otros detenidos en la cárcel y eso le dio tiempo al inspector para pensar. Tal vez Francisco podría salvarse si lo dejaba actuar como loco. Así que, cuando el sargento llegó con el ron —le contó después a su mujer—, encontró al inspector y al detenido bebiendo y conversando como los mejores amigos en la estación de policía.

—¿Y por qué mataste a tu papá? —preguntó el inspector.

—El árabe —lo corrigió Francisco—. Realmente, no sé —respondió con toda sinceridad.

—¿Fue como una forma de castigo por lo que hizo tantos años atrás?

—Tal vez sí, tal vez no. Esa no era mi pelea. Era de mi mamá —Francisco se acomodó en la cama de la prisión.

—Pero tu vida se vio afectada por su culpa, ¿no? —insistió el inspector.

—No lo veo así. No tenía ninguna idea de la posibilidad de tener algo de dinero. De terreno. De riquezas. Entonces para mí no era una pérdida. ¿Cómo podría perder lo que no tengo? Dígame, inspector, ¿usted puede imaginar lo que no tiene ni podrá tener nunca? Piénselo bien.

El inspector encendió un cigarrillo, reflexionando.

—Tienes razón. No lo veía así.

—Lo que ha sucedido es importante para mí. Hasta ahora, por pura casualidad, estamos platicando usted y yo. Después de tantos años vendiendo pepitos en el mismo lugar, usted ha puesto atención en mí, podemos compartir ideas, conversar y me siento muy cómodo con usted, como amigos —Francisco tomó un trago.

El sargento quedó tan confundido que casi se atraganta con la cena de tortilla y frijol que su mujer le había preparado en la mañana. Es más, no sabía qué decir cuando el inspector contestó.

—Sí, hermano. Yo también me siento muy tranquilo contigo.

—¿Sabe qué? No tengo miedo a la muerte —dijo Francisco después de un largo silencio—. La única cosa que deseo ahora es que Maritza, la única mujer de mi vida, venga a verme.

—¡Ajá! ¿Ella es tu novia? —el inspector estaba emocionado, finalmente pensando en una manera de tener más información sobre el prisionero.

—No. Es una cualquiera —contestó Francisco calmadamente—. Pero siempre la he amado, aunque ella no lo merece. Pero es honesta. Siempre ha sido así.

Dos días después el inspector invitó a Maritza a visitar a Francisco.

La invitación llegó por la mañana en manos del sargento que había atestiguado el encuentro entre Francisco y el inspector. Así es que, cuando Maritza empezó a rechazar la reunión con el prisionero, el sargento le habló sobre la alta estima que el inspector tenía por este.

¡Ja! ¡No lo creo de este campesino! —gritó Maritza, entre grandes carcajadas. Sin embargo, quedó intrigada por la posibilidad de que Francisco, el vendedor de pepitos, se hubiera convertido en alguien interesante. Entonces, aceptó la invitación.

—¡Doña Maritza, pase adelante! —dijo el inspector, como un caballero, cuando llegó el mismo día a las seis de la tarde en punto, bien peinada y maquillada, como siempre.

—¡No me digas doña, por favor! Esta palabra significa una viejita. Soy joven y bella. ¡Ya! —Maritza entró en la estación de policía con energía, y sin prestar atención al tratamiento de dignidad que fingía el inspector al saludarla.

Así comenzó la visita.

—Francisco, ¿por qué mataste a tu papá? —ella llegó directamente al punto.

—El árabe.

—Da lo mismo. ¿Por qué lo mataste? —dijo mientras se sentaba en la cama con las piernas cruzadas, pero quedó sorprendida y boquiabierta cuando Francisco le tomó la mano. No se podía mover ni hablar de lo impactada que estaba.

—Maritza, por favor, no hables del pasado. Hablaremos del futuro, del amor y de las sonrisas en las montañas.

Maritza, aunque le gustaron las palabras, se sintió por primera vez en su vida muy rara, y esto no le gustó.

—¡Muchacho! ¡No hables paja! ¿Estás loco o qué? —retiró la mano. Se puso de pie—. Me voy de aquí. ¡No tengo ganas de quedarme en una celda con un loco!

Francisco no reaccionó. La miró con calma y una pequeña sonrisa, como si fuera totalmente normal que una mujer estuviese en su celda acusándolo de ser loco.

Maritza se dio cuenta de la tranquilidad de su exvecino, así como del cambio de su piel. Después de un mes fuera del sol, comiendo bien tres veces al día y sin pasar mayores trabajos, su apariencia no era tan dura como la de antes. Así que decidió quedarse un momento para platicar, mientras un guardia y el inspector vigilaban la visita.

Al principio, Maritza llegó motivada por la curiosidad de conocer a un verdadero asesino. Luego, en las visitas posteriores que se sucedieron en los próximos meses, descubrió que Francisco poseía conocimientos, pensamientos y observaciones interesantes. Es más, la sorprendió su sentido del humor seco y agradable que se balanceaba casi a la perfección con la impulsividad de ella.

Un año después de que Francisco fue encarcelado, doña Gloria comentó a doña Pola:

—Comadre, nunca podría imaginar que, después de todo este tiempo, Maritza ya va a tener otro hijo. ¿Y sabes quién es el padre?

Doña Pola no dijo nada. El juicio de Francisco había sido muy duro para ella, pero su peor castigo fue ser testigo de la indiferencia de su hijo. Cada día, cuando Francisco entraba en la corte, aparecía con calma y tranquilidad. Al final del día, felicitaba a los testigos, al juez y también a todas las personas presentes, hasta que él se convirtió, después de un mes del juicio, en un símbolo de paz y justicia. El jurado, aunque él sostuvo su culpabilidad, no podía dictar la sentencia de muerte; las mujeres en el jurado lloraban por él y, cada domingo, los miembros de la iglesia de la Virgen de Guadalupe rezaban por su alma. *El Diario*, el único periódico del pueblito, comenzó una campaña nacional para considerarlo como un excelente ejemplo de prisionero, para que él pudiera visitar otras cárceles en el país dando charlas sobre las mejores maneras de comportarse durante largos periodos de encarcelamiento. Maritza y Francisco finalmente descubrieron su compatibilidad, ya que iban a tener un hijo.

Todo esto tenía a doña Pola muy deprimida. Desde su punto de vista, su vida, como tal, se había vuelto totalmente confusa. Así es que una noche, cuando recibió una visita de don José, su papá, no se sintió sorprendida. Cuando le contó todo, ella no podía responder. Para ella, su vida había cambiado para siempre y su soledad y tristeza eran completas.

—Regresé porque no quiero que mi nieto pague por mi crimen —confesó don José a su hija—. Quiero que me perdones, hija. Les he hecho mucho daño —sacó una botella de ron de una bolsa y tomó un trago.

—No sé qué decir, don José. Francisco está muy cambiado.

—Pero puedo ofrecerle su libertad, Pola. Ahora, yo mismo puedo confesar el crimen. Fue un grave error de mi parte.

Esas mismas palabras las repitió don José al inspector de policía el día siguiente, cuando se apersonó en la estación de policía, frente al mismo sargento que había estado el año anterior, cuando Francisco, vendedor de pepitos, su nieto, apareció e insistió en que quería ser encarcelado por el mismo crimen.

—¡Esto no puede ser! —exclamó el inspector. No podía aguantar más—. ¡Lárgate! Vete lejos de aquí. ¡No quiero escuchar nada más sobre la muerte de este árabe!, ¿me oyes? ¡Nada más!

Como le dijo después a Francisco, embajador de Justicia Nacional para Prisioneros:

—En este país hay demasiados charlatanes. Demasiados.

—Hermano inspector —respondió Francisco con aire solemne—, estoy totalmente de acuerdo contigo.

Nicaragua

Madeline Mendieta

(Managua, 1972)

Escritora y gestora cultural. Sus poemas se han traducido al inglés, alemán, francés y portugués, y han aparecido en diferentes antologías nicaragüenses e internacionales y en revistas digitales. Ha publicado tres libros de poesía: *Inocente lengua*, *Pétalos de sal* y *Verás que no soy perfecta*. Forma parte de la Generación 2000 o Generación del Desasosiego, nombrada así por la escritora Gioconda Belli. Trabajó como redactora en dos portales regionales que promovió el Instituto Goethe de México: la Red Lea, que propone visibilizar lo que se realiza en Centroamérica para el fomento de lectura, y Cuenta Centroamérica, portal de autores centroamericanos y del Caribe. En 2014 el Centro Nicaragüense de Escritores le otorgó un reconocimiento especial por su trayectoria en el fomento de la literatura escrita por jóvenes. Colaboró como organizadora en el Festival Internacional de Poesía de Granada, Nicaragua, y con Centroamérica Cuenta, que dirige el escritor Sergio Ramírez.

Fuera de foco

Madeline Mendieta

Fernando tomaba un café mientras llenaba el tedioso formulario de la convocatoria para un proyecto social. Después de su éxito como cineasta, logrando una nominación a la mejor película extranjera en los años ochenta, en la actualidad su trabajo consistía en realizar documentales de medio ambiente, trata de personas, jornadas de vacunación, uso de preservativo. Si bien disfrutaba de los resultados, no era un trabajo artístico, aunque siempre los cheles de la Cooperación repetían con su rústico español: «Muy bueno, Fernando».

Esta vez la convocatoria era para «minorías sexuales», esto implicaba visibilizar el abuso y la discriminación hacia los homosexuales, lesbianas, travestis. Fernando no sabía mucho del tema, tenía unos que otros conocidos gays, que se dedicaban a modelo, bailarín, actor, con los que interactuaba durante los rodajes de sus documentales. Pediría a su asistente que le ubicara en la base de datos a todos los mariconcitos para hacer un grupo focal.

Apenas llevaba la primera página con sus datos personales, nombre, dirección, teléfono. Lo más complicado era justificar el proyecto, quiénes serían sus beneficiarios, objetivos generales y específicos, alianzas, posibles socios, visualización del grupo meta y cómo su proyecto les cambiaría la vida a corto, mediano y largo plazo. Pensó en Brenda. Pasó a la página tres: una matriz con veinte indicadores que debían incidir en el desarrollo del proyecto; a la siguiente página, un cuadro con el desglose de los objetivos específicos con cada actividad propuesta y el correspondiente resultado esperado por cada indicador.

—Me lleva la gran puta —pensó en voz alta. Tomó su celular y marcó: 86023725.

—El número que ha marcado no se encuentra disponible en este momento, después del tono deje un mensaje. Pip.

—¡Aló! Brenda, soy Fernando. ¡Tengo un clavo! Estoy viendo la convocatoria de AVEAS y está peluda. ¡Haceme la campaña! ¡Y te reconozco unos chambulines! Si estás arrecha por el último proyecto, perdóname, pipi, vos sabes cómo son estos cheles. Llamame.

Se dieron las 5 p.m. y Brenda no regresó la llamada; a Fernando se le fue el tiempo editando unos cortos para una campaña de botaderos de basura. Dos horas más y Fernando siguió su impulso. Tomó las llaves de su vehículo y salió del garaje para hacer un trabajo de investigación de campo.

Bajó hasta el 7 de la carretera Sur y dobló hacia el Este tomando la avenida Juan Pablo II; al llegar a los semáforos del mercado Israel Lewittes giró hacia el Norte, la calle oscura le dejó ver una bombilla que anunciaba la intersección hacia la ferretería Lang, tomó la calle recta hasta llegar a Plaza Inter, un nuevo centro comercial que inauguró el presidente de la República como producto de la confianza que su gobierno generó a unos inversionistas taiwaneses: «Obras no palabras», decía el *spot* mientras aparecía un rechoncho y sonrosado hombre con un minúsculo chino cortando la cinta roja que daría paso a las escaleras eléctricas del local.

Decidió bajar a tomar algo, dando un poco más de tiempo a que se instalasen sus potenciales beneficiarios en sus puestos de trabajo.

La cuesta hacia el Hospital Militar le pareció más larga que de costumbre, las bocanadas salían lentas y largas por la ventana, los escarchados cuerpos se vislumbraban en las esquinas. Las figuras travestidas eran una gama caleidoscópica. Pelucas naranjas y lacias, escotes llamativos, tacones de dieciocho pulgadas, piernas depiladas, abanicadas pestañas, uñas escarlatas y labios haciendo gestos vulgares e insinuantes.

Los hombres/mujeres se inclinaban sedientos de ingresos para mostrar sus incipientes pechos, otros asomaban la lengua por encima de los labios. Fernando, sereno, veía aquello como un nuevo espectáculo. Se detenía en los detalles, en cada movimiento de los sexoservidores que, sin mácula de decencia, le gritaban un obsceno menú de servicios.

Recordó sus años estudiando cine en México, su estadía en Mexicali y la amistad que hizo con John Sevigny. Solían meterse en los congales para hacer fotografías de prostitutas decadentes, travestis alicaídos y rufianes tatuados de cuerpo entero. Empezaba a enumerar el rompecabezas de imágenes para que engarzaran en el cuestionario que le permitiría sobrevivir al menos un año fresco. Había una historia que contar. Pero Fernando nunca imaginó ser el protagonista de su film.

Regresó a su laptop. Justificación.

El siguiente proyecto consiste en visibilizar el vacío jurídico para las comunidades LGTB, las cuales, en el artículo 204 del Código Penal de la República, están penalizadas. Según el Informe de Desarrollo Humano, presentado y elaborado por el PNUD, *La libertad cultural en el mundo diverso hoy*, se evidencia la necesidad de construir sociedades incluyentes y diversas, razón por la cual se recomienda que los diferentes países del mundo se ocupen en atender las problemáticas de atención de desarrollo humano entre las que se encuentra la de protección de los derechos humanos y la inclusión de minorías sexuales.

Brenda no devolvió la llamada, seguro continuaba resentida después del último proyecto. Realmente Fernando tomó la decisión de no otorgarle la coordinación del mismo, solo darle un apoyo económico por asesoría. Brenda le gritó que se había portado como una mierda, mientras le tiraba el sobre con los 500 córdobas dentro. Tenía que seguir trabajando, aunque le costara el día entero.

Le escribió a John, quien impartía un taller de fotografía y realizaba una exposición en Xelajú titulada *Nómadas*. Fernando le acompañó durante esta travesía en todos los sitios fronterizos; esta muestra recopilaba imágenes de inmigrantes de toda Centroamérica que eran deportados y subsistían de cualquier cosa mientras encontraban la oportunidad de cruzarse al otro lado. El correo fue bien breve:

> Para: John Sevigny
> De: Fernando Picado
> Asunto: Documental
> John: Hay un posible proyecto de documental sobre la vida nocturna de los LGTB en Managua. Necesito de tu fotografía. Hay mucho pisto, financia AVEAS. Si no sos vos mi fotógrafo tendré que contratar a Peñalba. Confirma.
> Fernando

Continuó leyendo documentos en PDF: derechos de las comunidades LGTB en Latinoamérica, en el enlace Ley del Código Penal de la Asamblea Nacional.

Contexto del proyecto:
Nicaragua es, tras las reformas llevadas a cabo durante los últimos años en otros países de la región, el único país democrático de América Latina cuya legislación castiga las relaciones homosexuales consentidas entre adultos. Tanto Naciones Unidas como otros organismos de carácter internacional han expresado repetidamente que las leyes que penalizan este tipo de relaciones constituyen una violación del derecho a la igualdad y a la intimidad, reconocidos tanto por el Pacto Internacional de Derechos Civiles y Políticos como por la Convención Americana sobre Derechos Humanos.

En el artículo 204 del Código Penal de Nicaragua se sentencia: «Comete delito de sodomía el que induzca, promueva, propagandice o practique en forma escandalosa el concúbito entre personas del mismo sexo y será condenado a la pena de uno a tres años de prisión».

Bandeja de entrada: John Sevigny
Asunto: Documental
Hi, Fer. Me gusta la idea. Tengo unos compromisos que cumplir en Honduras entre agosto y septiembre. Disponible octubre. Confirmo.
John

Fernando sintió un breve alivio. Tenía fotógrafo, le faltaba asistente y producción. Brenda todavía no llamaba. Renqueaba un poco al redactar un proyecto, sobre todo usar ese lenguaje *oenegero*. Pero estaba siguiendo el formulario. Los indicadores para medir el impacto. Esa era la parte peluda. Él solo veía su pasarela de imágenes que construía mentalmente, debía buscar un personaje o varios que contaran su historia y que tuvieran capacidad histriónica, aunque la mayoría de los travestis la tiene. Son unos artistas del espectáculo.

Esperó la noche para iniciar los primeros contactos. Fernando esta vez decidió estacionar su carro en una calle lateral a la esquina de la farmacia donde siempre se ubicaban.

—Hola, guapo, ¿buscas acción? —casi deletreando cada sílaba, Vera preguntó con voz de María Félix.

—Busco otra cosa —dijo Fernando, guiñando rápidamente el párpado derecho.

—¿Trío o un mixto? —replicó Paola, quien lucía un ceñido vestido púrpura.

—¿Qué es un mixto? —inquirió Fernando, ingenuo.

Todas se echaron una escandalosa carcajada.

—A ver, guapo, nosotras podemos jugar con bates, bolas y hoyos; aquellas —señaló Vera a unas prostitutas en la esquina opuesta— solo pueden jugar con los hoyos. Si querés un trío con nosotras o un mixto con una de ellas. Nosotros damos gusto al cliente.

Fernando sonrió por lo colorido de la imagen que graficó los servicios ofertados.

—Miren, la verdad que yo estoy aquí haciendo una investigación.

—*¡Ushaaaa!* —chasqueando los dedos y moviéndolos de forma circular, se acercó Kuki.

—No nos sale el negocio, este no viene a nada, otro periodista palmado queriendo culear de gratis. *¡Zafuca!*

—No, no, no soy periodista. Soy cineasta, voy a filmar una película y quería conocer a algunos de ustedes.

—¿Cóooomooo? —exclamó Paola, mientras curvaba su cuerpo en pose de modelo de revista.

—No perdás el tiempo, está mintiendo. ¡Adiós, querido! —dijo irónico Kuki, mientras jalaba a Paola, que se quedó impávida.

—Esta es mi credencial —Fernando se acercó, como quien se acerca a un policía de tránsito mostrando una credencial que le otorgó la Asociación Iberoamericana de Cine:

Fernando Picado
Cineasta/Documentalista. Nicaragua
Asociación Iberoamericana de Cine

—¡Ohhh! Es verdad —dijo Paola tomando en sus manos la credencial y la pasó por los ojos de las demás que se agruparon para ver a aquel bicho raro de jeans desteñidos, melena lacia hasta el nacimiento de la nuca, lentes y una escuálida figura que a sus cuarenta y dos años le quitaban buenos años de encima.

Kuki permaneció con una ceja levantada, mano a la cintura y movimiento nervioso en sus seis centímetros de plataforma.

—No estoy bromeando —aclaró Fernando—. Quiero documentar algunas historias de ustedes.

Paola se le abalanzó.

—¿Harás casting, chelito? —Fernando asintió con la cabeza—. *¡Omaigad! ¡Omaigad!* ¿Cuándo? ¿Dónde? No estoy preparada, ni bien vestida, me puse este harapito porque hoy es martes, no hay mucho movimiento aquí.

—No seas sobrada, niña, no ves que este es pura pantalla —gritó Kuki.

—Y vos perra envidiosa; como sos horrorrroosaaaa, ropero de tres cuerpos, no vas a hacer el casting.

—¡Mirá quién habla, la chinela de gancho, talón de tostón, patas polvosas, negra zanate! ¡De tanto talonear hombres en puerto Corinto se te arruinaron los dedos y no podés usar zapatos!

—Pero al menos no soy un roperón y no tengo nombre de perra: Kuki.

—Maldita ilusa, crees que este flacucho te hará artista. ¡Como le dicen la Rupol nica! ¡No me la ensucies!

Fernando gozaba con la alharaca que las locas se tenían, pero llegó un momento en que reflexionó que habló de más, antes de tener el dinero para el proyecto. Silencioso, empezó a caminar en retroceso cuesta abajo donde había estacionado su carro.

—Hey, ¿adónde vas? —Vera lo jaló del brazo y puso su cuerpo como retén—. Mira, no quise causar discusión, pero ¿era mentira lo de la película? —lo acusó Vera mientras arqueaba su ceja falsa.

—Sí, sí, claro que es verdad, por eso les dejé mi tarjeta.

—No me diste una —suplicó Vera y se acercó al bolsillo de la camiseta y empezó a manosear sutil a Fernando.

—¿Te puedo llamar a ese número? —preguntó Vera, tratando de adivinar los números.

—Sí —pronunció Fernando esta sílaba como si fuese la última en su vida.

—Espero verte pronto —afirmó Vera, mientras le pasaba un dedo por la barbilla.

A los pocos días, Fernando casi concluía la redacción del proyecto.

«La mayoría de los casos son denuncias contra la Policía Nacional, el Ministerio de Salud y el de Educación. En el año 2010 tuvimos quince denuncias y el 2011, diecinueve. El 95% de ellas fueron resueltas, restituyendo el derecho».

Aunque las cifras del gobierno indican que se han resuelto los casos, las organizaciones LGTB en el país recopilan a diario testimonios de víctimas que señalan anomalías en los sistemas de salud, al negárseles la oportunidad de tratamiento para VIH, así como comentarios denigrantes en el caso de los travestis y transexuales que son sexoservidores.

El sistema judicial no es eficiente en cuanto a los juicios que se han entablado por agresiones, lesiones leves y graves estipuladas en el Código Penal. Las víctimas son abusadas sexualmente en las delegaciones de policía por reos que esperan las setenta y dos horas probatorias. También se han recopilado casos en los que los mismos oficiales cometieron o incitaron a que otros cometieran el delito.

Objetivo general: evidenciar, a través de un documental, la violación a los derechos humanos que se comete contra jóvenes de la diversidad sexual en Nicaragua.

Objetivos específicos: documentar los testimonios de cuatro jóvenes de la diversidad que ofrecen servicios sexuales en la avenida Bolívar de la capital. Fortalecer alianzas con organizaciones LGTB de la región que trabajan en la defensoría de los derechos humanos.

12:15 a.m. Fernando, frenético, punzaba el teclado cuando sonó el teléfono. Pensó en Brenda, que todavía no regresaba la llamada.

—¡Helou, guapo!

—Aló, ¿quién habla?

—Vaya, así es la vida, comparten con uno intimidades y luego te olvidan. Bien, pero no soy rencorosa, llamaba porque ya estoy libre y pues quizá podamos hablar un poco, solos, los dos.

—Mirá, no sé con quién me estás confundiendo.

—¡Para nada, mi vida! Fernando, así de rápido se olvidan los encuentros fugaces, pero yo no olvido.

—¿Quién habla? ¿Esto es un broma?

—Ja, ja, ja. ¡Suave, cariño, que es bolero! Soy Vera, nos conocimos hace dos noches, me tomé el abuso de llamarte, espero no te moleste.

—Ah, Vera, hola. Discúlpame, no te reconocí la voz, es que a esta hora.

—¿Y qué haces, guapo? ¿Estás solito?

—Estoy terminando el proyecto, el que les conté del documental. Todavía no he tenido tiempo de hablar con ustedes, pero ya tengo una idea más clara.

—¡Qué triste un hombre solo escribiendo tan tarde! Lástima, quería platicar sobre nosotros, la vida.

Fernando sintió una punzada y dos horas después entendió que sus impulsos le jugarían una mala pasada.

—¡Vera!, ¿sabes qué? Tenés razón, vamos a platicar. ¿Un café? ¿Te parece? ¿Dónde nos vemos? Bien, conozco el lugar, te paso a buscar y platicamos.

Fernando se estacionó en la gasolinera de Altagracia; en el tablero, el reloj indicaba la 1:34 a.m. Sacó la llave, agarró su mochila y salió del carro acomodándose la chaqueta. Empujó la puerta de vidrio que anunciaba un combo de café con un club sándwich por cincuenta y dos córdobas. Pasó la vista por el cajero, quien, aburrido, hojeaba una revista de automóviles.

En los dispensadores de salsas dos hombres barrigones y ruidosos chorreaban espesas líneas coloridas encima de un hot dog. No vio a Vera, consultó su reloj cuando sintió que una mano tocó su hombro.

—Estaba afuera —dijo Kuki. Fernando se sorprendió porque pensó que se encontraría con otra persona. Antes de que respondiera, Kuki advirtió—: ¿Pensabas que era Vera quien vendría? No, fui yo la que empecé este juego para que habláramos.

—Bien —dijo Fernando mientras jalaba una silla en señal de que Kuki tomara asiento. Kuki se apoyó en el borde de la silla y rozó levemente el antebrazo de Fernando—. Te escucho —enfatizó este.

—Tuve mis dudas de si eras la persona adecuada para contar nuestra historia, cómo llegamos a las calles a vestirnos de mujer y vendernos para sobrevivir o por qué no tenemos otra cosa que hacer para ganar dinero. Tengo mis clientes y contactos; hay un muchacho que sabe de computadoras, de internet y te buscó y me dio mucha información tuya. Me convencí de que haces cosas buenas por la gente, que hiciste una película de los niños de la chureca.

—Documental —corrigió Fernando.

—Sí, eso, un documental que ganó premios y luego una organización ayudó a los niños. Entonces pensé, ¿será que este flaco nos podrá ayudar a nosotras? Porque tenemos sueños y no queremos llegar a viejas como la Sebastiana, que ahora lava platos en una comidería en el mercado La Candelaria.

—Eso es lo que quiero contar de ustedes, sus historias, cuáles son sus sueños y por qué se dedican a eso.

—Eso se llama prostitución, querido. Hablemos sin pelos en la lengua, aunque de repente se me queda uno que otro de algún cliente, pero yo soy muy limpia, uso Listerine y Colgate.

—Ja, ja, ja. También eso quisiera registrar, el sentido del humor que tienen; aun con un trabajo duro, siempre tienen un guiño divertido para la vida.

—Es que no nos queda otra, Fer, o guiñamos a la vida, o ella nos guiña y nos hace guiñapos.

—¿Te importaría si uso una grabadora para registrar lo que luego tengo que filmar?

—Para nada, pero invítame un café al menos y si se puede un hot dog, tengo hambre.

—Sí, sí, claro —Fernando se apresuró a pedir en la caja dos combos de café y hot dog, los que bañó en salsa amarilla, roja y blanca. Regresó a la mesa.

—Gracias, qué caballero; nunca me habían servido. Bien, empecemos —dijo Kuki, mientras daba un sorbo de café hirviente.

Paola es el nombre artístico de Pablo Ramírez, nacido en el barrio indígena Sutiaba de León. Desde niño se sentía y comportaba diferente. Sus caderas se movían parecido al balanceo de sus tías que salían con sus faldones y delantales a vender *cosadehorno* por las calles sofocadas de León. Pablo, a la edad de nueve años, decidió que ayudaría a su madre con el negocio de la *cosadehorno* y se colocó un delantal, se puso una batella en la cabeza y salió alrededor del barrio. A la tercera vez que salió, los silbidos, insultos, el manoseo de jovencitos prepúberes se daba mientras entregaba los panes. Eso se convirtió en su calvario perpetuo hasta la noche en que su destino lo marcaría con la corona de Miss Gay.

—¿Paola fue Miss Gay? —preguntó incrédulo Fernando.

—Espérate, falta para que te cuente esa parte.

Paola estaba confundido; por un lado, gustaba de la admiración, el coqueteo, pero se sentía un estropajo cuando le gritaban groserías: «¡Cochoncito, vení, te rompo el culito! ¡Maricón, vende pan redondo con frijoles en el fondo!» Pero nunca perdió ni su dignidad ni su compostura. Al finalizar el día, entregarle los treinta pesos a su mama de la venta de la jornada era el aliciente para soportar las groserías de los mecánicos, taxistas, zapateros, voceadores de periódicos, albañiles, lustradores que se agremiaban en una larga calle del mercado, la cual era su ruta más productiva; aunque le dijeran vulgaridades, al final eran sus mejores compradores. Esa contradicción todavía se mantiene, tus clientes te ofenden, golpean, escupen, pero al final obtienen y pagan por tus servicios. La primera vez que le dijeron «Paola» fue en la entrada del Instituto Juan Ramón; aprovechaba la salida de los estudiantes para vender sus *cosadehornos*. Salió el tumulto bullanguero, de repente un jovencito de unos quince años lo vio y buscó en sus bolsillos un par de monedas. Pablo se sintió por primera vez intimidado ante la mirada entre curiosa y pícara del chavalo quien, al entregarle el dinero, tocó levemente sus dedos húmedos y le preguntó cuál era su nombre. «Pablo», dijo tímidamente mientras metía el par de panes en una pequeña bolsa plástica; lo desconcertó la carcajada hiriente de otro muchacho, que impertinente dijo: «Paola, se llama Paola». Seguía burlándose. Pablo sintió que su secreto lo habían deshojado como margarita. Otro chavalo, un poco avergonzado, solo alcanzó a decir: «Es varón». «No», dijo el otro, «es un maricón que se cree mujer. Conozco a los cochoncitos, no te diste cuenta de cómo habla. ¡Cochón hijueputa, a saber cómo hace ese pan!», le dio un empujón y Pablo rodó junto con todo el pan que tenía en la batella. Se incorporó con la cara enrojecida de vergüenza y, humilladas, sus manos limpiaron de tierra las piezas de las *cosadehorno*. «Toma, Pablo», le dijo apurado el quinceañero, quien le dio un empuñado billete de cinco pesos y salió corriendo. Ese día Pablo comprendió que hay dos tipos de hombres: unos que te humillan en público y otros que te ofrecen ayuda, pero no quieren verse involucrados con un maricón.

Pablo crecía y poco a poco notó que gustaba de su cuerpo con ropa ceñida, que su delgadez y rasgos finos lo acercaban a una imagen andrógina; empezó a cuidarse los pies, que de tanto usar chinelas y caminar por polvazales sus talones se agrietaron y endurecieron; se dejó crecer el cabello y compró una lima para sus uñas, que eran la envidia de cualquier chavala de su edad. Se hizo amiga de Lorena, una cuarentona peliteñida, dueña de un saloncito de belleza. Pablo llegaba a dejar *cosadehorno* y se detenía en la puerta siguiendo el movimiento del cepillo que bailoteaba en las hebras y alisaba, dejando el cabello como un manto aterciopelado; adoraba el aroma a amoníaco y quería descubrir cuántos mililitros de agua oxigenada más el colorante, convierten un cabello chuzo de indio en cerdas doradas de muñeca Barbie. Lorena lo dejaba acercarse a que viera cómo se hacía una manicura, porque había notado lo cuidadas que tenía las uñas, aunque en su humildad y pobreza no tenían esmalte. Una mañana Lorena tenía el salón lleno: una quinceañera con doce damas que peinar y hacerles las uñas; la madre de la quinceañera enchapada a la antigua quería un peinado de tres pisos en la cabecita de la adolescente. El sudor resbalaba por la pechugota de Lorena que, a pesar de sus años, las tenía bien puestas en su lugar. Los calores menopaúsicos la hacían desbordarse. Paola se asomó con su humilde batella en el marco de la puerta. Lorena lo miró de reojo y le dijo que le ayudara a pintarles las uñas a las damas. Paola, sin dudarlo, tomó un banco, un puño de esmaltes Darosa y pintó ciento veinte uñas sin manchar un solo dedo. «¡Wooaa! Pero qué buen trabajo hiciste», le dijo una loquita de unos dieciocho años que les quitaba los enormes rollos del pelo a las damas y luego con trabas prensaba unos bucles.

José Veracruz Hernández es hijo de Vicente Hernández, un campesino de Chichigalpa que se dedicaba a ser jornalero en los cañaverales de los ingenios azucareros; tosco, sumamente callado, procreó cinco hijos, cuatro hembras y un varón, en quien depositó todo su aprendizaje sobre las zafras, el manejo del machete para cortar correctamente la caña, cómo hacer guarapo; su vida sencilla no tenía los brillos que, elocuentes, contaban los personajes de radionovela que Encarnación y sus cuatro hijas escuchaban atentas, mientras cocían elotes, palmeaban tortillas, atizaban el fogón con los frijoles. Vicente se sentía agradecido con Dios y su acto de fe consistía en cargar en el pecho una imagen de san Blas y persignarse frente a la estampa del Corazón de Jesús todas las mañanas antes de salir al trabajo. Vicente Hernández sintió un escalofrío profundo cuando observó que José Veracruz pasaba con delicadeza el peine a sus hermanas y siempre cortaba un racimo de resedas blancas para colocarles a ellas y a su madre. Le llamó la atención, pero no dijo nada. Veinticuatro meses más tarde, encontraría a José Veracruz dentro de los cañaverales, no chupándose una caña precisamente. El indio Hernández se puso morado de la cólera. Lo esperó bajo un árbol de guácimo; José Veracruz, pálido y tembloroso, se acercó a recibir la única garroteada de parte de su padre. Con el cuerpo adolorido, veteado de moretones, la espalda enrojecida por el palo, a las 3:00 a.m. echó en un salbeque las tres mudas de ropa que tenía y su traje de dominguear. Desde ese día, Vera ha deambulado por las calles polvorientas de las comunidades cercanas y desde muy pequeño supo el precio que su escuálido cuerpo debía pagar para comer y tener techo donde dormir. De esa larga peregrinación estuvo tres veces hospitalizada por golpizas, cuatro por enfermedades venéreas, una vez presa por robo con abuso de confianza, violada innumerables veces. Encontró estabilidad haciendo peinados y tintes a las vivanderas del mercado de León; una de sus clientas le ofreció un cuartucho de alquiler, el cual tenía un catre, una mesita y dos sillas. «Aquí no me traes a ningún cabrón», la sentenciaba, «que te paguen esos hijueputas». Lorena conoció a Vera por recomendación de una vendedora. No la había querido emplear de planta porque el negocio estaba bajo, pero se acercaba noviembre; a finales de año siempre son las bodas, bautizos, primeras comuniones, graduaciones y la gente quiere verse diferente. Paola siguió llegando puntual a la lección de manicura y peinados ahora con su nueva amiga Vera, quien poco a poco la fue transformando, cada vez más femenino. Su familia asimiló el cambio sin mucho aspaviento ya que llevaba más dinero pues dejó de vender su *cosadehorno* en las calles, pero lo ofrecía a las clientas en el salón. Paola y Vera compartían más que esmalte y tintes de uñas, Vera le contaba todos los pormenores de su promiscua vida sexual, la que le dejaba algunas veces dinero extra. Paola todavía era virgen y aquellas historias le parecían extraordinarias, pero le provocaban un profundo temor. «Duele solo cuando no estás excitada o no usas vaselina, para todo hay solución», esa era la frase de autoayuda que Vera solía decirse cuando frente al espejo descubría un chupete que le reclamaba su falta de cuidado y un pubis atiborrado de ladillas.

Las conocí años más tarde en un concurso de Miss Gay en el puerto de Corinto. Nací y crecí en esa ciudad de pescadores miserables, putas encandiladas por los marineros, cantinas de mala muerte donde servía desde los diez años a borrachos tatuados y malolientes a pescado podrido. Mi madre era una rufiana que cobraba tres pesos la hora de unos cuartos que estaban cruzando un estrecho pasillo. Vivía del culo de las putas y sacaba ganancias que mi padrastro, alcohólico profesional, obligaba a que mi madre se las entregara para seguir bebiendo en otras cantinas con otras putas y siempre llegar con el cuento de que camino al banco lo asaltaban, o la guardia le pedía una mordida; en fin, yo le conocía todas y cada una de las excusas que repetía con la naturalidad de quien las dice por primera vez. Siempre tuve las vísceras hinchadas y un rencor descompuesto en el estómago por mi madre y ese malnacido, a quien le debo veintiséis puntadas en la cabeza cuando me le enfrenté una vez que cortó a mi madre con una botella despicada, agarró un taburete y me lo partió en el cráneo. Sentí el chorro caliente de la sangre caer en mi espalda, lo que recuerdo es que tomé un cuchillo para descamar pescado que estaba en el lavandero y se lo hundí cuantas veces pude, hasta que los gritos de mis hermanos y mi madre me llevaron al desmayo. El infeliz estuvo grave con quince estocadas que le perforaron el intestino, lo dejé con una bolsa de mierda cargando de por vida y pagué condena por lesiones graves por tres años durante los cuales sufrí hambre, vejaciones, abusos sexuales y la indiferencia de mi madre, quien solo enviaba a mis hermanos con una buena ración de comida, la cual tenía que repartir dentro para mi protección. Cuando salí, no regresé a La Gaviota, así se llamaba la cantina de mi madre. Ella, anticipándose, me recomendó con uno de mis hermanos que buscara cómo trabajar en el puerto porque a su marido no le agradaría la idea de que yo volviera. En el puerto trabajé como cargador de sacos, los fardos que se mueven de una bodega a otra, del almacen a los camiones que viajan por todo el país; dormía debajo de estos en unas hamacas improvisadas y, cuando no tuve para pagarme un cuarto, me bañaba en el mar. De ese trabajo desarrollé musculatura sin pretenderlo, por eso dicen estas putas que tengo cuerpo de ropero. Me atrajo por primera vez un hermoso holandés que bajó de un enorme barco a embriagarse y coger con los playos en los días libres que les daban. Lo vi pasar y algo me punzó dentro, fuerte. Ya había sentido lo mismo con algunos compañeros de trabajo que en broma nos tocábamos las nalgas, los pezones, los huevos y la polla; me gustaba ese juego rudo de toqueteo, que no pasaba de eso. Luego, me di cuenta de que los hombres así demuestran su sexualidad de macho. Seguí al holandés y me senté en la esquina opuesta, tomaba cerveza como un vikingo, mientras la putilla que lo acompañaba trataba de sacarle unos billetes del pantalón. En un momento cruzamos miradas, o él presintió que lo veía, sonrió pícaro y con sus ojillos esmeralda me señaló el baño. Me levanté despacio y entré al meadero, fui directo al grifo que goteaba insistente, me mojé la cara; cuando sentí el arpón entre mis nalgas, volteé y allí estaba él, me agarró del cuello fuerte y me empujó al cuchitril que tenía la única puerta; me bajó los pantalones de un solo tiro, me hundió profundo el sable, todavía siento ese agujero que me dejó su ausencia. Durante cinco años permanecí fiel a ese marinero, a quien le enseñé a hablar algunas palabras en español y él me enseñó a decir «amor» en su idioma. Cada vez que venía me traía muchos regalos: bufandas, perfumes, ropa, discos de todos los lugares que podía visitar. La última vez me trajo un chal y un abanico de España, es el que uso cuando hago la imitación de Isabel Pantoja. Porque, al igual que su canción, el marinero no regresó. Me dolió mucho que no me dijera nada. Me refugié en el alcohol, las peleas en las cantinas y empecé a odiar mi cuerpo porque había descubierto a la mujer que llevo en mi interior, aunque mi cuerpo tosco y curtido del sol lo contradiga.

Pasaron algunos años y dejé salir poco a poco a esa mujer, empecé a trabajar haciendo cocteles en una cevichería decente de una familia de pescadores; los hombres salían a echar las redes por la madrugada y las mujeres descamábamos, cortábamos en pedacitos los meros y corvinas para bañarlos en jugo de limón, sal, cebolla, pimienta, salsa inglesa. No me iba mal, ni bien. Me dejé crecer el pelo, comencé a depilarme piernas, sobacos y apretarme la polla con los huevos hasta atrás para que el pantalón simulara una panocha; me veía como un camarón macho, así les decimos a las lesbianas hombrunas. Pero acepté mi cuerpo, qué le vamos a hacer. Me regalaron una volante que anunciaba Miss Gay, un concurso que se realizaría en un centro nocturno, el premio eran cinco mil pesos. ¡Ushaaa! Ese dinero me puede servir para independizarme y tener mi propia cevichería, con más chic, con clase y no ordinaria como las que había allí. Tendría una roconola y *shows* de imitadoras cada fin de semana, con piso de cerámica, nada de piso de tierra, ni escupitajos. Me inscribí en el concurso y tenía quince días para prepararme; en esos días estuve a punta de avena mosh, casi que cagaba espuma, quería estar hilica como Thalía; me dijeron que con una faja térmica bajaba más rápido, así lo hice. Estaba preciosa para el concurso, ciento treinta y cinco libras bien proporcionadas, aunque la espalda siempre ancha, pero busqué un vestido en las pacas para disimularlo, bello, estilo sirena con lentejuelas, me arreglé mi pelo, pestañas postizas y concursé. Para no cansarte el cuento, la maldita de la Paola ganó el concurso, mientras desfilaba por la pasarela con sus patitas flacas, negras como de zanate; sentí la furia y me le dejé ir encima, le arranqué la corona, me la puse, di tres pasos cuando sentí la marabunta de locas jalando, aruñando, mordiendo, las muy perras. Acabamos en la delegación, entaconadas, despintadas y despelucadas. Los malditos policías nos levantaron cargos de alteración del orden público, pero si lo que hicimos fue divertirlos. La gente jamás olvidó ese Miss Gay.

—¿Allí conociste a Paula y Vera?

—Sí, allí las conocí, cinco días encerradas; nos robaron los vestidos de lentejuelas, zapatos de plataforma, la pedrería y pelucas. Nos dijeron que los otros presos se los habían llevado, salimos descalzas y en ropa interior. Los organizadores y patrocinadores no nos dieron ni un peso, argumentaron que devolvieron las entradas al público. Después nos dimos cuenta de que se embucharon todos los riales, no les pagaron a los músicos, maquillistas, peinadoras. Estábamos las tres sin dinero, sin corona, sin sueños. La Paula y la Vera se gastaron todos sus ahorritos para comprar la indumentaria para el concurso, pobrecitas. Los primeros días la pasamos a punta de gluglú y picos. Hasta que un día la Vera se decidió a salir a buscar clientes. Encontró a un setentón que cultivaba azúcar en Chinandega. El viejito rabo verde venía a los congales de Corinto cada vez que su casta mujer viajaba en tours cristianos. La Vera lo conoció y, al verle la pinta de riales, pues se lanzó al ruedo. El viejo le dijo que ya había probado maricones, pero esta vez quería una orgía alegre. Así que nos emperifollamos y nos fuimos las tres a emborracharnos con el viejuco. Al llegar al motel, el más lujoso de la carretera, el don sacó una pastilla azul y se la tomó con dos tragos de wiski; «esto es para gozar con ustedes», dijo, pero ¡qué va! Empecé primero a tocar una sinfónica y aquel pellejo aguado no cogía forma. La Vera comenzó a decirle: «¡Un solito, un solito!», a ver si así se paraba y nada. Paola, que apenas se había desfloronado, empezó a bailarle encima y decidió agarrarle la picha y metérsela como un trapo. ¡Aquel cuadro fue dantesco! No logramos, ni con pastilla, que el viejo se templara. Pero estaba excitado, porque lo toqueteamos y lamimos por todos lados. De repente, mientras la Paola actuaba encima del viejo, comenzó a tener unos espasmos horribles, yo pensé: «¡Al fin! ¡Este viejo tendrá un orgasmo!». ¡Qué orgasmo ni qué ocho cuartos!, el viejo se nos quedó tieso. La Paola gritó: «¡Sangre Cristo!», porque en el último envión el anciano le agarró la mano. No sabíamos qué hacer con aquel hombre tendido en la cama. Le revisé el pantalón y me agarré el culo a dos manos. El viejo, además de ser socio de un ingenio, era un alto funcionario del Banco Interamericano. Nos pusimos histéricas, no era para menos. «Viejo hijueputa, ni un buen polvo echaste y nos dejaste hechas mierdas, ahora sí vamos a morirnos en la cárcel», la Paola angustiada repetía una y otra vez la frase, mientras se agarraba la cabeza. Les dije que envolviéramos al viejo en una sábana, pero antes lo vestimos, yo agarré el dinero y las llaves del carro. Lo metimos en el asiento trasero, la Vera se sentó y puso en sus piernas la cabeza del viejuco. Salimos del motel, y el único que nos vio fue el vigilante que nos abrió el portón de la entrada principal; estaba tan amodorrado que no se fijó en el cuerpo dormido atrás. Manejé hasta Pasocaballos, conocía el camino pedregoso que llevaba a unos farallones donde iba con el holandés a ver el amanecer, era nuestro lugar favorito. Sacamos al anciano con la sábana y lo mecimos con todas nuestras fuerzas y lo tiramos al mar. Primer problema resuelto, el vehículo lo llevamos hasta puerto Morazán; allí tenía unos conocidos de mi época de cargadora de bultos, compraban y vendían cosas robadas y sin hacer preguntas. Ellos se encargaban de desmantelar, repintar o desaparecer los carros. Nos dieron la cantidad de plata que nunca habíamos soñado tener. Lo repartimos en partes iguales, pero decidimos, por el bien de las tres y también por desconfianza, venir a la capital para empezar otra vida. Así es como tenemos una casita en Hialeah; cada una aportó para la construcción y nos decidimos a entrar a este negocio, con una sola regla: jamás nos vamos con viejos.

Fernando apagó la grabadora y sacó un profundo suspiro de sus pulmones. En su mente tenía la secuencia de los planos, las locaciones, los enfoques de rostro, el guion, pensó en Brenda, que todavía no daba respuesta.

—Es hora de irnos —dijo Kuki—. Son las 3:00 de la mañana.

Fernando asintió y buscó el estacionamiento donde estaba su carro. Mientras localizaba las llaves en el bolsillo, sintió el borde frío de la pistola en su nuca.

—¡Querías una historia, ya te la dimos —reconoció la voz rasposa de Vera—. Subí, hijueputa, ¡y no hagas papalote que aquí mismo te palmamos!

Fernando subió con los hombres. Vera seguía apuntando y dando indicaciones. El cineasta tomó la carretera Sur y en el kilómetro 12 entró en un camino de tierra, siguió hacia el Oeste y se detuvo en una quinta.

Cinco días después, Brenda regresaba de la reserva Indio Maíz; recogió los periódicos que ofrecían la punzante noticia: banda de travestis roba y asesina a reconocido cineasta nacional. Tomó un largo baño, se sirvió un café, abrió su correo y en la bandeja principal recibió CC de AVEAS:

> Estimado señor Picado: Con entusiasmo le notificamos que su proyecto del documental para la visibilización de minorías sexuales ha sido aprobado para la ejecución de este año, favor de presentarse en nuestras oficinas para firmar convenio de colaboración.

Aura Guerra-Artola

(Managua, 1986)

Escritora y maestra de danza por vocación. Es licenciada en Mercadeo y Publicidad por la Universidad Thomas More de Managua y cursó también la carrera de Gastronomía en el Instituto Gastronómico de las Américas, La Paz, Bolivia. Egresó del Laboratorio de Novela, Nicaragua, generación 2020-2021. Ha publicado poesía, microficción y cuentos en medios digitales de Nicaragua, Canadá, México, Honduras, Perú y Argentina. También ha participado en antologías como *Arte y catarsis* (Kilaika, 2020), *Antología 19-21* (Les Escribidores, 2021), *Antología hispanoamericana de microficción* (EOS Villa, 2021), *Hasta que la garganta sea musgo* (Flor de Mezcal, 2021), *Tacto ligero* (Ave Azul, 2022), *Nautilus* (Micromundos, 2022) y *Arte y literatura hispanocanadiense* (Feria Iberoamericana del Libro en Canadá, 2022). Ha publicado dos libros: *Jack's Life in the Box* y el poemario *Las dolorosas.* Actualmente es locutora de Radio Poesía.

Encuentro azul

Aura Guerra-Artola

Chefchaouen es un desconcertante mundo añil y yo, ser amarillento, no sabía qué buscaba en su medina repleta de gatos. El laberinto de calles me extraviaba, no estaba acostumbrada a ver tantas gamas de azul zigzagueando por cada rincón de mi campo visual. Todo parecía una estampa de lo mismo, sin embargo, único a la vez, como una fortaleza azulenca, impidiéndome pensar en cualquier otro color del universo.

Esa vez me levanté de la cama sin motivación alguna, andaba en un viaje propuesto por mis amigas, ellas lo llamaron «luna de miel conmigo misma». ¿Por qué creí que esto sería provechoso? No lo sé. Yo no estaba para sentimentalismos, me sentía una tonta por haber viajado tan lejos cargando mi valija de aflicciones; intenté dejarlas en alguna frontera o aeropuerto, mas fue imposible, estaban incrustadas en mis huesos. La pesadez de la vida era suficiente para tumbarme en el colchón por varios meses, o incluso años; sin embargo, esa mañana el hambre comenzó a ordenar mis pasos. Necesitaba comer.

Decidí escapar del barullo ocasionado por los turistas alegres y curiosos. Para distanciarme de sus carcajadas y estridentes asombros anduve sin rumbo hasta llegar al fondo del mercado; en aquel lugar encontré una fuente y me senté al borde de la base de piedra para detener mi caminata infructífera. El bazar comenzaba a abrir sus puertas, yo seguía buscando un restaurante silencioso para comer algo y estar sola; ahora todo era de un azul ocupado y ruidoso. Observé los portones y ventanas por largo rato, hasta que, de pronto, se coló un intruso matiz blanco en el paisaje. Provenía de una cortina de encaje floreado que bailaba bajo un dintel de madera, me llamaba; afuera, unos escalones que parecían llegar hasta el cielo marcaban los pasos hacia una puerta donde se exhibía un rótulo con una taza de café dibujada en turquesa, esto me indicaba la posibilidad de poder encontrar desayuno en ese sitio; decidí arriesgarme y seguir la gradería; arriba todo parecía cerrado, pero seguí subiendo, me atrajo la quietud y también la belleza de su enorme compuerta pintada con un esponjeado en cinco tonos índigos.

Empujé la puerta provocando un agudo y lento rechinar, todo estaba estático, di unos pasos y comencé a buscar vida en esa sala repleta de telas brillantes y alfombrado lujoso, la habitación era de un color azul callado. Me quité mis zapatos antes de pisar la alfombra y, para esperar, decidí sentarme en un sofá kilométrico y sin patas; del otro lado había una terraza llena de mesas vestidas con manteles de paño bordados en hilo aguamarina y, encima, unas jarras metálicas de té humeante hacían las veces de centros de mesa, parecían recién colocadas; sin embargo, yo, tímida aún, no me animé a acercarme o siquiera hablar, no quería irrumpir esa paz celeste.

Alguien entró en el zaguán, flotaba en medio de los muebles con mutismo y destreza. Su cuerpo estaba completamente escondido bajo una tela de manta; aparentaba ser una mujer alta, traía los ojos velados tras una rendija bordada; sus manos cubiertas por guantes movían las tazas y servilletas con experta perfección, parecía que su vida dependiera de calcular la distancia exacta entre cada cubierto y plato para crear una absoluta armonía.

Su solemne estampa no me permitía enunciar palabra. Me arrodillé en la alfombra y acerqué mi mano para tocar una campana de porcelana sobre la mesa de centro, a pocos metros de distancia. El tintineo conmocionó a una parvada de tángaras que volaron por el patio agitando a su paso las buganvilias enmarañadas en las pérgolas; su escape provocó una tormenta de hojas y pétalos que asustó a la mujer azul y rompió el encanto de su coreografiada tarea. Ella permaneció inmóvil, creí haberla transformado en una estatua de sal, parecía no respirar, como quien es sorprendido en un acto de intimidad quedando vulnerable ante el espectador.

Sonreí para mostrarme amistosa, ella inclinó su cabeza en respuesta. Me puse en pie y caminé hacia la mesa más próxima y, siempre guardando una distancia prudente, le señalé una taza de té; ella me invitó a tomar asiento y apuntó a una silla metálica lista para ser ocupada. Volteó un diminuto recipiente de cristal tintado y vertió el líquido de la tetera desde muy arriba, parecía una cascada aromática cayendo majestuosamente sin derramar una sola gota fuera de la taza; me impresionaba la exquisitez de cada acto en ese lugar.

Una vez servido el té, dirigí la mirada hacia ella, buscaba algún rastro humano, quizá su nariz o boca, no podía dejar de observarla. Sorbí un poco de mi bebida, y agradecí, no respondió; estaba quieta, quise hablarle con palabras torpes, ella seguía muda. Viró súbitamente y salió del patio arrastrando sus pasos bajo la tela; parecía traspasar las paredes con su cuerpo por la rapidez de su andar, quizá huía de mi espontánea visita.

Concentré mi atención en una fuente de mosaico que albergaba mariposas a su alrededor, mariposas azules, casi imperceptibles a simple vista. No sabía cuánto convenía esperar, o si debía ir a buscarla, comencé a inquietarme, pero después de algunos parpadeos, la mujer estaba de nuevo frente a la mesa. Trajo un menú forrado en cuero, revisé las páginas con detenimiento y también las imágenes de esa comida desconocida; ella, al verme titubeante, señaló un plato servido en vaporera, subí la mirada y ladeé la cabeza para expresarle mi indecisión, ella insistía en señalar la fotografía del platillo cargado de vegetales y granos; en su terquedad pude ver un poco de su brazo pálido, sombreado por venas violáceas y una cicatriz aún fresca. El nervio me delató, ella cubrió su piel de prisa.

Por la vergüenza accedí al desayuno recomendado. La mujer de nuevo se camufló entre los paneles; quedé sola, una vez más, con mis temores y pensamientos obsesivos rondando. Para calmarlos me dejé hipnotizar por la belleza de las mariposas; alguna magia tenían estos insectos, pues cada vez que los contemplaba ella aparecía. Esta vez volvió con la cazuela fumante. Destapé el potaje; sin embargo, no podía empezar a comer, el magnetismo de sus ojos velados me causaba desasosiego. Su mirada invisible penetraba la tela para hacerme preguntas con su serenidad, preguntas para las que no tenía respuesta.

Aproveché su atención e hice un esfuerzo para encontrar siquiera una sombra de sus pupilas tras el paño concatenado por diminutas puntadas. Pude sentir su sonrisa salir por las fibras de la burka, de alguna manera nos entendíamos. Decidí hacerle una pregunta en su silente idioma, tapé mi rostro con mis manos, entreabrí los dedos y develé mis ojos antes de volverlos a tapar y encogerme de hombros. Ella sonrió de nuevo, esta vez su balbuceo fue audible. Estuvo unos segundos más, giró y volvió a perderse.

Comencé a comer, el picante exprimía la tristeza de mi lengua sin palabras certeras para explicar el enfado corriendo por mis venas desde hacía mucho tiempo. Todos los disgustos guardados se mezclaban con cada bocado, mordiscos afligidos extirpaban lágrimas atoradas en mis ojos desde que dejé mi casa solitaria, atestada de fantasmas y gritos, rota, ahora territorio de una sola persona. Verdura, pan, grano, repetía la combinación tras cada sollozo. Las cicatrices frescas, como las de la mujer, ardían desde lo más profundo.

Percibí su sombra tras mi espalda. Ahora era yo quien se sentía vulnerable con su cercanía. Puso sus manos sobre mis hombros, el peso de su cuerpo calmó mi llanto, pasó sus dedos por mi cabello, lo recorrió hebra por hebra, como una paloma acicalando a su cría. Su caricia era de un azul tierno, yo era como una de esas tazas que ella acomodaba con maestría, la belleza en el toque de sus manos celosamente encubiertas sanaba. Pausó, dejé de sentirla, al voltear noté su ausencia, se llevó la tristeza con ella, la cual abandonó mi cuerpo por un momento.

Llegó de pronto con una bandeja, retiró el plato hacia el otro puesto y puso su dedo índice sobre lo que debía ser su boca, demandaba silencio. Asentí obediente. Caminó hacia mi asiento y envolvió mi cuerpo bajo una tela similar a la de ella. Me escondió bajo millones de puntadas, mis ojos parecían poseídos por un embrujo azul, el mundo era monocromático, simple, confuso. Ella se acomodó frente a mí, como un espejo. Me llené de miedo, estaba incómoda bajo la malla y pedí auxilio mientras mis manos se perdían por las yardas de tela sin lograr encontrar salida.

La mujer sostuvo mis brazos y retiró la vestimenta con un solo jalón; tan fuerte como una ráfaga de viento; me devolvió la existencia. Ella dobló cuidadosamente el manto y lo cargó en sus brazos, como quien carga a un recién nacido, o una condena que no puede entregarle a nadie más. La perseguí con la mirada, ya no la sentía sonreír. De repente, y sin el más mínimo movimiento, la tristeza regresó a mi cuerpo.

Mientras se retiraba pude ver cada uno de sus pasos parsimoniosos que la llevaron hasta el fondo del patio. Aguardé quieta. Observé las buganvilias, contemplé al viento mover los manteles como lo hizo con la cortina que me atrajo hasta ese lugar; sentí los rayos del sol colándose entre las flores, la luz marcaba el compás del tiempo, pasaba sin prisa, a veces quemaba, otras solo iluminaba las baldosas del piso, como un juego de niños, desaparecía y volvía a aparecer, como la mujer; aunque esta no regresaba. Invoqué su presencia al encontrar el vuelo de las mariposas. No funcionó esta vez.

Una señora, algo mayor, de ropa negra y sin velo, volvió con la cuenta, hablaba en inglés, sonreía, era ruidosa y rompía el hechizo de ese santuario de tranquilidad. Pagué e indiqué que me quedaría un rato más; a ella parecía agradarle la idea, trajo otra carta y me dejó sola. Estuve en el mismo sitio hasta terminar todo el té de la jarra. Ahora se me venían infinidad de pláticas e interrogaciones para la mujer azul; quería saber de la cicatriz, del silencio, de su escondite, todas las respuestas a las preguntas con las que ella me confrontó estaban apenas contenidas en mi boca. Quizá ella quería escapar de su vida tanto como yo, podríamos ir juntas. Tenía demasiadas cosas en mente. Sin embargo, fue inútil la espera, no logré verla de nuevo entre las paredes y muebles. Quizá todo fue un espejismo de aquel desierto añil.

Me levanté de la mesa con la misma timidez con que entré. Entorné la puerta y me estuve un rato en el umbral intentando volver en mí. Al salir, el azul de la ciudad ofendió mis ojos una vez más; la vista era hermosa, pero me sentía como la mujer bajo el velo en un mundo sin mayor color que el de sus rejas.

Carmen Ortega

(Managua, 1969)

Licenciada en Mercadotecnia por la Universidad Rafael Landívar con maestría en Asesoramiento Educativo y Familiar, avalada por la Universidad Complutense de Madrid y la Universidad del Istmo. Su pasión por la lectura se remonta a su primera infancia y se enamoró del género negro, su favorito, de la mano de Agatha Christie. A los dieciséis años salió de Nicaragua por el conflicto armado y Guatemala se convirtió en su segunda patria. Cursó talleres de escritura creativa en Sophos y con grandes escritoras como Gloria Hernández, a quien considera su mentora. Tiene un pequeño emprendimiento de comida y actualmente trabaja en la Cámara Guatemalteca de Alimentos y Bebidas. Algunos de sus escritos se han publicado en diversos medios y ha participado en distintos certámenes con cuentos y novelas. Pertenece al club de lectura Entre Líneas, desde hace doce años. Actualmente tiene en proceso de revisión y edición *39 grados bajo la lupa*, una compilación de doce cuentos cortos, y la novela *Sucedió en el barrio Concepción*.

Los enseres del hogar

Carmen Ortega

Llovía torrencialmente y, a pesar de ello, el vapor que generaba la lluvia al caer sobre el asfalto provocaba un calor sofocante. Eran las siete de la mañana y la bruma en el paisaje donde se perfilaban las montañas y el volcán dormido anunciaba un día caluroso y húmedo. El monótono tamborileo de la lluvia caía y la tierra agrietada por la sequía de días anteriores lo recibía ansiosa, sedienta de empaparse como una quinceañera en brazos de su enamorado.

El catre crujió en el cuarto oscuro.

—¡Un día más, como cualquier otro! —pensó, mientras se sumergía en el pozo de tristeza que la abrumaba todos los amaneceres.

Se imaginó enfrentando el nuevo día, sucumbió ante el deseo de quedarse un rato más en el catre y se desplomó suavemente. El sonido de la lluvia sobre las láminas le producía un efecto hipnótico, la transportaba a ese lugar imaginario y la llevaba más allá. Encerrarse en ese pensamiento era mucho más gratificante y seguro que encontrar el valor, ánimo y fuerzas para alzarse del catre y comenzar la rutina diaria.

Contra su voluntad y motivada más por el temor que por el deber, Lola finalmente se levantó y, arrastrando los pies, se encaminó al patio donde almacenaba el agua. A cuestas con el temor de enfurecer a su compañero, procuró hacer el menor ruido posible, llegó al tonel donde estaba el agua recogida del día anterior, espantó a los mosquitos y otros bichos voladores y se empezó a guacalear. El agua fresca cayó sobre su cuerpo y la reanimó. Hizo un esfuerzo para borrar de su rostro la miseria que sentía acumulada de toda la vida.

Muchas veces había soñado que amanecía siendo otra mujer. La vecina más afortunada del barrio, doña Felipa, era a quien, en su mente, le había forjado una vida feliz, digna de envidia, si no fuera porque, hasta hacía poco, se la había encontrado en la pescadería con un ojo semicerrado por la hinchazón.

El agua no lograba disipar ni la modorra ni el desánimo que sentía. Pensó en la cafetera de peltre oxidada que tenía escondida dentro de la vieja alacena y se lamentó por ser tan cobarde. Si fuera más audaz ya habría usado su contenido sin temor a que su nueva cárcel fuese mucho peor que aquella en la que vivía.

Se asomó a la pequeña ventana y, con el corazón como una pasa, vislumbró el gris del cielo que sin el menor atisbo de sol cambiaba de plomizo a plomizo oscuro, al igual que su ánimo. Contuvo las lágrimas, sacudió el agua de su cabello y se encaminó con pasos lentos y pesados a la habitación donde aún dormía su yugo.

Pese a que no se escuchaba ningún ruido más que el croar de alguna rana y el canto de chicharras, el martilleo incesante que taladraba su mente pareció despertar a Tomás, quien, apoyándose en un codo, la vio como en una aparición. Se incorporó con el pelo revuelto, grasoso y maloliente, la cara desencajada de dolor y profiriendo su grito más ronco le dijo:

—¡Lola! ¡Lola! ¡Me estoy muriendo! ¡Traeme un vaso de agua helada! ¡Ya! ¡Apurate y de una vez un par de aspirinas y una alka seltzer! ¡Esta goma me va a mandar al infierno! —su grito asemejaba más el aullido de un animal malherido.

—¡Apurate! —gritó una vez más, desesperado. Se agarró la cabeza con las dos manos y masajeó sus sienes.

La goma que lo azotaba lo hacía sentir prisionero de él mismo; su mal olor y su aliento fétido le recordaban el aroma nauseabundo del chicozapote que está a punto de podrirse y le subrayaba su asquerosidad interna. Siempre era el mismo al despertar..., día tras día, nada cambiaba. El peor era siempre el lunes.

Y es que Tomás se había convertido en uno de esos hombres a los que no solo su mujer le había dejado de querer, sino que su mismo amor propio era para él un desconocido, atrincherado en lo más hondo de su abismo interior. Se daba asco y se odiaba por lo que hacía. Por eso todas las noches libraba una batalla a la que, según él, no tenía más remedio que enfrentar con media docena de octavos de aguardiente.

Por las mañanas, la cruda realidad lo abofeteaba para recordarle que nada había cambiado y que lo único que le había quedado era una resaca terrible.

Al tercer alarido de «¡Apurate!», Lola hizo un esfuerzo en acelerar el paso y a punto estuvo de desviarse a la vieja alacena para vaciar el contenido de la jarrilla de peltre en el vaso, pero su mente actuó con más velocidad que su impulso: su sabor debía de ser muy notorio; de usarlo, tendría que mezclarlo con otro tipo de alimento. Acariciando este pensamiento, logró apretar un poco el paso y, con una media sonrisa irónica, le tendió el vaso a Tomás, quien se lo bebió de un trago.

Lo frío del agua le ayudó a calmar sus monstruos internos que no le daban tregua. Sabía que tenía que levantarse a hacer el numerito de trabajar, tarea que aborrecía al igual que muchas otras que significaban esfuerzo.

Tomás bebía todos los días que podía y, como muchos alcohólicos, no se reconocía como tal ni aceptaba el título. Sus apodos le venían idóneos: «el Borrachito Tuertín», «Octavín», por su afición a los octavos de Venado, el único aguardiente que su precario presupuesto le permitía.

Cuando su sueldo llegaba a sus manos cada quincena, le bastaba una tarde para gastarlo casi por completo y escondía lo que le quedaba. Lola hacía pericias para robarle dinero y sobrevivía con lo poco que rescataba. La miseria se extendía como una niebla densa sobre la casa que compartían en la aldea Titancito.

La casa estaba construida con restos de saldos de otras obras: lámina, teja, madera, block y plástico le daban un aspecto variopinto. El piso de tierra apelmazada estaba cubierto de una mezcla de arena y piedrín, que intentaba darle un aspecto de pulcritud.

La casita era un solo ambiente, sin paredes, tabiques ni divisiones. Los enseres eran un sofá roto y desvencijado, una mesa de madera de pino con cuatro sillas de diferente altura, un mueble que hacía las veces de despensa, para guardar de todo. Afuera, cercano al tonel de agua, estaba un poyo de leña. Tenía electricidad y el lujo recién adquirido era un minirrefrigerador que desentonaba por su singular color blanco.

Más que lujo, la refrigeradora era una necesidad para Tomás, ahí mantenía el agua para tratar de aliviar sus gomas matutinas. Así fue como el agua fría se volvió en el único huésped de aquel aparato solitario que parecía tener vida propia con su ronroneo rítmico que rompía el silencio del lugar.

El beneficio de tener aquel refrigerador en su casa la salpicó a ella. El agua helada calmaba su sed y los cubitos de hielo atenuaban su dolor.

Aquel mediodía, un río de sudor caía por las sienes y la frente de Lola. Sentada en la letrina, se maldecía por no haber sido capaz de controlar la necesidad imperante de evacuar. Había procurado entrenar a su cuerpo para hacer necesidades solo cuando el sol se ocultaba, pero ese día el chile relleno picante y grasoso en extremo, que se comió por almuerzo, caridad de su vecina, doña Felipa, hacia ella, le pasó la factura. En el reducido espacio de la letrina, el calor, acrecentado por el techo de lámina, hacía sofocante el ambiente. El olor nauseabundo la obligó a apresurarse.

Entró a la casa a beber un vaso de agua fría. Amaba la vista que se apreciaba desde su ventana. Esa abertura era su escape, su olvido de la realidad, pues la sumergía en sus sueños de una nueva vida, mientras ahogaba su mirada en los manglares a lo lejos. Por la madrugada, palomitas, taquillas y chorchas que saturaban las copas de los árboles la despertaban con sus cantos.

Un ojo morado era su fiel acompañante. Atenuaba la inflamación y el dolor de los golpes con una bolsa de hielo, gracias a aquel minirrefrigerador blanco. La rutina por las tardes era recostarse un par de horas. La hinchazón disminuía, mas no el morete, pero ya no buscaba ni disimularlo, pues ni el maquillaje, sugerido por doña Petrona, le era suficiente para cubrir la verdad que gritaba en su rostro marchito.

Tenía veinticuatro años, pero se sentía como de cincuenta. No tenía hijos, a causa de las palizas con las que Tomás había terminado sus embarazos, alegando que no deseaba engendros que se asemejaran a él. De ellos, solo quedaban unas cruces escuálidas y secas.

Esta era la vida de Lola, reducida a alimentar el odio hacia su verdugo día tras día.

En el pedazo de terreno que insinuaba ser un jardín, se levantaba el pequeño cementerio detrás de la letrina. Media docena de cruces fabricadas con juncos de madera se alineaban burdamente. Cada una era el recuerdo de una vida truncada. Al lado, había un hoyo grande que se conectaba con la fosa de la letrina y que permanecía oculto entre la hojarasca de los cocoteros. Todos los días con pala y azadón Lola lo descubría y se esforzaba en hacerlo más grande. «¡Ya falta poco!», pensaba. Unos días más y estaría listo. Con ansias y bríos, pese al calor, el mediodía era el momento cuando trabajaba y fantaseaba sobre su plan. ¡La cal! Era indispensable para que los gusanos no la delataran. Al día siguiente empezaría a juntar un poco de dinero para comprar al menos una arroba. Vio el hoyo una vez más, tiró la pala a un lado, se metió dentro y se acostó procurando no mojarse con el agua putrefacta de la letrina. Aún no era suficientemente grande para albergar un cuerpo. Se levantó con vigor y siguió paleando.

El esfuerzo le provocó una gran sed. Cubrió su obra muy bien y se encaminó hacia la casa; abrió el minirrefrigerador y sacó el pichel de agua. Vio el reloj roto sobre la pared y, con alivio, se dio cuenta de que aún tenía tiempo de enfriar más agua antes de que llegara Tomás. Con ansias bebió directamente del pichel. Mientras lo llenaba con el agua del chorro, acarició con la vista la jarrilla de peltre oxidada donde, escondido, el raticida esperaba con paciencia a ser estrenado.

Panamá

Eyra Harbar

(Bocas del Toro, Panamá, 1972)

Escritora y abogada. Su trabajo poético incluye *Desertores de alborada, Paraíso quemado, Espejo, Donde habita el escarabajo* y *Acopio de piezas,* todos galardonados en su nación. En cuanto a literatura infantil y juvenil, ha publicado *Cuentos para el planeta* y los poemarios *La canción de la lluvia* y *Autobús esperanza,* reconocidos en certámenes literarios en Panamá; asimismo, *No está de más,* colección de cuentos breves y minificción. Su obra está recogida en antologías de poesía y cuento como *Semblanza del cuento en Panamá,* publicado en la colección Bicentenario de la República; *Ofertorio. Mujeres cuentistas en Panamá; Minificcionario* (compilado por Enrique Jaramillo Levi); *Nuestramérica es un verso. Antología poética, 1968-1989* (Fondo de Cultura Económica, 2022); *Trilogía poética de las mujeres en Hispanoamérica. Pícaras, místicas y rebeldes* (UNAM, 2004) y *La nueva canción de Afrodita* (compilado por Rafael Ruiloba, 2022). Participa en Taller Cultura, asociación dedicada al estudio y la promoción de la literatura, y Con Igualdad, grupo dirigido a la incidencia en las políticas públicas de las mujeres.

Los remedios de Miss Harrington

Eyra Harbar

La mujer caminaba por la avenida con una cesta en la cabeza, pregonando a todo pulmón la oferta de golosinas, pasteles y el empalagoso listado de las delicias caribeñas que tenía en venta. Si algo era bueno, debía ser del canasto de Miss Harrington. Sus manos tenían una forma especial de combinar jengibre, masa y anís, y con agrado recibía a sus asiduos compradores. Miss Harrington matizaba la entonación y su cadencia parecía un canto. La negra sonreía y con su cuerpo inmenso invitaba a degustar su bandeja balanceada entre Santa Ana y Calle 12.

Fue en verano cuando conoció a Mista Keith, un negro jamaicano de corta estatura que vivía en las riberas del canal. Había sido reclutado para las obras y penosamente había sobrevivido a las difíciles condiciones de la excavación, al tirano trato de los capataces de «La Zona» y a la desesperante segregación racial que el *silver roll* le imponía por su color de piel. El hombre estaba un poco sordo debido a la quinina que le habían suministrado para la malaria y cojeaba ligeramente por un accidente con la dinamita de las explosiones. Trabajaba ahora cambiando tablas y polines a lo largo del tren instalado entre el Caribe y el océano.

Keith era de lento hablar y raras veces salía de su viejo caserón de madera, pero en el último viaje a la ciudad había contemplado a esa mujer, dejándolo perturbado desde que comió uno de sus panes azucarados. Miss Harrington persistía en su boca con un intenso sabor a canela, por lo que no pasó mucho tiempo para que regresara a su memorable presencia con olor a nuez moscada, a la indomable fuerza del clavo de olor que cabía en su cuerpo y al particular dulzor de amapolas que dejaba en el ambiente. El hombre cambió su rutina para seguir la ruta de las especias de la vendedora.

Vistiendo sombrero de copa y ropa limpia, Mista Keith disipó su timidez y su acostumbrada soledad de ciénaga para agasajar a la mujer con algún regalo y un plato de sopa compartido al finalizar su jornada. Ella sonreía con la modesta galantería del negro.

En esos vaivenes se encontraban cuando el hombre cayó enfermo. Pensaron que se trataba de una gripe común, pero empeoró y después de una ronquera inesperada se fue quedando sin palabras, menos de las que ya empleaba para comunicarse.

Miss Harrington cayó en pánico. Su atento pretendiente había entrado en un mutismo que no parecía mejorar. Empezó a viajar en tren cada día hasta la casa de Keith, cerca de las esclusas de Pedro Miguel. Le funcionaba un lenguaje de sencillas señas para comprender qué quería y cómo se sentía. «Aquí», decía Keith con el dedo índice, y «wanna eat dulce», señalando la cocina y su deseo de *cake*. La mujer entendía que él tenía antojo de un pan de banano, que colocaba tiernamente en la boca del enfermo para consentirlo ante su ingrato estado de salud. Le brindaba viandas de bacalao con akke para compensar la falta de energía, patty y plantain tart para las tardes de calor, unas torrejitas bragadá para restituir al mudo y arroz con coco al mediodía para sacarle la voz.

Al despedirse cada tarde, Keith temblaba sudoroso hasta que la mujer regresaba al día siguiente con su bebida de algas y el menú de la jornada. «El Run Down se hace así, escucha, Keith», le decía al hombre y la calentura se apaciguaba:

Ingredientes:
4 o 5 trozos de yuca fresca
Mucho plátano verde, quizá 4. («You eat mucho, Keith», advertía).
2 cocos rayados

Unos cuantos domplín
2 libras de bistec cortado en trozos pequeños («¿O te doy
    pescado, Keith?»).
Cebolla y pimentón picados
Chile picante
Pimienta
2 dientes de ajo
Sal

Miss Harrington proseguía con la habilidad escénica que tanto gustaba a sus clientes. «Hay que mezclar el coco y agregarle agua, Keith, todo junto in one pot», explicaba la negra con la solemnidad de una maestra. «Do yá want rice, Mista Keith?».

Lo peor ocurrió anoche, cuando el hombre alucinó con su viejo caserón anegado por el agua de la esclusa, el recuerdo de la enfermera inexperta administrándole su dosis contra la malaria y, en el delirio, Miss Harrington, su Miss Harrington color de anís y boca colorida, Miss Harrington con la piel fresca y su vestido de frutas, ella acariciándole la cara y diciéndole «come, my sweety» para sacarlo del infierno con ese olor a pan que lo hacía sentir aliviado.

El convaleciente despertó resuelto a terminar con la fiebre que lo mantenía incapaz de pronunciar palabra ante la dulce mujer y aplacar el malestar que lo angustiaba al ocaso. Se incorporó temprano, ansioso por alistarse para que ella lo encontrara arreglado. La imaginó descender, inmensa como era, en la estación y caminar despacio hasta su morada. Miss Harrington llegó al portón de la casa y advirtió que Mista Keith la recibió sin el habitual ademán de buenos días que solía gesticular con sus manos, pero la raspó una voz ronca que venía de las cenizas. La estremeció su tono fangoso, que parecía de maquinaria estancada y providencialmente puesta en marcha. La intervención fue breve, de tan solo cinco palabras: «Come to live with me».

Los gritos de la mujer colmaron el camino de herbazales y sus saltos acompasaron su alegría de «oh my God!», sin saber si alababa a Dios por la recuperación del enfermo o por la propuesta que le hacía.

La selva alrededor del *silver town* esparcía un vivo olor a espora tropical y madera húmeda al borde de la cordillera del Corte Culebra, anunciando que el primer aguacero del año llegaría poco después de la declaración amorosa. Continuó Mista Keith, definitivo esclavo de la sazón y cuidados de Miss Harrington: «The fever is already gone».

La llena

Eyra Harbar

Las clases se habían interrumpido desde los primeros días de lluvia. El caserío, con sus viviendas de ladrillo mal repellado y tablones apilados, estaba inundado con una escorrentía que sembraba chorros a lo largo del camino de tierra que llevaba hasta el pueblo, arrastrando consigo hierba y ramas removidas a la fuerza por el agua. Las nubes se habían amontonado en ese lugar, fijas sobre el cielo, y parecía que ningún canto tradicional podría detener la tormenta. Tampoco los secretos de los curanderos habían logrado contener la precipitación iniciada cuando en el cielo se dejó ver una luna llena teñida de rojo como la sangre. Luna mala, la llena del aviso. Hace tres días no paraba y el río subía de nivel, cada vez con más furia.

Los caminos hacia el pueblo estaban cerrados por deslaves interminables y solo quedaba velar el agua desde la habitación. En casa se aconsejaba consumir el café y la yuca por raciones para no terminarlos. Nadie sabía cuánto duraría el temporal. Se le había retrasado la regla y eso era un problema. Despertó cansada y con náuseas. Le parecía estar a bordo de una piragua bamboleada por la iracunda corriente del río, que la obligaba a sentarse más firme y recoger los pertrechos contra sí. Se acurrucó en una esquina desde donde podía mirar los pequeños diluvios que ingresaban al recinto por las aberturas de los bloques ornamentales y seguir el curso de los bichos que se apretaban contra el mosquitero buscando guarida. Cuando el lodo empezó a resbalar sobre las piedras de la quebrada junto a la casa, la mandaron a hacer café.

A los catorce años ya lo sabía todo, pilar arroz, sembrar y preparar el fogón. También sabía confeccionar bolsas tejidas que iban pintadas con los colores de los animales. Le gustaban los colibríes, porque eran espíritus que curaban el corazón y sus males. Ellos solían aparecer cuando iba para la escuela y con su vuelo agitado la inspiraban a pensar en lo bello que conocía. El verde por el camino, el azul para volar y ese color con el que se despide a los que se van… Pensaba en ello cuando sintió un fuerte olor y notó que el líquido empezaba a subir por la olla. Dejó quemar el café. Suspiró. Él jamás le creería que solo quiere irse a dormir mientras dure esta tempestad.

Entrada la noche, los relámpagos estremecieron el techo de zinc junto a los infinitos porrazos del agua. Se echó sobre su lado derecho, el que le resultaba más cómodo para la aflicción del estómago. Toda la semana se había recostado sobre el mismo lado, inmóvil, intentando que pasara su malestar. El farol tenía suficiente kerosene, pero era mejor dormir. Mañana habría que atender las faenas en casa. El aguacero venía con viento y la temperatura había descendido temprano. Juntó sus manos y las puso entre sus piernas para darse calor. Ahora la ha vuelto a llamar, dice que quiere café, pero ella ya sabe para qué. Siempre es así.

Después de él, se puso la ropa sintiéndose desorientada y con náuseas y se apoyó en la misma posición que le había servido esta semana, la que le hacía recordar cuando era niña y buscaba colibríes en el camino. Cuando los encontraba, abría los brazos con el deseo de irse lejos como ellos. Así lo hizo y ocupó el espacio de su cama extendiendo como pudo su lastimado cuerpo. Se sentía agotada para llegar al cielo, pero tenía las alas abiertas tanteando el vuelo.

El río había cobrado fuerza, pleno como la llena color sangre, la luna mala. Un bullicio salvaje la rebasó. La cabeza de agua arrastró las ollas, deshizo el fogón y volcó el kerosene. En la red del mosquitero se ahogaron los bichos llevados por el agua y escuchó la voz de su padre pidiéndole más café, antes de que la casa también fuera arrancada por la corriente. Ella ya había empezado a volar.

Nicolle Alzamora Candanedo

(Ciudad de Panamá, 1992)

Abogada y egresada del Diplomado en Creación Literaria de la Universidad Tecnológica de Panamá. En 2016 publica su primer libro *Caminando en círculos* (Foro/Taller Sagitario Ediciones). En 2017 gana la sexta versión del premio Diplomado en Creación Literaria con *Desandanzas*, que se publica en 2018. Ha participado en varios libros colectivos, entre ellos *¡Basta! 100 mujeres contra la violencia de género*, *Venir a cuento: cuentistas emergentes de Panamá (2012-2019)* y *Semblanza múltiple del cuento en Panamá*, compilación de cuentistas panameños vivos (2021). En 2019 gana la beca Chevening otorgada por el gobierno británico y en 2020 culmina una maestría en Industrias Creativas y Culturales en el King's College London. En 2020 gana el Concurso Municipal Carlos Francisco Changmarín, concedido por el Municipio de Panamá, por su obra *El temblor*, que se publica en mayo de 2022 bajo el sello editorial Foro/Taller Sagitario Ediciones. Actualmente cursa el doctorado en Estudios Culturales Latinoamericanos en la Universidad de Manchester.

Exploraciones

Nicolle Alzamora Candanedo

Abrió los ojos a las siete de la mañana. Era sábado, pero el cuerpo ya estaba acostumbrado a madrugar. «Hoy es doce». Fue su primer pensamiento. El primer doce de mayo que pasaba sola en diez años. Él se fue un dieciséis de julio, dándole casi diez meses de gracia antes de tener que enfrentarse a un aniversario. No sintió la punzada de llanto que solía atacarla los primeros meses después de la separación. Más bien sintió algo parecido a la pereza, al hastío, tal vez.

En su mente revisó su lista de compromisos y mandados pendientes y confirmó con una sonrisa decepcionada que no tenía absolutamente nada que hacer. Podía quedarse ahí, echada en su cama todo el día. Y no como en las películas, llorando, comiendo helado y viendo comedias románticas estúpidas. Sería un proceso de descanso y regeneración, algo así como una crisálida de veinticuatro horas.

Le gustó la idea. Como no se trataba de un enclaustramiento depresivo, había que organizarse. Decidió levantarse de la cama, prepararse un desayuno ligero, lavarse los dientes y darse un baño, todo lo más rápido posible para, cumplidos los compromisos biológicos de rigor, volver a acostarse.

A las ocho ya estaba de vuelta en la cama. Esta vez ya sin sábanas, eso sí. Pasó la primera hora viendo su celular. Revisó todas sus redes sociales. Vio cada foto en Instagram, cada meme en Facebook y cada noticia y discusión estéril en Twitter. Hasta pasó por LinkedIn a ver los artículos más importantes. Agregó algunos pines nuevos en Pinterest y vio videos de gatos en YouTube. Al cabo de un rato soltó el teléfono y estiró la mano hasta encontrar su laptop. La prendió y abrió Netflix. Dobló las rodillas para usar sus muslos de apoyo para la computadora y empezó a buscar algo que ver.

Se decidió por un documental de asesinos en serie. Una hora y media más tarde, mientras pasaban los créditos del final, ya tenía en mente la siguiente película que vería. Una de esas de la Segunda Guerra Mundial.

Cuando terminó, ya casi al mediodía, la computadora empezaba a calentarse. La apartó y se quedó así, con las rodillas dobladas, los ojos mirando al techo y la mente vacía. Paz. Silencio. Descanso. Estaba sola, tan sola que parecía que no hubiera más nadie en toda la torre de apartamentos, en todo el planeta. No se escuchaba ni un carro pasar, ni un vecino esperando el elevador. Nada. Se quedó inmóvil por un tiempo que pareció eterno. Tan quieta estaba que, sin que se diera cuenta, una arañita empezó a recorrerle uno de sus muslos erguidos; subía y bajaba por su piel, midiendo, inspeccionando, calculando las distancias para construir su telaraña.

Ella sintió el hormigueo y la vio, sesuda. Parecía una ingeniera en una obra. Al principio le causó algo de respeto, la valentía del animalito de trepárscle encima y convertirse en precarista en el cuerpo ajeno. A los pocos segundos, sin embargo, la atacó la picazón que da cuando se sabe que se tiene un bicho encima, la que viene con la terrible sensación de que se tiene insectos por todo el cuerpo. Bajó el muslo abruptamente y la araña, asustada, salió huyendo.

Se quedó pensando en la osadía del animal. Luego la excusó. «Seguro estuve inmóvil por tanto rato que la pobre no se dio cuenta de lo que hacía, creyó que yo era una cosa, un lugar, no una persona». Pensó en lo inerte que debía verse su cuerpo en ese estado, al menos para la araña. En los tantos lugares de su cuerpo que llevaban meses de inactividad total, tramos de piel que habían pasado tanto tiempo sin ser atendidos, sacudidos; en cómo la araña prófuga de hoy podría ir a decirles a las otras que había encontrado un lugar desierto, vacío, casi completamente quieto que podrían inspeccionar, un lugar donde podrían vivir.

No. No lo podía permitir. Se desvistió. Sentada en el borde de la cama, completamente desnuda, empezó a palparse. Con las yemas de los dedos se tocó el cuero cabelludo, sintió las gruesas hebras cerrándole el paso. Puso sus dos manos sobre su rostro, distinguió cada granito, cada minúscula línea de expresión, esas que solo ella veía en las mañanas mientras se lavaba los dientes. Los labios resecos. «Tengo que comprar bálsamo de labios».

Bajó a su cuello largo, se sintió los huesos del pecho, las clavículas, el esternón pronunciado, los hombros filosos. Se miró los brazos, largos y más flácidos de lo que quisiera admitir. Bajó la cara y se topó con sus senos, pequeños y puntiagudos; los tocó y enseguida sintió los pezones achicarse, endurecerse. Palpó su abdomen, las lonjas de grasa que se le asoman por los costados, el ombligo que siempre le ha parecido feo. Siguió bajando. Se tocó con la minuciosidad de quien está limpiando una casa. Tanteó cada milímetro y, en el camino, una sensación inesperada la recorrió desde la base de la espalda hasta el cerebro.

Tomó un desvío hacia los muslos. Sus dedos caminaban de puntillas entre los vellitos recién nacidos hasta llegar a las rodillas. Pasó por la curva firme de sus pantorrillas y volvió a subir, ahora por la parte interna de los muslos. Se sintió palpitar. Una de las manos decidió continuar la exploración. Palpó, acarició, jugó hasta que una sensación de calor la sacudió y la hizo estirar. Por un segundo se sintió torpe, como quien va por un sendero descuidado y se va tropezando a cada rato. Se permitió trastabillar, tantear en la oscuridad hasta encontrar los sitios donde aumentaba el calor, el goce. En el silencio absoluto de su apartamento vacío solo se escuchaba su respiración acelerada, el pulso trepidante de sus venas.

El recorrido de sus manos terminó unos minutos más tarde. El hastío de la mañana había desaparecido. Con una sonrisa se levantó de la cama y se puso un vestido azul. Iría a almorzar. Comida peruana. Tal vez una copa de vino. Mientras se ponía las sandalias pensó en la decepción que sufriría la araña cuando regresara y descubriera que el terreno baldío donde pensaba asentarse había desaparecido.

Ela Urriola

(David, 1972)

Escritora, pintora y filósofa. Doctora en Filosofía por la Univerzita Karlova (Praga, República Checa), es profesora de Filosofía, Bioética y Estética en la Universidad de Panamá. Miembro de la Academia Panameña de la Lengua y del Comité de Bioética de la Universidad de Panamá. Miembro del comité editorial de la revista de filosofía *Analítica* y presidenta de la Red de Mujeres Filósofas de Panamá (SAFO). Obtuvo el Premio Nacional de Literatura Ricardo Miró con *La nieve sobre la arena*, el Premio Nacional de Cuento José María Sánchez con *Agujeros negros*, nuevamente el Premio Nacional de Literatura Ricardo Miró con la obra *La edad de la rosa*, el Premio Escritora del Año Anita Villalaz (2019), el Premio Nacional de Literatura Infantil y Juvenil Carlos Francisco Changmarín (2020) con su poemario *Las cosas de este mundo* y el Premio Nacional de Literatura Ricardo Miró (2021) en la categoría de cuento con la obra *Carosis*. Ha sido publicada en diversas antologías de poesía y narrativa, entre ellas *Poesía de Panamá*; *Puesta en escena. Compilación de mujeres cuentistas de Panamá, 2005-2018*; *Cuentos ultramarinos*; *Cuentos de Panamá: antología de narrativa panameña contemporánea* (Universidad de Zaragoza); *Semblanza múltiple del cuento en Panamá. Compilación de 95 cuentistas panameños vivos*; *Antología del cuento erótico panameño*; *Ofertorio. Secuencias y consecuencias. Antología de mujeres cuentistas de Panamá: siglo XXI* y *La canción de Afrodita*. Su poemario *El vértigo de los ángeles*, con ilustraciones suyas, es un trabajo contra la pederastia y la violencia infantil. Ha impartido el taller de cuento en el Programa de Formación de Escritores (PROFE) del Ministerio de Cultura y es coautora del rescate histórico literario *Columna literaria. Una columna para la nación.* Ha representado al país en eventos internacionales, recitales y congresos, como el Festival Internacional de Poesía de Medellín 2019 y la Feria del Libro de Buenos Aires 2022. Su obra cuenta con traducciones al francés, inglés, portugués y checo. En julio de 2022 fue designada por la Academia Panameña de la Lengua para la representación ante el Consejo Nacional de Escritoras y Escritores de Panamá.

Humedades

Ela Urriola

El sonido del agua que se resbala entre la piel y la imitación de cuero de las botas interrumpe el esfuerzo que Amina hace por ordenar las ideas. Siente frío y también miedo.

—Siempre hay que tener un plan "B" —musitó al tiempo que se mordía los labios.

Apresura la marcha, pero no logra evitar la invasión del agua en los recodos más impensables de su cuerpo. Las plantillas se ablandaron por la humedad excesiva y cedieron hasta convertirse en ajenas. El talón desnudo intenta en vano asirse a la plantilla, pero cada paso que Amina da emula la danza de un trozo de gelatina sobre la superficie de un plato.

La joven atraviesa los matorrales, tratando de disimular el asco. Una humedad incontrolable en forma de lodo con trozos de hierba le tatúa las piernas. Hay agua en sus orejas, agua corriéndole por su espalda. También tiene las pantaletas empapadas. Respira con la boca abierta para olvidar la incomodidad física que esto le causa.

Se detiene un momento para inspeccionar las salpicaduras terrosas y algunas heridas infligidas por las lancetas en las que se convierten las espigas de trigo. Frota la mugre con sus manos y el resultado empeora. Amina piensa en el tiempo que le tomará llegar a su cuarto para darse una ducha y ponerse ropa limpia. Ahora está empapada. Sucia. Su corto vestido adherido a los muslos tiene un aspecto lastimero. Esa piel humedecida y expuesta es la mejor representación de la vulnerabilidad. Ahora sabe que no podrá acostumbrarse.

—La lluvia no lavará la memoria de este día, pero eso no me hace una puta.

Si alguien escuchara a Amina mientras atraviesa el campo de trigo pensaría que se justifica. Pero en realidad se consuela. Amina llora. Las lágrimas se funden con las gotas de lluvia y los sedimentos de sal se unen al lodo que también le ha llegado a la cara. Ya no queda rastro del maquillaje. Se toca y percibe una mejilla hinchada. No recuerda por qué. Quizá no quiere recordar.

—No soy una puta. Una puta light, quizá…

Amina pronuncia esto con los ojos cerrados, como si hubiese algo que decodificar. Se percata de que, aparte de identificar con esa palabra la etiqueta engañosa del yogur, no la había utilizado para nada más. Sin embargo, se sentía light. Liviana, pero no sana. Vacía. Entorna los ojos como si una verdad le hubiese sido revelada. Hace memoria de las últimas cuatro horas y confirma:

—Soy una puta light.

Recordó a Lisa relatándole sus experiencias:

—La primera vez es asqueroso, pero luego te acostumbras —sus palabras sembraron curiosidad y deseos en la mente de Amina. El encanto de la transgresión les sonríe hasta a los incautos. Pero lo de acostumbrarse no le quedaba claro. Al menos, en ese momento.

—Lisa, ¿realmente es posible acostumbrarse? Digo, a coger sin placer, sin saber nada del otro.

—Nos acostumbramos a todo, niña. Y la plata te incentiva cuando no te cabe en las manos.

Amina no sabía exactamente cómo era posible que el dinero se desbordara de las manos. ¿Con cuántos tipos habrá que acostarse para que esto suceda?

En realidad, no lo hacía por el dinero, aunque este no estaba de más. Necesitaba quitarse a Andrés de la cabeza, tenía que olvidarlo antes de que su recuerdo le destruyera la existencia. Pero esta vida no la había planeado, no así. Su memoria retomó el testimonio de Lisa:

—Después ya no sientes nada. Se vuelve automático. Es como una actuación. Amina, a ti siempre te gustó actuar. Es igual. Mira, una se acostumbra.

Lisa debía ser muy distinta a ella. Hizo una pausa porque no pudo controlar la náusea. Gritó. El vómito prosiguió a las reverberaciones que la sacudieron completa. De lejos, su cuerpo podría ser perfectamente el de un muñeco. De poder verlo, Amina no reconocería su propio cuerpo ni los movimientos imposibles que se generaron entre su torso y sus manos. Allí van los espaguetis con el té frío, los restos de ensalada. Allí va otra vez el té. Ya no le queda nada por dentro, está más vacía que el vacío dentro de ella. Uno, dos... otra tanda de retortijones. Siente frío, pero sobre todo siente asco. No es cierto, no se acostumbra. Ni creía que fuera posible hacerlo alguna vez. Se seca la humedad de la barbilla con la manga y se aparta el cabello que se le ha adherido al rostro.

Amina saca el bulto de dólares y lo enrolla, como si quisiera desaparecerlo en un acto de magia. El bulto también está empapado. Lo palpa con el pulgar. Se queda mirándolo y lo introduce nuevamente en el bolsillo. Continúa caminando y le revive el dolor entre las piernas. El dolor y la humedad se siguen multiplicando por su cuerpo de una manera absurda. A este punto, la falda se le aferra pegajosamente a los muslos y el caminar se le dificulta. Como si no bastaran las botas descompuestas y el olor a vómito, ahora siente vértigo. Se tambalea haciendo contrapeso para retar a la gravedad con un ritmo que se adueñó de sus pasos desde que pisó la acera. Trata de arreglar sus cabellos, pero cada hebra adquiere vida propia y de forma inexplicable se le viene a la mente la cabeza de Medusa coronada de serpientes, incapaz de ser atravesada por un peine. Toca su oreja izquierda y se da cuenta de que perdió un zarcillo. Introduce los cinco dedos de su mano izquierda por la cabellera empapada, para desarticular la rebelión que se genera sobre sus hombros. La proeza resulta infructuosa porque la gomilla ha quedado abandonada en el ajetreo de cuerpos, en el pozo insondable de aquel automóvil disimulado entre los trigales, así que desiste de su intento.

—Entre los trigales, como las mujerzuelas de campo —balbucea en voz alta, como para no olvidar el origen de toda esta humedad que se mezcla con la lluvia, como cuando uno repite las listas de supermercados a sabiendas de que será imposible olvidar la marca y satisfacer la necesidad.

A la orilla de la carretera se hace evidente su miseria. Los camioneros le dicen cosas, ella se asombra de mantener la cabeza entre los hombros, se asombra de permanecer silente y estoica. Estira la falda para cubrir la vergüenza, pero la tela no cede: la fibra absorbe rebeldía y humedad por igual. En realidad se encoge. Su piel cambia de temperatura e irradia un olor ajeno; su piel, indagada hasta el cansancio, está completamente mojada. Camina y trata de no cavilar. Pero piensa y recuerda que su cuerpo fue abrazado por un cuerpo que desconoce. Su cuerpo, ahora colonizado por la lluvia y por otros olores. El frío resulta insoportable y un hilo de sangre le baja por la nariz, porque la humedad en sus labios propaga un sabor salado que se le estaciona en el cielo de la boca.

El camino se bifurca a la derecha y deja ver un cartel que anuncia la ciudad. Faltan ocho kilómetros para llegar. La hierba ha cambiado de color. La estación permite estos matices, cuando la humedad se adueña de la campiña y la hace cantar. Las luces de los autos semejan reflectores de televisión, violentos e inmisericordes alumbran desde atrás cada parte del cuerpo de Amina y ella lo sabe.

Recuerda la sensación de estar sobre el escenario y la sonrisa de Andrés enmarcada por el ramo de flores. Parece que fue hace tiempo. Lo conoció en un concierto y había dejado todo por él. El dolor desaparece de su cuerpo y brota en forma de lágrimas. Pequeñas flores silvestres aparecen a lo largo de la carretera y las botas de Amina las aplastan.

Del otro lado del campo sembrado de trigo, un auto del año arranca. El circunspecto hombre que lo conduce se limpia el resabio de lápiz de labios que le quedó en el rostro. Lo quita sin mirarse en el retrovisor. Arregla su corbata mientras enfila hacia la carretera. Amanece.

Guatemala

Nicté García

(Ciudad de Guatemala, 1984)

Es ingeniera industrial de profesión y cuenta con una maestría en Mercadeo y Negocios. Es aficionada a la antropología, los árboles genealógicos y las historias familiares. Asistió a los talleres de escritura creativa de Gloria Hernández Montes desde 2010. Ha publicado en las revistas *La Ermita*, *El Gusto de Contar* y en el suplemento dominical del diario *El Periódico*. Su motivación para escribir nace de su deseo de entender el mundo. Cree que si un niño puede soñar a través de un libro, puede desarrollarse mejor. Le gusta escribir y anhela dedicarse a la literatura por completo algún día.

Oficios inesperados

Nicté García

Aunque ya he contado esta historia muchas veces, a ellas les encanta escucharla. Algunas con esperanza de que un día recobre el don, otras con incredulidad buscando algún detalle que verdaderamente justifique mi lugar aquí. Además, siempre hay quien no la ha escuchado y me pide que se la cuente, mientras yo trato de hacer lo que mejor sé hacer en su rostro. Así que esta es la verdad y nada más que la verdad:

Con el dedo sobre la hojita de ese día, revisé si aún había espacio: don Carlos a las nueve, don Augusto a las once, doña Carmen, a las dos.

—Sí, sí. Me queda bien a las cinco, en dos horas terminamos. Gracias y lo siento mucho.

Salí de casa más temprano de lo usual. Aún debía hacer algunas compras: rubor, base en varios matices, uno que otro delineador. Esa mañana confirmé un servicio para las cinco de la tarde. Aunque generalmente ya no recibo citas tan tarde, la mujer dijo que era referida de mi hermana Sonia. Mi hermana me ayudaba mucho. También me dijo que fue un asunto repentino, que sabía que yo era buena en mi oficio y que lo necesitaba de urgencia. El velatorio sería muy breve.

Me descubrí artista el día en que murió mamá. Apenas tenía quince años y no sabía nada de nada, casi una niña. Todo lo que quería era recordarla como la vi el día de su último cumpleaños. Estaba feliz. En casa no acostumbrábamos grandes fiestas, pero papá había hecho traer a los abuelos desde lejos, y mis tías se ofrecieron a preparar la comida. Todo fue sorpresa, cumplía cuarenta y cinco. Mamá, la que siempre estaba en la cocina, era la protagonista. Aquel día también.

Papá me pidió que lo ayudara a cambiarla. Yo me quedé sola con ella. Me senté a su lado y la contemplé largo rato. Luego, me acurruqué muy juntito y, como uno de esos aguaceros que empiezan sin avisar, lloré… No sé cuánto tiempo pasó. Papá aún no volvía. Sentí que el llanto me dejó serena. Me levanté, me recogí la melena alborotada en una cola y tomé su caja de maquillaje.

Tal como la vi hacerlo tantas veces, empecé limpiándole el rostro con una mota de algodón mojada en tónico de limpieza. Su expresión era suave y sus labios esbozaban una sonrisa lejana. Despacio, dibujé dos letras u debajo de los ojos. Luego dos letras v, llegando hasta la mandíbula y de regreso hasta las sienes. Recorrí su nariz y su frente en forma de una t. Recordaba su voz que me decía: «Hay días en los que nos vemos un poquito más pálidas que otros. Por eso tengo dos tonos de base, ¿lo ves?».

Tomé la base oscura, y con otra mota la esparcí «cuidando que quedara uniforme», volví a escucharla. Ricé sus pestañas. Cuando terminé de colorear sus mejillas con rubor, su rostro revivió al fin. Sentí su mano sobre la mía, deteniendo la brocha. Allí estaba, una vez más, viva, hermosa, pero dormida en el más profundo sueño.

Papá entró en la habitación y sus ojos hablaron por él. Incrédulo, deseoso de que fuera verdad. Se sentó junto a ella, le tomó la mano fría, y lloramos juntos su partida. Ese día me di cuenta de que podía hacer milagros, que era como una maga, que podía revivir a los muertos, aunque fuera por unos instantes. Podía rescatar la tibieza de ese último aliento y entregarlo en tributo a sus familiares.

Así empezó todo. Luego de mamá fue la tía Cata, luego el vecino, don Andrés, luego la sobrina de don Andrés… Y así, muchos otros, el último cliente me recomendó con el siguiente. Papá no estaba muy contento con mi oficio, insistía en que un día iba a terminar por volverme loca. Yo le contaba historias de las familias, y de cómo a veces reconciliaba pleitos que trascendían ese umbral impasable para quienes se quedaban. A veces, no puedo explicar cómo, sentía una corriente alterna entre el maquillado y yo, pero desechaba la experiencia, porque no la comprendía.

Todo marchaba bien. Hasta que maquillé a Julieta.

Aun amoratada era bella. Su rostro era ovalado. Llevaba cejas muy gruesas y densas. Su nariz estaba rota, un magullón de color vino le atravesaba la mejilla izquierda. Su boca era pequeña, en forma de corazón, y su mentón era suave y redondeado. Empecé por limpiarle el hilo de sangre que le escurría de la nariz. Una parte se había coagulado dentro, así que tuve que limpiarla con algodón y alcohol. Desenmarañé su cabello. Quité todos los nudos y le hice un recogido a la altura de la nuca. Casi siempre la familia se abría un poco conmigo y sin que yo lo pidiera me compartían detalles sobre lo que había ocurrido. Con Julieta, no. La madre estaba perdida, ausente. Decía lo necesario. Su rostro estaba tan dañado como el de su hija, pero de puro dolor. Así que inicié mi tarea en silencio.

Como la madre no me había dicho nada acerca del estilo, lo decidí yo. La imaginé con la cara limpia. No debía de tener más de diecisiete años. Era de una simetría casi perfecta. Su rostro era atractivo, pero todavía aniñado. Encontré una base que se ajustó perfecta, apenas unos matices más oscuros que el de su palidez. Llevé el maquillaje hasta el escote para que no contrastara con la piel. Ahí descubrí los moretones sobre el pecho. Se me estrujó el corazón. Traté de apartar mi mente de posibles explicaciones e hice mi mejor esfuerzo por continuar.

—No puedo con esto, necesito salir —dijo la madre. Por suerte yo había dejado en la habitación de al lado una jarra de té de tilo y hojas de naranja.

Dejé todo sobre la mesa de noche y con calma la llevé hasta su cama. Le dejé servido el té y salí. Ninguna dijo nada.

Regresé con Julieta. Me esperaba paciente, muda, incapaz de responder a las preguntas en mi mente que yo taponaba con tarareos y arrullos de cuna. Era lo único que me ayudaba a concentrarme, tal vez una manía extraña por pensar que los muertos solo están dormidos. «¿Qué te hicieron, mi niña?, ¿qué te pasó?», se me escurrió entre un «duérmete niña, duérmete ya».

—Un desamor.

Me paralicé en el acto. Guardé silencio poco más de un minuto, escuchando mis propios pensamientos. Nada. Era cierto, estaba cansada, pero no esquizofrénica. Sus labios no se habían movido. Esto había sido una mala broma de mi mente. Sacudí la cabeza y retomé el lápiz para las cejas. Imaginé que, con diecisiete años, habría sido una exageración pagar con la vida la afrenta de un amor que no pudo ser. Traté de seguir, «duérmete niña, duérmete ya…».

—Me escapé de casa el jueves por la tarde. Ese día nos íbamos a conocer. Ricardo parecía ser el hombre de mis sueños: romántico, tan atento conmigo, le gustaba todo de mí. Después de cuatro meses de chatearnos de día y de noche nos habíamos mandado las primeras fotos. Todo salió de él. Ya me había dicho antes que quería que nos viéramos en persona, pero a mí me daba un poco de miedo, no quería que pensara que estaba muy desesperada. Conforme lo fui conociendo, me convencí, iba a darme una oportunidad. Yo ya estaba preparada para una relación de verdad. Así que el miércoles que me lo propuso, le dije que sí. Vamos a tomar un café. Yo quiero verte, abrazarte, por fin conocerte. Obvio, no podía decirle nada a mi mamá. Siempre fue tan sobreprotectora y jamás hubiera entendido cómo funcionan estas cosas. Tengo tantas amigas que han descubierto el amor en las redes. Acordamos que nos veríamos a las tres, en el café frente al instituto. Cuando llegué él ya estaba ahí. Yo… no recuerdo haber salido del café… Su mirada es lo último en mi memoria. Sé que fue él. Ahora necesito tu ayuda, un pequeño favor… Recupera mi bolsa.

Sentí la fuerza de unas manos en mi cuello, puñetazos en la cara y el abdomen, y mucho dolor en el vientre. Lloré, al principio quedo, muy quedito… y luego torrencialmente… Traté de guardar la calma. Corrí a ver a la madre, dormía profundamente. Me apresuré al gabinete de las medicinas. Me tomé dos de todo.

Don Juanito era el dependiente del café. Llevaba días pasando enfrente para tratar de hablarle. Era el sitio que Julieta había «mencionado». ¿Y si la bolsa aún estaba allí? Tenía que estar. Esa mochila me devolvería la cordura. Eran las siete de la mañana. Entré dispuesta a pedir algo.

—Don Juanito, buenos días —le dije con familiaridad.

—Perdóneme, señorita, todavía no abrimos. Hasta las ocho.

—Solo quería que me prestara el baño —improvisé. Me dejó entrar de mala gana, y con un giro brusco de la cabeza me indicó el camino. Asumió que el resto lo deduciría yo.

Al entrar, al lado izquierdo, repetía frenética en mi cabeza las instrucciones de Julieta. Una cortina traslúcida y polvorienta me salió al paso. Mi cuerpo se convulsionó, vinieron a mi memoria uno a uno todos los moretones que días antes había cubierto tan hábilmente con maquillaje.

Era un cuartucho de mala muerte, lleno de cajas y enseres de cocina. Revolví rápidamente unos bultos, adivinando casi a ciegas su contenido. Apenas llegaba la luz del pasillo. Me movía con velocidad. Todos mis sentidos hacían su parte: mientras ojos y manos se concentraban en buscar, los oídos estaban pendientes del baile acompasado del viejo y su escoba. De pronto, un silencio. ¡Ahí estaba bajo un montón de periódicos! Don Juanito también dejó de moverse. Me giré silenciosa, tratando de adivinar sus movimientos, cuando lo encontré descorriendo la cortina.

—¿Qué hace aquí?

No supe lo que hacía, me colgué la bolsa al frente y lo embestí. Corrí a toda prisa, calle tras calle sin parar, hasta que estuve segura de que no había señas del hombre. Tomé el respiro más profundo de mi vida y abracé con consuelo mi golpe de realidad.

Luego de mucho pensarlo, lo resolví. Iría de noche a dejar aquella carga tan pesada hasta la casa de su dueña. Pero primero debía darme un baño. Al entrar en mi apartamento, me vi frente al espejo del recibidor, estaba pálida, casi traslúcida. No podía presentarme así en ningún lado. Tomé mi caja de pinturas y me maquillé un poco. Era la primera vez que maquillaba a alguien con vida. De pronto, recordé a papá, ya era demasiado tarde.

El viaje hasta la casa de Julieta fue largo y difícil, luché cada instante por saber qué debía hacer. No me había atrevido a abrir la bolsa, pero ahora estaba tan involucrada como si yo misma hubiera sido la agredida. Al apagar el carro lo tenía resuelto. La valentía no me daría para más que dejar la mochila en el suelo y alejarme de puntillas. No contaba con que el perro de la casa sería mi delator.

Me senté a la mesa del comedor a esperar a que la madre regresara de la cocina. Ya tenía preparada una jarra de té. Por fin se asomó, con los ojos muy hinchados, como los de alguien que aún necesita dormir. Sin decir nada, se sentó a la mesa. Luego de un minuto silencioso muy incómodo me levanté y la abracé. Las palabras brotaron de mi boca antes de que yo pudiera advertirlo. Incrédula, mis oídos me escuchaban hablar atropelladamente. Hablé mucho, describí todo, pero al fin, pude decir:

—Señora, su hija está bien. Ella quiere que sepa que lo que ocurrió no fue culpa suya.

Dejé la mochila sobre la mesa y me fui corriendo.

Todos los días pienso en Julieta y su bolsa. Todos los días pienso en papá y en mamá. Todos los días pienso en mi don. Todos los días repaso los giros inesperados que tuvo esta historia, los cabos sueltos que no pude explicar. Esos que me trajeron hasta esta prisión.

Ixsu'm Antonieta Gonzáles Choc

(Ciudad de Guatemala, 1974)

Promotora cultural, poeta, compositora, traductora, docente universitaria, especialista en sociolingüística, consultora, escritora de materiales educativos en idioma maya cachiquel y español. Es originaria de Pa Su'm (Patzún) o tierra de girasoles, al occidente de Guatemala, y descendiente de los chajoma', de parte de su madre, y de los xajila', de parte de su padre. Su idioma materno le ha permitido tener contacto con los arcanos de la madre naturaleza y el cosmos. Aprendió a recolectar leña, sembrar y cosechar maíz y frijol, antes de asistir a las aulas escolares. Diseñadora de su propia indumentaria, artista de los hilos, nombrada por el universo como terapeuta en medicina ancestral y sucesora de su madre en este oficio. Cofundadora de la Universidad Maya Kaqchikel, coordina la sede académica de esta casa de estudios en el municipio de Patzún. Cofundadora de la Noche de Poesía, del Colectivo Komon Samaj y del Centro de Aprendizaje Maya, parte del Consejo Nacional de Tejedoras. Ha participado en distintos festivales poéticos en el ámbito nacional e internacional. Ha publicado 18 libros entre materiales educativos y poemarios; es coautora de otros más y de un disco de música infantil.

Los sueños perdidos

Ixsu'm Antonieta Gonzáles Choc

—No olvides jamás que eres la guardiana de tu hermano; tenlo presente siempre, porque él no puede ver. Has hecho bien al tenerlo a tu lado desde su nacimiento y ser su guía. También debes saber que pronto dejarás la escuela por ser mujer, llegarás a sexto grado y luego te ocuparás en aprender bien los oficios de la casa y del campo. No te casarás, porque tú has nacido para cuidarnos en nuestra ancianidad; este es tu hogar y no te faltará alimento ni abrigo. Esta es nuestra última palabra y debes entender que así será tu vida. Por eso has nacido.

Ticha era la menor de sus hermanas hasta que nació Tiso. Al poco tiempo de su nacimiento, la familia se dio cuenta de que el niño era diferente. Algunos rompieron en llanto al confirmar que el bebé no tenía luz en su mirada. Otros dijeron que sería un hermano ejemplar, porque desarrollaría otras habilidades para entender el mundo. Ticha tenía cuatro años y no entendía mucho lo que sucedía, estaba feliz por tener un hermano menor, finalmente tenía un muñeco de carne y hueso con quien jugar. Ese día le dijeron que le correspondería cuidar a su hermano por siempre, por ser su hermana mayor, y ella casi ni lo escuchó.

Sin embargo, días más tarde, estaba jugando con Negro cuando recordó el encargo de sus papás. Su dulce perrito era parte de la familia, tenía el color de la noche y la bondad de una nube de lluvia. Así que Ticha decidió que entre los dos se harían cargo del cuidado de su hermano.

Ticha era una niña obediente y, mientras su hermano crecía, lo cargaba y lo atendía como sus padres le habían indicado, lo mimaba y le mostraba el mundo. Además, le enseñó a caminar y a valerse por sí mismo, a jugar, a realizar varios oficios y a tocar la chirimía. Le explicaba todos los fenómenos naturales también. Le dijo que el sol tenía el mismo color del banano y por eso Tiso, al saborear esa fruta, creía que el sol era dulce. Ticha también le dijo que el agua no tenía color y que en su reflejo se podía ver la propia imagen. Su hermano le respondió entonces que él conocía el agua clara a través de su aroma incomparable. Ticha se sorprendió al pensar que ella no conocía ese olor. Todos los días se hacían notar los cambios en el crecimiento de los niños. Ambos se adaptaban al mundo muy a su manera.

Ticha creció y vio cómo otros niños iban a la escuela; entonces, les pidió a sus papás que le permitieran ir también. Ellos le explicaron que en su calidad de mujer no tenía derecho a la educación, que ella había nacido para hacer los oficios de la casa y que por eso estudiar no le serviría de nada. Ella lloró. Lloró mucho, pero también se concentró en insistirles a sus papás sobre su propósito. Repitió su deseo de tantas formas y con tantas lágrimas que ellos se convencieron de la firmeza de su empeño por ir a la escuela. Sin embargo, pusieron condiciones. Aceptaron con la salvedad de que le enseñaría a Tiso todo lo que aprendiera en sus clases. Su hermano era su responsabilidad y no debía olvidarlo. Ticha aceptó e inició feliz sus estudios. Su hermano también mostró entusiasmo por aprender y compartir el sueño y la felicidad de su hermana. Ticha tenía una inteligencia y una curiosidad por todo que Tiso admiraba profundamente.

Ticha les sugirió a sus papás que mandaran a su hermano a la escuela. Pese a ser invidente, ella estaba convencida de que podía aprender muchas cosas, porque era muy inteligente. Sin embargo, ellos no aceptaron porque necesitaba de cuidados especiales.

—No podré ir, Ticha —le dijo Tiso a su hermana—; si tan solo pudiera ver, iríamos juntos a la escuela acompañados de Negro. Pero no te preocupes, te esperaremos acá y, cuando crezca otro poco, iremos a dejarte y a traerte a la escuela, los dos.

Todas las tardes, mientras se ocupaban de las tareas de la casa y las del campo, el tiempo no les alcanzaba para hablar sobre los nuevos conocimientos que Ticha le traía a su hermano. Tiso aprendía con mucho entusiasmo y atención y ella se ocupaba de enseñarle todo lo que podía. Así, día a día, creció el amor entre los dos hermanos. Por su parte, Negro siempre los acompañaba en el trabajo y durante sus juegos.

También les gustaba jugar entre el bosque, cerca del barranco, y escuchar el canto de las aves. Un día Tiso le dijo a su hermana:

—Ticha, ¿has escuchado la voz de los árboles? Yo escucho su palabra, ellos hablan a través del viento mientras mece sus hojas; al rechinar sus ramas nos cuentan de lo que les hace sentir la fuerza de la naturaleza, a veces sueltan sus flores y frutos, como lo hace el pino. Las voces de los árboles hablan sobre su edad, su vida o su cansancio. Tienen una voz interna, como las personas.

—Tiso, no es así. Los árboles no hablan, es el viento quien provoca todo lo que dices, pero es cierto que nos alertan, debemos ser cuidadosos con ellos. Lo que también es cierto es que el precipicio sí habla, escucha:

—¡Oooy! —gritó Ticha.

—¡Oooy! —se escuchó el eco.

—¿Cómo estás? —gritó Ticha nuevamente.

—¿Cómo estás? —volvió a preguntar el eco.

—Ticha, yo no sabía que el precipicio hablara. ¡Me da miedo! ¿Te escucha?, ¿te regaña?

—No, Tiso. Solamente te escucha y luego repite lo que dices, pero es importante que lo valores y lo respetes, porque es parte de la madre naturaleza. Todas las montañas y los precipicios tienen mucha energía, tienen un dueño quien los custodia, por eso también tienen el poder de sanarte. Si estás triste, puedes llorar ante ellos para que te llenen nuevamente de alegría y te fortalezcan. Eso me ha dicho papá.

De esta manera, Tiso descubrió el eco y junto a Ticha lo volvieron un juego divertido y conversaban a menudo con el precipicio. Ambos niños tuvieron una infancia feliz en el campo. Tenían un columpio cada uno bajo un frondoso árbol de pito. Un día que Negro andaba olfateando todo, de un lado a otro, resbaló al pie del árbol de los columpios y cayó en una pequeña cueva. Gritó y gritó, ladró y ladró pidiendo auxilio. Ticha y su hermano lo escucharon desde su casa y corrieron para ayudarlo, pero también cayeron dentro del hoyo de taltuza donde Negro había desaparecido. El tronco del árbol se abrió y se los tragó a todos. Sorprendidos, trataban de verse unos a otros en medio de la oscuridad, cuando escucharon una voz. «No se asusten, soy el árbol de pito, su abuelo me dejó plantado acá hace años, soy el guardián del precipicio. Ustedes han llegado a un sitio al que no cualquiera puede llegar, los escogí a ustedes, porque aman y respetan a la madre naturaleza y eso es bueno; además, para que conozcan cómo es el fondo de un árbol y su importancia; acá abajo es un lugar siempre húmedo. Guardamos agua porque esta es nuestro alimento y nuestras raíces se encargan de conservarla. Acá también es hogar de hormigas, taltuzas, comadrejas, serpientes, armadillos, conejos y otros animales. Sobre nuestras ramas, los pájaros hacen sus nidos y le cantan a la vida; ustedes utilizan nuestras flores como alimento y se resguardan bajo nuestra sombra. Somos los encargados de tener relación con la lluvia y refrescamos el aire que respiran. Es importante que sepan cuidarnos porque todos nos necesitamos y todos tenemos una razón de existir en la madre naturaleza. Si nosotros vivimos sanos, los animales pueden tener su hogar y la Tierra puede seguir guardando el agua. En esa cadena, su padre puede sembrar el alimento de su familia en la tierra humedecida y todos podemos vivir en paz».

A partir de aquel día, ellos se sintieron menos solos. Se columpiaban del árbol de pito y este era feliz escuchando las risas y las conversaciones de los niños. A veces, se resguardaban en la cueva del árbol y conversaban con él, le llevaban agua y recogían las semillas rojas que el árbol de pito dejaba caer. Ticha recordó las palabras de su hermano cuando ambos eran más pequeños: los árboles y las plantas tienen una verdad para compartir con los humanos.

Ticha creció y, con ella, sus sueños. Un día sus papás se pusieron muy serios y le hablaron. Le anunciaron los planes concertados para su futuro.

Al escuchar a sus papás, Ticha sintió que el corazón se le partía. Ella quería ser maestra y, luego, médica; también deseaba casarse y formar una familia con sus hijos. Ese día guardó silencio ante sus papás y, cuando ellos terminaron de hablar, buscó al árbol de pito y le contó todo lo sucedido, le lloró su tristeza. Él le dijo que conversara con ellos, que les pidiera tomar en cuenta sus deseos y sus planes. Es más, que les hiciera ver que estudiar le serviría no solo a ella, sino también mejoraría las condiciones de vida de toda la familia. Ticha obedeció a la voz del árbol y, con valor, expuso sus argumentos a sus papás. Ellos se enojaron mucho al escuchar sus palabras, le dedicaron fuertes regaños y casi llegaron a pegarle.

—¿Quién te ha dado esas ideas? Esos no son buenos consejos, tú nos debes obediencia porque vives bajo nuestro techo. Te hemos dado una vida plena para que seas feliz; tu presencia nos hace felices a nosotros y a tu hermano y eso permite que estés bien de salud, siempre. Esta es nuestra última palabra; si nos desobedeces, cambiarás el rumbo de tu existencia y eso tendrá consecuencias sobre ti misma.

Después de esta conversación, los ojos de Ticha se llenaron de lágrimas y tristeza, el silencio se apropió de ella y dejó de sonreírle a la vida. Sintió que le habían cortado las alas y empezó a languidecer, como una flor sin agua, día tras día. Obedeció a sus papás, buscó hacer oficios y artes diversos, vendía los productos que salían de sus manos, cuidó de sus papás y de su hermano. El cansancio y la tristeza se apoderaron de ella. A veces, sentía ganas de irse de casa, pero no se atrevía. La vida se le escapaba poco a poco.

Ya toda una señorita, se vio obligada a rechazar a todos los que le endulzaban el oído, tenía claro que no podía casarse y formar su propio hogar. Poco a poco Ticha se deprimía más, dejó de comer y de dormir. Pensaba que, si tan solo fuera maestra, enseñaría con amor y dedicación a los niños para que pudieran ganarse la vida, incluyendo a su hermano; habría fundado una escuela para niños invidentes o con capacidades diferentes, para que aprendieran varios oficios y pudieran ayudar a sus familias.

Un día fue a buscar al árbol de pito, le contó nuevamente todas sus penas y tristezas y lloró con mucho dolor. Entonces, Pito le dijo:

—Ticha, tú necesitas un poco más de fuerzas y decisión, eres inteligente y tienes muy buenas ideas y objetivos, pero te domina el temor y la exagerada obediencia a tus papás. Es bueno ser obediente, pero eso mismo impide cumplir tus sueños y proyectos de vida; tú has nacido para ayudar a los demás, pero antes debes ayudarte a ti misma, debes cumplir tu misión; si no lo haces, morirás de tristeza y desesperación.

—Dime, ¿qué debo hacer?

—Ve a buscar al árbol de laurel y vas a pedirle que te regale unas hojas. Vas a cocinarlas con agua y vas a beber su regalo durante varias noches. Eso te va a quitar la tristeza.

—¿Y cómo lo voy a reconocer?

—Ve al bosque y él te hablará.

Cuando Ticha se hubo aliviado de la tristeza con la ayuda del árbol de laurel, volvió a buscar a su amigo, el árbol de pito. Él le recordó la ocupación de las mujeres de su familia. ¡Eran herbolarias! Y eso significaba que ellas estaban dedicadas a curar a las personas, no con la medicina que se encuentra en las farmacias, sino con ayuda de las hierbas, los árboles y los elementos de la naturaleza.

Ticha se acercó a las recetas de su abuela. Ticha le habló al corazón de su madre. Ambas estuvieron felices de enseñarle sus secretos. Le hablaron de las bondades del pericón, la chilca y del romero; de los efectos del apazote, la canela y el anís; de las maravillas de la mejorana, el ixwut, la manzanilla y la cola de caballo; de las propiedades del aloe vera, el ajo, el eucalipto, la ruda y la altamisa. Tantos prodigios le compartieron que la tristeza que la había habitado se convirtió en asombro y curiosidad infinitos. Especialmente, en una inmensa alegría que le desbordaba el corazón: siendo herbolaria aún podía curar a los enfermos, en su cultura era médica y podría devolverles la salud a los demás.

Sus papás no terminaban de creer que Ticha hubiese cambiado tanto. Siempre pensaron que ella había llegado al mundo para cuidar de su ancianidad, pero tenía un destino mucho más amplio de imaginar.

Si alguien sentía más la felicidad de Ticha era Tiso; su hermana no solo era su guía, sino una parte de él mismo. Un día decidió ir solo al pie del árbol de pito, para compartirle su contento. Para su sorpresa este se encontraba a punto de derrumbarse, lo sintió en el abrazo que le daba siempre como saludo. Pito estaba seco, casi sin voz, y antes de que él le saludara, susurró:

—Yo he cumplido mi ciclo en la Tierra. He dado flores que ustedes han saboreado en su comida, he dado semillas que tú y los tuyos han plantado, he compartido mis secretos milenarios con ustedes, porque han sabido escuchar mi voz. Así que es mi turno de regresar a mi paz. Amo la complicidad de nuestra infancia. Atesoro el hallazgo en la vida de Ticha. Cuida de mis vástagos que se nutren de la humedad en este refugio en donde nos encontramos cuando éramos jóvenes. Te comparto mis últimos suspiros. Gracias por acordarte de mí, amigo mío.

Dicho esto, Pito calló y se fue siguiendo el eco de las voces dulces y niñas de Ticha y Tiso, prendido para siempre en el precipicio y la memoria de los tiempos.

Ri rayb´äl xesach

Ixsu'm Antonieta Gonzáles Choc

-Man tamestaj chi rat at ruchajinel ri a xib'al, tijike' chawäch, kan jantape' tik'oje' chi ak'u'x ruma rija' mantzu'un ta, yalan ütz ab'ano chi re chi junam ib'ey. Chuqa' yalan rajowaxik nawetamaj chi man näj ta xkab'e wi pan atijonik, ruma at xtän, xa xe k'a pa ruwaq juna' xkatapon kan, ruma ruk'amon jeb'ël jeb'ël nawetamaj ri asamaj wawe' pa jay chuqa' pa juyu'. Man xkak'ule' ta, ruma rat xataläx richin yojachajij röj toq xkojrijïx, wawe' jantape' k'o away, wawe' awochoch ruma ri' jantape' xtanimaj qatzij, ke re' ri ak'aslem, ruma ri' xataläx-.

Ri xta Ticha ruk'isb'äl ti xtän xaläx chi kikojol ri rach'alal, k'a xaläx na ruk'isb'äl a Tiso rub'i'. Kan k'a jub'a' taläx ri rach'alal xkiya' retal chi re k'awal jun wi rub'anon. Jujun xe'oq' rumam xkiya' retal chi ri ne'y moy, man ntzu'un ta. Ch'aqa chik rach'alal xkib'ij chi yalan mitij xtok toq xtik'iy el ke ri' jeb'ël xtije' chuwäch ri k'o chuwäch re ruwach'ulew. Ri xta Ticha, kaji' juna', man kan ta xq'ax chuwäch achike najin nk'ulwachitäj, xa xe nkikot ruma xutz'et jun ti jeb'ël ala's. Ri q'ij ri' kan xb'ix chi re chi rajowaxik jantape' nuchajij ruma rija' nimalaxel, rija' man kan ta xrak'axaj.

Xe'ik'o yan ka'i' oxi' q'ij toq najin netz'an rik'in rutz'i' a Xaq rub'i' toq xoqa chi re ri xkib'ij kan rute' rutata' chi re. Ri jeb'ël ti rutz'i' kan rach'alal rub'anon chi re, q'eq achi'el ri aq'a' chuqa' jeb'ël runa'oj, kan ti b'o'j rij achi'el rub'ojal jun sutz' toq nqa yan jäb'. Ri xta Ticha xuch'ob' chi junam rik'in la tz'i' xb'ekichajij ri ti ruchaq'.

Ri xta Ticha kan yalan nunimaj tzij, ruma ri' nuch'elela' ri ti ruxib'al loman najin nk'ïy el achi'el xkib'ij rute' rutata'

255

chi re. Xutijoj chi ruyon xpa'e' el chuqa' xb'iyin, xetz'an rik'in, xutijoj chi nub'än jalajöj ruwäch samaj chuqa' chi nuq'ojomaj nuxupuj ri xul. Nusöl rij ronojel ri nk'ulwachitäj chuwäch ri ruwachulew, xub'ij chi re chi rub'onil ri q'ij achi'el rij ri saq'ul ruma ri' ri a Tiso toq nutij jun rusaq'ul nub'ij chi ri q'ij ki'. Chuqa' nub'ij chi re ruxib'al chi ri ya' majun rub'onil, chi ya-tikïr natzu' awi' chupam, ya'öl k'aslem, ruma ri' ri a Tiso xub'ij chi ri ya' k'o rujub'ulik, chi simïl chuqa' nuch'uch'ujchirsaj ak'u'x. Ri xta Ticha kan xumäy ruma rija' majun retaman ta ri jun rujub'ulïk ri'. Q'ij q'ij najin yek'ïy chi e ka'i' ak'wala' chi kijujunal nketamaj el ruwäch ri ruwach'ulew.

Ri xta Ticha xk'ïy el k'a ri' xutz'et chi ri ch'aqa chik ak'wala' yeb'e pa tijob'äl, jun q'ij xub'ij chi ke rute' rutata' chi nurayij nb'e el rija' chuqa', rije' xkich'öb' chuqa' xkib'ij chi re chi ruma ti xtän man ruk'amon ta nb'e; rija' kan richin pa jay ruma' ri' majun xtik'atzin la tijonïk chi re. Rija' xoq'. K'ïy na mul xoq' chi kiwäch, chi ruk'utuxik, ke ri' toq jun q'ij xkib'ij chi re chi xtib'e. Xkib'ij na chi re chi nb'e xa xe wi nuk'ut chuwäch ri a Tiso achike xtiretamaj pe rija'. Ri ti ruxib'al jantape' na xtuchajij, chi man tumestaj. Ri xta Ticha xub'ij chi ütz, k'a ri' rik'in kikotem xuchäp rutijonik. Ri ruxib'al chuqa' kan xuk'ut rurayb'al chi nutijoj ri' ke ri' toq xkikot rik'inri rana'. Ri xta Ticha kan ronojel nrajo' nretamaj ruma ri' ri a Tiso kan janila numäy ri rana'.

Ri xta Ticha xub'ij chi ke rute' rutata' chi ruk'amon ta nb'e chuqa' pa tijob'äl ri ruxib'al. Stape' moy, xa xtib'etikïr xtitz'ib'an ruma yalan nak' rujolom. Rije' man xkajo' ta ruma kan janila nrajo' ruchajixik.

-Man xkib'e ta ri Ticha- xcha' ri a Tiso chi re ri rana', -xa ta yitzu'un yatinwachib'ilaj pa rijob'äl rik'in la a Xaq, majun tamäy wuma rïn, xkatqoyob'ej wawe', toq xkik'ïy el jub'a' chik, yatqab'ejacha' chuqa' yatqab'ek'ama' pa tijob'äl chi öj ka'i'-.

Ronojel tiqaq'ij, toq yesamäj pa jay chuqa' pa juyu', man yerub'än ta ri ramaj richin yetzijon pa ruwi' ri etamab'äl nuk'äm pe xta Ticha. Ri a Tiso kan janila rumunil pa ruwi' tijonïk, pa ruwi' etamab'äl, kan jeb'ël nrak'axaj ri rana' toq nusöl ronojel ri nusik'ij chuwäch. Ke ri', q'ij q'ij kan janila nkajo' ki' ri ka'i' ak'wala'. Ri a Xaq jantape' yerachib'ilaj chuqa' tzeqetäl chi kij pa samaj chuqa' pan etz'anem.

Chuqa' yalan ütz nkina' yek'oje' chi kikojol che', chunaqaj jun siwan, ruma ronojel kib'ix ri tz'ikina' nkak'axaj, chuqa' ruch'ab'äl ri xpumüy. Jun q'ij ri a Tiso ke re' xub'ij chi re ri rana':

-¿Rat Ticha, xawak'axaj yan chi ri che' k'o kich'ab'äl?, rïn ninwak'axaj kitzij, rije' yejumum, chuqa' ri taq kixaq achi'el xa yeroporot; ri kiq'a' yepaq'apöt rik'in ruchuq'a' ri ri qate' ruwach'ulew, jantäq nkosq'opij pe kikotz'ijal chuqa' ri kiwäch achi'el ri chäj. Ri kich'ab'äl ri che' nkiya' rub'ixkil chi e nimaq' chik ruma k'ïy kixaq, rik'in jub'a' nq'aj pe jun kiq'a' ruma e kosnaqi' chik-. Chi kipam qa k'o kich'ab'äl achi'el röj winaqi'.

-Majun Tiso, rije' man yech'o ta, ja ri kaq'ïq' nb'ano chi ke chi choj yeq'ajan, ronojel ri xab'ij pe kan qitzij wi, xa xe e retal, chuqa' qitzij chi rik'in jub'a' yeb'etzaq pe, röj k'atzinel nqanab'a' qi' jantape'. Ri qitzij nch'o pe chawe ja la siwan, tawak'axaj na pe:

-¡Oooy!- xusik'ij apo ri xta Ticha.

-¡Oooy!- xub'ij pe ri siwan.

-¿Ütz awäch?- xub'ij chik apo xta Ticha.

-¿Ütz awäch?- xutzolij chik pe rub'ixkil ri siwan.

-Ticha, rïn majun wetaman chi la siwan nch'o, ninxib'ij wi' chuwäch, ¿yarak'axaj?, ¿yaruch'olij pe chuqa'?- ncha ri a Tiso.

-Manäq, Tiso. Xa xe yarak'axaj chuqa' nutzolij pe tzij chawe. Nk'atzin naya' ruq'ij chuqa' nakamel'aj ruma rïm ruq'ij k'o chuwäch ri qate' ruwach'ulew. Konojel ri juyu' chuqa' siwan k'o kuchuq'a', k'o rajawal, ruma ri' yaraq'omaj. We yab'ison ütz yatoq' chuwäch ke ri' nkiya' akikotem chuqa' awuchuq'a', ke ri' nub'ij ri qatata'-.

Ke ri' toq xunab'ej ri a Tiso chi ri siwan nutzolij pe tzij chawe, ke re' toq xok etz'anem chi kiwäch re juk'ulaj ak'wala' re' toq nkikanoj rub'eyal richin yetzijon rik'in ri siwan. Rije' nk'asäs chi kiwäch toq yek'oje' pa juyu'. Kiya'on jun kisilon k'an chi ruq'a' jun nimaläj tz'ite'. Jun q'ij ri a Xaq toq e k'o chi ri', ruma nseqesöt nb'e ke la' npe ke re', xjolojo' el pa raqän qa ri tz'ite'. Kan kow xwuywüt kan ruma ri' rije' xkinab'ej. Ri ak'wala' kan k'a chi kochoch xkak'axaj k'a ri' junanim xeb'e chi rij richin nkito'; chi e ka'i' xb'e qa pa rujul b'ay akuchi' xtzaq qa ri a xaq. Ri tz'ite' xjaqatäj, kan achi'el xub'äq' qa konojel. Chi e oxi' xkitzu' ki' xb'ekik'ulu' ki' pa q'equ'm chupam qa ri che'. Chi ri' e k'o wi toq k'o jun xch'o pe chi ke.

-Man tixib'ij iwi', a Tz'ite' nub'i' rïn, ojer ri' xirutïk kan imama' wawe', ja rïn in chajïy re jun siwan re'. Rïx xixo-qa wawe' akuchi' man konojel ta winaqi' yetikïr ye'ok pe; xixink'äm pe rïx ruma nipoqonaj ri qate' ruwach'ulew chuqa' richin niwetamaj el achike k'o qa chi qaxe' röj ri öj che', wewe' rimïl qaway, ri qaya', nqayäk kan pa ronojel qaxe'. Wawe' chuqa' kochoch sanika', b'ay, saqb'in, kumatzi', tu'ch, umül chuqa' ch'aqa chik. Rïx iwetaman chik chi pa qawi' yewär tz'ikina', xpumüy ri nkib'ixaj chi re ri k'aslem; ri qasi'j nok iway rïx, nqaya' imujal. Ja röj nqoyoj jäb' chuqa' nqach'uch'ujrisaj ri kaq'ïq' nijiq'aj. Rajowaxik niwetamaj yo-jichajij ruma qonojel yojk'atzin, k'o aruma öj k'o pe chuwäch re ruwach'ulew. We röj ütz qawäch jantape' k'o kochoch ri chikopi', chuqa' nqayäk ya' richin räx räx ri ruwach'ulew. Ke re' ruyuqen ri' ri k'aslem, ri itata' ntikïr nub'än rutiko'n richin yixrutzuq ruma ruraxal ri ulew, ke k'a re' qonojel xkojkikot-.

Ke ri toq man kiyon ta chik xkina' ri ak'wala'. Ye'etz'an rik'in ri kisilon k'an kiya'on chi nuq'a' ri tz'ite', ri che' nkikot toq yerak'axaj chi yixtze'en chuqa' yixtzijon chi nuq'a'. Jantäq ye'ok ok chupam k'a ri' nkichäp tzij, nkik'waj jub'a' ruya', chuqa' nkimöl ruwäch yetzaq qa chuxe'. Ri xta Ticha xunataj rutzij ruxib'al toq chi e ka'i' kan k'a e ko'öl na: ri che', ri q'ayïs k'o kitzij kich'ab'äl nkisöl nkitzijoj kik'in ri winaqi'.

Ri xta Ticha xk'ïy el chuqa' xek'iy rurayb'al. Jun q'ij rute' rutata' kow xetzijon rik'in, xkib'ij chi re achike kich'ob'on pa ruwi'.

Toq xerak'axaj ri xta Ticha kan xpax ruk'u'x. Rija' ruch'ob'on nutijoj ri' richin nok ta rijonel k'a ri' aq'omanel; chuqa' kan k'o chi ruk'u'x chi jun q'ij xtib'ek'ule' chuqa' xkeb'ek'oje' taq ral. Rija' ri q'ij ri' majun xub'ij chi ke rute' rutata', toq xek'achoj chi re tzij rik'in, xb'e rik'in ri tz'ite' xb'erutzijoj ronojel chi re, ruma yalan poqon runa'on. Rija' xub'ij chi re chi titzijon kik'in rute' rutata' chi yalan rejqalem nkiya' ta q'ij chi nub'än ri nurayij rija' pa ruk'aslem. Ri tijonïk nb'ek'atzin chi re rija' chuqa' chi ke rije'; we xtik'ule' xtuya' rukikotem pa ruk'aslem rija' chuqa' chi ke rije'. Ke ri' xub'än ri xta Ticha, xtikïr xub'ij ronojel rurayb'al chi ke rute' rutata'. Rije' xa xpe koyowal chi re, xa jub'a' ma xkich'äy, chuqa' xkich'olij.

-¿Achike na nya'o ana'oj? La jun ch'oboj la' man ütz ta, rat k'o chi nanimaj qatzij röj, ruma ri at k'äs qik'in jantape', re re' jun utziläj k'aslem nuya' akikotemal. Naya' qakikotem, rukikotem ri axib'al chuqa' araxnaqil rat. Ja re' ruk'isb'äl qatzij pan awi'; we man xtanimaj ta qatzij xtaxotob'a' ri ak'aslem, k'o achike nqa pan awi'-.

Toq xek'achoj chi re ri tzij ri xta Ticha xuchäp oq'ej, xpe rub'is, majun kan ta chik xtzijon chuqa' man xtze'en ta chik pa ruk'aslem. Rija' xuna' chi achi'el xa xtzak'ïx ruxik', achi'el xa jun kotz'i'j ri majun chik ruya' nuna' ronojel q'ij. Xunimaj kitzij rute' rutata', xukanoj xub'än jalajöj ruwäch b'anoj, samaj, k'ayij chuqa' yerilij rute' rutata' rik'in ruxib'al. Ri kosïk chuqa' ri b'is xe'ok pa ruch'akul xe'apon k'a pa ruk'u'x. Jantäq, nurayij nb'e ta el akuchi' ta na, xa ja ri majub'ey ntikïr. Ke ri' nuna' chi eqal eqal najin nik'o ruk'aslem chuwäch.

Toq xq'opojïr el xeruxutuj konojel ri alab'oni' xkirayij ruwäch, ri xkajo' xech'o chi re ruma retaman chi rija' man ntikïr ta nk'ule'. Ri xta Ticha eqal eqal achi'el xa xchup qa, majun kan ta nurayij nwa' chuqa' nel ruwaram chaq'a'. Nuch'öb' chi xa ta xok tijonel yeruto' ta ri ak'wala' richin

259

nkitijoj ki', nkich'äk kik'aslem ke chuqa' ri' ri ti ruxib'al stape' moy; xunuk' ta el jun tijob'äl akuchi' yetikïr ta nkitijoj ki' konojel ri ak'wala', q'opoji' k'ajola' e kajtajnäq chuqa' ri man tz'aqät ta rub'anon kich'akul achi'el ri a Tiso ruma xa yetikïr ta chuqa' nkib'än jalajöj ruwäch samaj, xa ja ri man yeto'ox ta.

Jun q'ij ruyon xb'erukanoj runa'oj rik'ij ri Tz'ite', xb'erutzijoj ronojel ri poqonal chuqa' ri k'ayewal rilon pa ruk'aslem, xuk'is na pe ri chi oq'ej k'a ri' xtzijon rik'in. Ri che' ke re' xub'ij pe chi re:

-Rat Ticha jub'a' chik awuchuq'a' nawajo', jeb'el ana'oj e k'o, ruk'amon ta nab'än, xa ja ri naxib'ij awi', yalan nanimaj kitzij ate' atata', ütz ri at mäy tzij xa ja ri q'aton rub'ey ri ak'aslem, rat xataläx richin ye'ato' ri winaqi' xa ja ri ruk'amon nab'ey nato' awi' rat, we man xtab'än ta xtisach ak'u'x rik'in jub'a' xkakäm ruma bis-.

-¿Tab'ij chwe, achike k'o chi ninb'än?

-Ja tab'ekanoj ruxaj roqxwan, tak'utuj chi re chi tusipam ruxaq chawe. Naroqowisaj k'a ri' naqum ruya'al xtusipaj chawe ronojel tokaq'a'. Ri ri' xtirelesaj ab'is.

-¿Achike rub'anikil xtinwetamaj ruwäch?

-Kab'iyin pa k'ichelaj rija' xtich'o pe chawe.

Toq ri xta Ticha xik'o el jub'a' rub'is rik'in ruto'ik ri ro-qwan, xb'erukanoj ri rachib'il, ri tz'ite' che'. Rija' xunataj chi re ri kisamaj ri ixoqi' chi kikojöl ri rach'alal. ¡Rije' e aq'omanela'! Ri ri' n el chi tzij chi ri kisamaj ja ri yeto'on chi yekaq'omaj winaqi', man rik'in ri aq'om yek'ayïx pan aq'omab'äl jay, ye'aq'oman rik'in q'ayïs aq'om, rik'in che', rik'in ab'äj chuqa' ch'aqa chik ri e k'o chuwäch ri qate' ruwach'ulew.

Ri xta Ticha xretamaj ri e raq'on rati't. Ri xta Tich xtzijon rik'in ruk'u'x rute'. Chi e ka'i' janila xek'ikot xkik'ut ronojel ri ketamab'al. Xkib'ij chi re achike nraq'omaj ri eya', ri meteb'a' chuqa' ri romero, achike ruto'ik nuya' ri sik'äj, ri kanela rik'in ri anis; ri rutzil nuya' ri mejorana, ri ixwut, ri mansanía chuqa' rujey kej; achike ruchuq'a' k'o ri savila, ri anx, ri okal, ri urara chuqa' ri altmisa. K'ïy etamab'äl xkisol chuwäch rik'in ri' ri rub'is xok el rayb'äl chi rij etamab'äl q'asän k'o ta pe. Kan xok k'a jun nimaläj kikotem chi ruk'u'x: Ruma retaman kiwäch ri q'ayïs aq'om ntikïr yeraq'omaj yawa'i', rija' kan aq'omanel, ruma ri' ntikïr nub'an chi yek'ochoj el ri yawa'i' chuwäch. Rute' rutata' ri xta Ticha man nkinimaj taa chi janila xu-jäl. Rije' kn jantape' xkib'ij chi rija' xaläx richin yeb'eruchajij pa kirijixik, xa kan kan k'o pa rub'ey ruk'aslem jun nïm samaj.

Ri a Tiso chuqa' kan janila nkikot ruma ri xta Ticha, ri rana' man xa xe ta uk'wayöl rub'ey, achi'el xa ta kan xok chi ruk'u'x jumul. Jun q'ij xurayij ruyon xb'e rik'in ri tz'ite che' ri-chin nb'erutzijoj rukikotem. Toq xapon qa richin nb'eruq'etej xa raq'äl chik, rija' ke ri' nuq'ejela' ri Tz'ite'. Ri tz'ite' chaqi'j chaqi'j chik rub'anon, kan man nel ta chik ruch'ab'äl, majani tuq'ejela' apo ja ri Tz'ite' xb'ech'o pe nab'ey:

Rïn ja re' xink'is kan nusamaj chuwäch re Ruwach'ulew. Xinya' nukotz'ijal ri xe'itij rïx, xinya' ija'tz ri xe'atik rat chuqa' ri awach'alal, xintzijoj kan ronojel ri ojer taq etamab'äl ri xa xe rïn in etamayon, ruma rïx xixtikïr xiwak'axaj nuch'ab'äl. Ruma k'a ri' wakami ja re' xkitzolin richin yinuxlan. Janila ninwajo' ronojel ri xqab'än junam toq xojk'ïy pe. Nyakon ri xrïl xta Ticha pa ruk'aslem. Ke'achajij ri nujotay tajin yek'iy pe pa ri raxal akuchi' xqak'ulula' qi' k'a toq oj k'ajola' na. Ninya' kan pan aq'a' ri k'isb'äl taq jiq'al wuxla', nink'awomaj ninmatyoxik chawe ruma xinanataj pe, utziläj wachib'il.

Ke re' xuk'is rub'ixkil ri a Tz'ite' toq xtzaq xutzeqelb'ej ruk'oxomal kich'ab'äl ri ka'i' ak'wala', xta Ticha rik'in a Tiso, xb'e qa pa siwan chuqa' pa ri q'asän runatab'al ramaj.

Marta Sandoval

(Ciudad de Guatemala, 1981)

Escritora, periodista, editora e investigadora. Se dedica a la investigación y redacción de libros biográficos. Es doctora en Ciencias Políticas y Sociales, con maestría en Periodismo y licenciatura en Comunicación. Ha publicado el libro de crónicas *¿Cuántos soldados se necesitan para enterrar un conejo?* y *Abraham frente al mar*. Editora del libro de historias *Guatemala corrupta*. Autora de once libros biográficos. Algunos de sus cuentos y trabajos periodísticos se han publicado en antologías de Guatemala y España, y traducido al inglés y francés. Es autora del programa «Storytelling con Marta», en el que imparte talleres de creación literaria. Profesora en universidades guatemaltecas.

Cómo se construye un ser humano

Marta Sandoval

El crujir de los troncos ardiendo se mezclaba con el sonido de las olas. Rosa sintió las mejillas calientes e instintivamente se llevó las manos a la cara. «¿Estás bien?», preguntó Héctor, pero Rosa no respondió, estaba viendo el fuego, absorta. Lograron una hoguera estupenda; a pesar de que la madera que arrastró el mar estaba verde y un poco húmeda, las llamas se extendían vigorosas, se recortaban en el atardecer naranja de una noche de noviembre.

«Quisiera entrar en tus recuerdos», le dijo Héctor. Rosa pensó en un laberinto hecho de hiedra, con espinas por todas partes y algunos de sus muros todavía verdes, pero otros de un tono ocre, como el color de los muertos. Esa era su mente. Ese era el sitio al que Héctor pedía ingreso. «No sabes lo que dices», le susurró; sin embargo, le extendió la mano como una invitación. Héctor la apretó fuerte y cerró los ojos.

El mantel llega casi a ras del suelo. Solo hay una delgada línea por donde pasa la luz, que permite un poco de claridad debajo de la mesa. Rosa pestañea, se recuesta en sus brazos y suspira, el piso está frío y húmedo. Tiene seis años y no sabe leer el reloj, no tiene idea de la hora, pero está claro que ha pasado más tiempo del habitual. Empieza a quedarse dormida y lucha contra un sueño pesado, siente como si alguien le apretara con fuerza el cuerpo por unos segundos para después soltarlo. Se siente floja, piensa que está hecha de agua y cuando su cabeza tambalea y golpea contra su hombro, vuelve a sentir ese abrazo fuerte, ese hombre invisible que la aprieta el tiempo necesario hasta convertirla otra vez en un ser de algodón.

De pronto, el mantel se mueve y reconoce de inmediato los zapatos de su madre, hoy se puso los tacones azul marino que tanto le gustan, pero que le quedan pequeños y terminan lastimándole los pies. Rosa se entretiene contando las veces que se los quita, extiende los dedos y vuelve a ponérselos. A su lado, aparecen de pronto los zapatitos negros de charol de su hermanita Cinthia que no logran tocar el suelo y se mueven frenéticamente durante toda la cena. Rosa los esquiva, si llegaran a tocarla, si descubrieran que está allí abajo, entonces todo acabaría para su madre y para ella. Al frente están los mocasines blancos de Carlos, que sí llegan al suelo, aunque por muy poco. En el centro, unos zapatos brillantes, siempre relucientes y grandes como vagones de trenes: son los de don Sergio, el hombre al que ella nunca ha podido llamar papá.

Se acurruca entre las piernas de su madre, recuesta su cabeza cansada en sus muslos y se deja acariciar. Son caricias rápidas, furtivas. Pronto escucha el tintineo de los trastos y le llega el olor de la comida; instintivamente abre la boca, como un pichón en el nido, lo más grande que puede, hasta sentir que la quijada se le va a desencajar, para recibir los trozos de comida que su madre depositará en contadas ocasiones, con sigilo, con una rapidez sorprendente, como el golpe de un ninja. Rosa los guarda un tiempo en la boca, siente sus sabores mezclándose, sabe identificar cada uno, a pesar de que no los ha visto. Esa comida, igual que la de un pichón, llega desde la boca de su madre, pasada por una servilleta de lino con la que Carmen discretamente se limpia los labios y que, en realidad, sirve de medio de transporte al bocado. Llega el postre, Rosa no aguanta más y se queda dormida, pues sabe que vendrá una larga conversación de sobremesa. El padre habrá dado autorización para que los niños se retiren a su habitación, pero no para ella, que es una intrusa. No sabe cuánto tiempo pasa entre que le gana el sueño y siente los brazos de Eliza cargándola y llevándola suavemente a la habitación donde duermen los empleados. Si tiene suerte, esa noche su madre bajará en silencio, con la excusa de buscar un vaso con agua y le besará la frente y le acariciará el cabello. Ella se hará la dormida y solo sentirá el cariño de su mamá como algo prohibido, algo que nadie debería ver. Carmen se irá despacio, guardará en su mente ese momento y se secará las lágrimas antes de volver a la habitación con su marido.

Héctor sintió ardor en la nariz. Sin darse cuenta otra vez se acercaron demasiado al fuego. Todavía tenían, los dos, los ojos cerrados. Las chispas de la fogata saltaban como luciérnagas en sus manos, en sus cabellos, en los pies de ella, descalzos. «Somos solo dos ancianos ante el fuego», musitó él.

No pueden calcular cuánto tiempo llevan en este rito de entregarse a las llamas, de dejar que sus mentes les devuelvan las fracturas de sus historias, para intentar abrazarlas, reconstruirlas. El fuego es su único testigo, con el amanecer llegarán las luces en la residencia sin ventanas, los pequeños vasos de cartón llenos de pastillas de colores. Tres para ella, dos para él. Pero, sobre todo, vendrán los intentos desesperados de los médicos por hacerlos regresar, para que reconozcan al presidente de turno y entiendan las noticias de los periódicos que les ponen delante. Para que vuelvan a ser presente. Los hijos —que para ellos son extraños— lo exigirán. Hablarán de dinero, de fondos que van a retirar y los hombres de batas blancas palidecerán. «Vas a volver, mamá», suplicará una mujer que Rosa no recuerda y que siempre, antes de partir, se frota las mejillas con las manos arrugadas de Rosa, aunque ella no la vea, ni siquiera la sienta, porque Rosa sigue debajo de la mesa.

«¿Cómo se construye un ser humano?», pregunta Rosa, sin dejar de ver el fuego. Héctor solo sabe cómo se destruye.

Está a punto de cumplir ocho años cuando lo llevan por primera vez de cacería. Su padre le pide que espere en el despacho, un lugar que siempre le causa escalofríos. Al entrar siente la mirada de los animales muertos caer sobre él como una lluvia de plomo: un ciervo, un venado, un jabalí, un toro, una vaca, todos le clavaban las pupilas en el rostro.

«Un día vamos a colgar allí alguno que tú hayas cazado», le dice su padre, como una promesa de que alguna vez él también será un hombre. Pero Héctor no quiere ser un hombre. Está aterrado y aquella habitación le parece repulsiva, un cuarto del terror al que, afortunadamente, no le permiten entrar a menos que sea llamado explícitamente.

La luz es artificial, un tono ocre lo inunda todo, no hay siquiera una ventana, y la puerta, que al niño le parece un gigante sin rostro, cuadrado y pesado, se cierra con estrépito detrás de él. Su sonido le hace pensar en el disparo de un tanque de guerra, o en la explosión de una bomba. Siempre se sacude cuando la escucha, sin importar lo mucho que se repita a sí mismo que se trata solo de una puerta, el susto no se le va. Huele a encierro. «Como debe oler un ataúd», piensa Héctor, que nunca ha estado cerca de alguno, pero la madera de las paredes le recuerda a los que ha visto en libros. Es un cuarto lleno de muertos, muertos que conservan sus ojos y lo ven.

Mientras espera, observa en una vitrina colgada en la pared el rifle Winchester modelo 1886 con cacha de nogal, el arma favorita de su padre. Una herencia de familia que lleva varias décadas pasando de generación en generación y que, algún día, llegará a sus propias manos.

Esa arma jamás sale de la vitrina. Aunque el padre asegura que funciona bien y que, con las municiones adecuadas, puede matar un elefante, prefiere mantenerla guardada. «Lo usaré solo cuando haya una ocasión especial», dice y el niño siempre se pregunta cuál podría ser una ocasión especial para sacar un arma. Era muy pronto para imaginar que esa ocasión finalmente llegaría.

Ya en el establo, Héctor ve dos cosas al mismo tiempo: un rifle cargado que le ofrece su padre y la fusta colgada en la pared con la que suele azotarlo su madre. Le dan miedo en igual medida. Si se niega a tomar el arma, sin duda su madre tomará la fusta. Siente que, sea cual sea su decisión, ya está condenado. Ese día decide, sin saberlo, el camino que seguirá el resto de su vida: optará por la violencia, aprenderá a ejercerla, porque está harto de recibirla.

Padre e hijo cabalgan montaña adentro. Los árboles abarcan su vista en una mezcla de verdes, tantos tonos diferentes que es imposible contarlos. Héctor lo intenta, ve el verde musgo que se adhiere a los troncos de los árboles, el verde limón de las hojas tocadas por rayos de sol, el verde oscuro de las ramas escondidas en lo frondoso de una ceiba, el verde bajo sus pies, el verde de los matorrales… y en medio del verde, un tono gris. Un gris que se mueve y alborota la maleza. Ese color, tan fuera de lugar, lo saca de la contemplación y solo entonces puede escuchar los gritos desesperados de su padre: «¡Vamos, dispara!». Héctor no apunta, ni siquiera acerca el ojo a la mira, tira del gatillo en un movimiento firme, rápido y certero. Los mozos que los acompañan gritan de júbilo. En medio de los vítores, Héctor ve a un hombre acercarse con la presa: un tacuazín grande y robusto. Parece un ratón gigante, una mezcla de perro con roedor que al niño le inspira una inmensa ternura. Nunca supo cómo logró contener las lágrimas. Años más tarde, cuando narró esta historia a sus hijos, recordó el dolor en el pecho, la agitación de su respiración y las ganas de llorar que tuvo que esconder para recibir las felicitaciones de los demás. Ese día fue, les aseguró, el día en que dejó de ser un niño.

Lo que nunca contó a nadie fue lo que sucedió después. Al llegar a casa, los mozos llevaron el animal al patio trasero para prepararlo para la cena. Juan, uno de los empleados, tomó el tacuazín por la cola y lo colocó junto a la pileta. Yolanda llegó de prisa con un cuchillo afilado, se secó las manos en el delantal y le dijo algo a Juan en idioma maya, Héctor no pudo entender la conversación. Acto seguido agarró al animal y le clavó el cuchillo con firmeza, pero algo detuvo su movimiento. Lo clavó otra vez y rasgó con fuerza, inmediatamente dio dos pasos hacia atrás y se llevó las manos a la boca. Desde abajo, en su escondite, Héctor pudo ver cómo los labios y las mejillas de la mujer se pintaban de rojo, dejando una marca como la que se hacen los soldados cuando van a la guerra. Yolanda se secó el sudor de la frente con la palma de su mano y entonces ya toda su cara era bermellón. Llamó a Juan en un susurro. Hablaron en voz baja y luego cada uno corrió en dirección opuesta.

Aprovechando que estaba solo, el niño se acercó a la pileta, quería pedirle perdón a su víctima. Descubrió con horror que se trataba de una hembra y que de su vientre rasgado salían pequeños ratoncitos blancos que se movían como peces fuera del agua. Tenían los ojos cerrados, los hocicos minúsculos, de un rosa pálido y unas garras que parecían agujas curvas. El niño creyó que le rogaban, que suplicaban ayuda mientras agonizaban. Las arcadas surgieron del centro de su cuerpo y esta vez no logró contener el llanto. Se escondió de nuevo; desde allí, llorando en silencio, vio cuando Yolanda metió uno a uno a los animales dentro de un saco de manta y, después, cuando Juan lo golpeó con fuerza contra la pared. Una, dos, tres, cuatro veces. Héctor sintió cada golpe como si lo estuviera recibiendo él mismo. La mujer asomó la cabeza dentro del saco y le dijo algo a Juan que Héctor otra vez no pudo entender, pero que comprendió unos segundos más tarde, cuando volvieron los golpes del saco contra la pared, esta vez más fuertes, más sonoros.

Esa noche Héctor no quería comer, pero no tenía permitido ausentarse del comedor, así que se bañó con esmero, lloró en la ducha y se vistió con la camisa blanca abotonada hasta el cuello. En el centro de la mesa estaba la cazuela de porcelana checa, dentro, bañados en una salsa café, los trozos del animal que él había asesinado.

Su madre llevaba un peinado alto y estaba maquillada en exceso, las sombras sobre sus párpados realzaban el verde esmeralda de sus ojos. A su hijo le encantaba verla sonreír, para él eso era un remanso. Podía contemplar indefinidamente los labios rojos que escondían sus dientes perfectamente alineados; uno de ellos, el incisivo lateral, enmarcado con cuatro líneas de oro. Pocas veces había visto esos bordes dorados en su boca, que le parecían dignos de una princesa, por eso, al observarlos, una sensación de bienestar se adueñaba de su cuerpo.

Aunque era, en realidad, un bienestar efímero, que se disolvió en cuanto le sirvieron la carne en su plato. Tragó cada trozo como si estuviese comiendo piedras. Ni siquiera intentó masticarlo. Sus padres repetían emocionados que era el mejor tacuazín que hubieran probado en la vida, «pero ahora el mérito no es de Yolanda», dijo su mamá, «es de mi muchacho. Está tan delicioso porque lo cazaste tú», sonrió al verlo y le tomó el mentón con suavidad. El niño nunca había sentido tanta cercanía con su madre, tanta ternura; era, sin duda, la primera vez que lo veía con afecto, con orgullo. Aunque no entendía cómo algo que a él le causaba asco y horror sirvió para conseguir, por fin, la aprobación de su madre; aprovechó el momento, irguió el pecho, levantó la mirada y deseó tener un rifle en las manos otra vez.

«¿Estás listo?», preguntó Rosa. A Héctor le tomó unos segundos salir del ensimismamiento y asentir con la cabeza. El rifle de su abuelo, de su padre y ahora de él, estaba tirado sobre la arena. El fuego amainaba y ya nadie hacía nada por revivirlo. «Hemos sido unos buenos hijos», le dijo Héctor con suavidad. «Hemos sido lo que nuestros padres han querido de nosotros», le susurró ella, «con los años volvemos a ser hijos y dejamos de ser padres», contestó él; después, la vio a los ojos y señaló el arma con el mentón. La oscuridad se hizo más densa. La noche se tragó también las últimas llamas.

Gloria Hernández

(Ciudad de Guatemala, 1960)

Narradora, poeta, ensayista, traductora y académica. Miembro de número de la Academia Guatemalteca de la Lengua, correspondiente de la Real Academia Española. Miembro fundador de la Asociación Guatemalteca de Literatura Infantil y Juvenil. Licenciada en Letras por la Universidad de San Carlos de Guatemala y maestra en Literatura Hispanoamericana por la Universidad Rafael Landívar. Miembro del grupo literario La casa del cuento. Tallerista de escritura creativa y literatura infantil en Guatemala y el extranjero. Catedrática de lengua, literatura y filosofía en la USAC y la URL. Además de haber escrito varios libros de texto de idioma español y literatura, cuenta con 27 libros publicados en los géneros de poesía, novela, ensayo, cuento y literatura para niños. Premio Nacional de Literatura Miguel Ángel Asturias 2022.

Algunos de sus libros más reconocidos son: *Sin señal de perdón, Ir perdiendo* y *Susana Tormentas*, cuento; *La sagrada familia*, poesía; *Ojo mágico*, novela para jóvenes; *Triala* y *Festival*, poesía para niños; *Lugar secreto, Pájaroflor, Leyendas de la Luna* y *El canto de dos ríos*, cuentos para niños.

Elisa y el mar

Gloria Hernández

Va a pasar, va a pasar, va a pasar. Intenté estirar las piernas, poner los dedos en punta y tensar los músculos con fuerza. Va a pasar. Va pasando. Va pasando. El calambre pasó. Floté de espaldas para descansar. Podía quedarme en esa posición por mucho tiempo. Y aunque el cansancio me mordía brazos y piernas, el sueño no era una opción en aquella oscuridad total.

El mar que todo da y todo quita, esa inmensidad tan apacible y tan violenta a la vez, me sostenía con vida. Poseidón, empecinado en castigar el desafío de Odiseo impidiéndole llegar a puerto seguro por más de veinte años, me estaba ayudando. O así se lo pedía yo, aunque sabía que mi naufragio era total: mi desamparo, mi orfandad, mi miedo.

Había tomado la decisión de morir. Si me quedaba, iba a correr la misma suerte, porque no volvería a darles gusto, así que decidí lanzarme por la borda. No era la primera vez que nadaba en alta mar. Es más, estaba acostumbrada a darle un par de vueltas al yate, bajo el ojo vigilante de la tripulación y luego subir por medio de la escalerilla de cuerdas. Esta vez era diferente. El coraje se me empezó a desbordar por los poros y mis pulmones comenzaron a inflarse a su máxima potencia, con toda la calma posible, ante la inminencia de mi rapto de valor. Mi mente funcionaba como un trompo bien amaestrado, para mi sorpresa. Entonces, salté.

Jamás la soledad había sido más profunda ni mi situación más vulnerable. El tiempo se había desliado en la cresta de las olas, mientras flotaba en el mar. Imaginaba un madero al cual asirme, un cofre vacío, aunque fuera un ataúd, como en las novelas de naufragios. Pero nada. El mar no me regalaba nada más que vastedad.

Poco a poco fueron apareciendo las estrellas. Y cuando escuché la voz de mi abuelo, perdida en mis años niños, señalándome las estrellas y constelaciones en el firmamento, sospeché el principio del fin. O de mi locura. Sin embargo, este era un espectáculo inesperado. Tanta belleza solo podía ser el preámbulo del desenlace. Ahí estaban Sirio, la Osa Mayor, la Osa Menor, Géminis, Pegaso, Andrómeda… Cuando llegué a Hydra, pronuncié el nombre en voz alta y mi corazón dio un vuelco. Fue tal el susto que perdí el equilibrio y sentí pánico. Había llegado el momento. Pataleé sin sentido en la oscuridad y tragué mucha agua. No sabía dónde quedaba el fondo y dónde la superficie. Creí ahogarme, pero salí. Entonces, empecé a llorar. Una voz lejana y conocida había pronunciado mi nombre. Despacio, me fui serenando, bocarriba nuevamente, y me alivié con la tibia agua salada de ese otro mar que llevaba dentro. Recordé el salto.

El cambio de temperatura templó mi cuerpo. De inmediato, me sentí en mi elemento. El agua estaba fría y el mar, no muy picado. No me habían visto, así que empecé a nadar con todas mis fuerzas. Traté de alejarme lo más posible para que no pudieran alcanzarme. De hacerlo, no me esperaba una bienvenida a bordo; por lo menos, no una agradable. Lo fatal era no saber a dónde dirigirme. El mar, desde las crestas de sus olas, es infinito y, sin embargo, yo nadaba por reflejo condicionado. Ese que se me había instalado dentro, desde que era una niña. El no sentir un piso bajo mis pies, me convertía naturalmente en un ser de agua que se adaptaba a las corrientes y se dejaba llevar por ellas. Brazada tras brazada, me alejé de la embarcación cuanto pude. Entré en ese piloto automático que funciona cuando encuentro un ritmo y me pierdo en él. No sé si imaginé una melodía o si invoqué un compás antiguo: no tengo idea de cómo evadí el cansancio aquella tarde. Cuando me detuve finalmente, yo era un grano de arena invisible en medio del vasto mar. El yate había desaparecido, como iba desvaneciéndose poco a poco la luz del sol. Supe entonces que moriría de noche. De frío o de ahogo. Entonces, esperé mi muerte con curiosidad. No tenía miedo. Solo una inmensa inquietud por el momento en que yo dejara de ser yo: apenas un cuerpo delgado que mordisquearían los animales y se hundiría despacio hacia aguas más profundas.

Hydra era el nombre de aquel yate infame al cual no regresaría nunca más. Durante los cinco años de mi matrimonio, mi marido siempre estuvo obsesionado con mi cuerpo. Al principio, lo sentí un elogio y un signo de amor. Yo era su juguete preferido, él era mi niño y el nuestro resultaba un juego extraño. Hasta aquel día. Nos embarcamos hacia los cayos como siempre lo hacíamos. Ya en alta mar, nos detuvimos para que yo nadara y, cuando terminé, me ayudaron a subir a bordo. El capitán y el cocinero estaban bastante pasados de copas, según pude deducir de su trato exageradamente familiar. Mi marido insistía en que ellos compartieran sus bebidas, porque yo no era demasiado buena para acompañarlo en esas lides. Cuando me acosté a descansar sobre la toalla, extendida sobre la cubierta, mi marido hizo un gesto con la cabeza. No tuve tiempo de entender lo que acababa de suceder. Solo sentí la fuerza de los dos hombres sobre mí; su aliento ácido a vodka en mi cara; sus manos rugosas sobre mis nalgas, mis senos, mi cintura, mi cuello, mis piernas; sus vergas furiosas embestirme con brutalidad, hasta quedar exhaustos, a mi lado, riendo. Mis gritos no ayudaron. Mi lucha pareció excitar más y más a los tres hombres, convertidos en bestias: dos que atacaban y otra que disfrutaba con el espectáculo. Yo no podía llorar, tenía un dolor en las entrañas y una furia que no podía contener. Me punzaba todo, las arcadas se sucedían sin que yo pudiera controlarlas. Vi el rostro de mi niño iluminado por una mueca de crueldad que no le conocía de antes y entonces corrí a encerrarme al camarote. Me bañé y me examiné el cuerpo. Eso no podía estar pasándome a mí. Era absurdo. No lo creía. Solo podía ser producto de la borrachera. No sé cuánto tiempo dormí. Me despertaba por ratos, tomaba agua y me volvía a dormir. Me reanimé al fin con los toques en la puerta y su voz pidiéndome perdón. Al fin de mucho escuchar sus lamentos, le abrí. Grité. Reclamé. Maldije. Lo golpeé en el pecho con los puños furiosos. Lloré con mucha rabia. Él alegó que solo era una distracción para añadirle un poco de chispa a nuestra relación. Entonces, supe que había enloquecido.

Dormité por casi dos días. Mi estómago me exigía alimento, así que salí a comer con mucho recelo sin hablar con mis agresores. El cocinero se afanaba con unos mariscos que olían delicioso, pero yo lo ignoré. Tomé leche y comí muchas barras de cereal. Ellos ni se inmutaron, incluso parecían divertidos. Acaso acostumbrados a la situación. Vi hacia todas partes: nada más que el mar Caribe en el horizonte. Hacia el mediodía, almorzaron y empezaron a beber. Entonces, sus miradas se tornaron lascivas. Sus voces se hicieron más y más fuertes. Sus risotadas y sus palabrotas me pusieron en alerta. Fue ahí que tomé la decisión.

Entré en un suave letargo en el mar. No dejaba de temblar a causa del frío. El trompo en mi mente seguía girando, aunque con menos aviada. El vaivén me recordó la sensación de volar en la hamaca del abuelo hasta que volví a escuchar la voz. Esta vez claramente dijo: «Encuentra Polaris», y yo abrí los ojos. Casi amanecía, pero ahí estaba la estrella del Norte aún, brillando solo para mí. Eso quería decir que a mi izquierda estaba la península, no demasiado lejos, y a mi derecha estaba Cozumel.

Desde el centro de América de Gloria Hernández
se terminó de imprimir en octubre de 2023
en los talleres de
Litográfica Ingramex S.A de C.V.,
Centeno 162-1, Col. Granjas Esmeralda, C.P. 09810,
Ciudad de México